U0119841

總策劃／吳潛誠

桂冠世界文學名著

91

戈爾德思

戈爾德思劇作選

楊莉莉・譯／導讀

國科會專案研究計劃贊助

《黑人與狗的爭鬥》於1983年在巴黎阿曼第爾戲院之實驗劇場首演的劇照。舞台設計師 R. Peduzzi 爲本劇設計了一個壓迫感十足的表演場景，未完工的大橋橫過劇場空間，實際地壓迫戲中的每個角色，觀眾則面對面分坐舞台場景的兩邊。

《在棉花田的孤寂》於1987年首演的劇照。觀衆面對面分坐阿曼第爾戲院實驗劇場的兩側，狹長舞台的兩端則被大型貨櫃佔據，Peduzzi 藉此營建荒涼寂寞的城市邊緣地帶，「商人」與「顧客」在此窄路相逢。

1993年於加拿大蒙特婁 Ubu 戲院上演之《侯貝多·如戈》。導演 D. Marleau 與雕塑家 M. Goulet 合作，採「表現主義」外現主角內心幻像的表演原則，以鋼做爲素材，搭建冰冷與嚴苛的現代城市場景。相片爲劇中的第12景：如戈與太太「坐在火車站」，如戈幻想眼前的乘客皆爲可能的殺手。

《返回沙漠》於1988年在「圓環劇場」首演的劇照。Puduzzi 爲此劇設計了一個高牆封鎖的閉塞空間，其間每一面牆皆能自動移位，爲不同的場景築出不同的表演空間。連室內傢俱都利用舞台前方的機械傳動走道自動送上舞台。

觀覽寰球文學的七彩光譜
——《桂冠世界文學名著》彙編緣起

吳潛誠

早在一八二七年，大文豪歌德便在一次談話中，提到「世界文學」（Weltliteratur）一詞，並宣稱全球五大洲的文學融會成一體的時代已經來臨。他說：

> 我喜歡觀摩外國作品，也奉勸大家都這樣做。當今之世，談國家文學已經沒多大意義；世界文學紀元肇生的時代已經來臨了。現在，人人都應盡其本分，促其早日兌現。

歌德接著又強調：文學是世界性的普遍現象，而不是區域性的活動。因此，喜愛文學的人不宜劃地自限，侷促於單一的語言領域或孤立的地理環境中，譬如說，德國人不可只閱讀德國文學，英國人不應只欣賞英文作品；相反的，人人都應該從可以取得的最優秀作品中挑選材料，作爲自己的文學教育；而天下最優秀的作品自然未必全出自自己同胞之手。歌德心目中的世界文學不啻就是全球文學傑作的總匯，衆所公認的經典作家之代表作的文庫。

那麼，什麼是經典作家？或者，什麼是經典名著的認定標準呢？法國批評家聖·佩甫（Charles-Augustin Sainte-Beuve, 1804~1869）在〈什麼是經典〉一文中所作的界說可以代表傳統看法：

> 真正的經典作者豐富了人類心靈，擴充了心靈的寶藏，令心靈更往前邁進一步，發現了一些無可置疑的道德真理，或者在那似乎已經被徹底探測瞭解了的人心中再度掌握住某些永恒的熱情；他的思想、觀察、發現，無論以何種形式出現，必然開濶寬廣、精緻、通達、明斷而優美；他訴諸屬於全世界的個人獨特風格，對所有的人類說話，那種風格不依賴新詞彙而自然清爽，歷久彌新，與時並進。

諸如以上所引的頌辭，推崇經典作品「放諸四海而皆準，百世以俟聖人而不惑」，具有普遍而永恒的價值，在國內外都有悠久的歷史；但在後結構批評興起以後，卻受到強烈的質疑。概略而言，解構批評、新馬克思學派、女性主義批評、少數族裔論述、後殖民觀點等當前流行的批評理論，基本上都否認天下有任何客觀而且永恒不變的眞理或美學價值；傳統的典範標準和文學評鑑尺度也是一種文化產物，無非是特定的人群（例如強勢文化中的男性白人的精英份子），在特定的情境下，遵照特定的意識形態，爲了服劾特定的目的，依據特定的判準所建構形成的；這些標準和尺度無可避免地必然漠視、壓抑其他文本——尤其是屬於女性、少數族群、被壓迫人民、低下階層的作品。因此，我們必須重新檢討傳統下的美學標準以及形成我們的評鑑和美感反應的那些基本假設和「偏見」。

沒錯，文學作品的確不會純粹因爲其內在價値而自動變成經典，而是批評者（包括閱讀大衆）和權力建制（諸如學術機構）使然。譬如說，現今被奉爲英國小說大家的喬治・艾略特（1819～80），直到一九三〇年代仍很少被人提起；美國小說家梅爾維爾（1819～91）的作品曾經被忽略長達一甲子之久；浪漫詩人雪萊（1792～1822）在新批評當令的年代，評價一落千丈；布雷克（1757～1827）因爲大批評家傅萊的研究與推崇，在一九四〇年代末期才躋入大詩人行列……

這是否意味著文學的品味和評鑑尺度永遠在更迭變動，毫無客觀準則可言呢？馬克思曾經頗感納悶：產生古希臘藝術的社會環境早已消逝很久了，爲什麼古希臘藝術的魅力仍歷久不衰？當代馬克思批評家伊格頓（Terry Eagleton）曾經嘗試爲此提供答案，他反問：「既然歷史尚未終結，我們怎麼知道古希臘藝術會永遠保有魅力呢？」

我們不妨假設伊格頓的質疑會有兌現的可能，那就是說，歷史的巨輪繼續往前推動，社會發生了劇烈改變，有一天，古希臘悲劇和莎士比亞終於顯得乖謬離奇，變成一堆無關緊要的思想和感覺方式，與方今習見的牆壁塗鴉沒啥分別。不過，我們是否更應該正視古希臘悲劇已經流傳了兩千年，在不同的畛域和不同的時代，一直受到歡迎的事實？

不僅古希臘悲劇，西洋文學史上還有不少作家，諸如但丁、喬叟、塞萬提斯、莎士比亞、密爾頓、莫里哀、歌德等等，長久以來一直廣受喜愛，這多少可以說明人類的品味有某種程度的共通性和持續性吧？再說，曾經長期被奉爲經典的作品，必已滲入廣大讀者的意識中，甚至轉化成集體潛意識，對於一國的文學和文化發展產生相當大的影響，欲深入瞭解該國之文學和文化，則不能不尋本溯源，探究其經典著作。例如，《詩經》對於漢民族的文學和文化的影響幾乎難以估計，不提《大學》、《中庸》、《論語》、《孟子》之類的儒家經典曾大量援引「詩云」以闡釋倫理道德；連我們今天所習見的橫匾題詞，甚至四字一句的「中華民國國歌」歌詞，（意欲傳達肅穆聯想）都可和《詩經》牽上關係。

退一步來說，儘管典範不可能純粹是世上現有的最佳作品之精選，而且有其不可避免的附帶弊端，但卻不失爲文學教育上有用的觀念。簡而言之，典律觀念肯定某些作品比其他作品更有價值，更值得仔細研讀，使一般讀者在面對從古到今所累積的有如恒河沙數的文學淤積物時，不致於茫茫然，不知如何篩選。早在十八世紀，法國大文豪伏爾泰（1694～1778）便曾提出警告：「浩瀚的書籍，正在使我們變得愚昧無知」，英國哲學家湯瑪斯・霍布斯（Thomas Hobbes, 1588～1679）也曾經詼諧地挖苦道：「如果我像他們讀那麼多書，我就會像他們那麼無知了。」喜歡閱讀而不重抉擇的讀者能不警惕乎？

那麼，什麼才是有價值的值得推薦的文學傑作？或者，名著必須符合什麼標準呢？文學的評鑑標準自來衆說紛云，因爲文學作品種類繁多，無法以一成不變的規範加以概括，有些作品甚至以打破傳統規範而傳世。我們勉強或可分成題材內容和表達技巧（形式）兩方面，嘗試提出幾則評鑑標準，以供參考：

西方文論自古以來一直視文學爲生命的摹仿或批評，推崇如實再現人生眞相的作品。當代批評則質疑再現（representation）論，認爲所謂的人生經驗其實也是語言建構下的產物，寫實主義充其量只可當做文學俗套的一端。然而，無論如何，以語文作爲表達媒體的文學藝術，其內涵必定多少與人生經驗有所關聯（不可能，也不必要像音樂或美術那樣追求純粹美感）。我們姑且假設人生的眞相是一束光譜，光譜的一端是純粹紀錄事實的紅外線，另一端則是純粹幻想的紫外線，當中紅、橙、黃、綠、藍、靛、紫等深淺不同的顏色代表寫實成分濃淡不同的文學作品。白色光呈現在各顏色之中，但各顏色只是白光的片斷而已。人生眞相或眞理就像普通光線一樣，尋常到處都有，但卻非肉眼所能看見。文學家透過虛構形式的三稜鏡，將光切斷，並析解成各種顏色，好讓讀者得以具體感受到光的存在。那就是說，無論使用什麼文學體式或表現手法，自然主義也好，象徵主義、表現主義、後現代主義也好，史詩也好，悲劇、喜劇、寓言、浪漫傳奇、科幻小說也好，愈能讓讀者感受到生命存在的基本脈動，便是愈有價值的上乘作品，而在刻劃或呈現方面，其深廣度、強烈度或繁複程度又有卓著表現者，殆可稱爲偉大文學。

舉例說，《哈姆雷特》一劇涉及人世不義、家庭倫理（夫妻、兄弟、母子關係）的悖逆、以及王位篡奪所導致的社會不安，多種因素互相牽動，同時兼具有道德、心理、政治方面的涵意，故宜列爲偉大著作。托爾斯泰的《戰爭與和平》以巨大的篇幅，刻劃諸多個性殊異的角色，躬逢拿破崙時代戰爭的轉變和短暫的和平，呈現了人生的基本韻律：少年與青年時期的愛情、追求個人幸福和功名方面的失足與失望、時代危機、以及歷經歲月熬鍊所獲致的樸實無華的幸福和心靈上的平靜，這部鴻篇鉅作當然也該列爲名著。

合乎上述標準的虛構作品，在閱讀之際，也許會讓人暫時逃離現實人生；但讀畢之後，必會使人更有智慧去看待不得不面對的人生。那也就是說，嚴肅的文學傑作必須具備教育啓發功能，擴大讀者的想像和見識空間，使他們感覺更敏銳、領受更深刻、思辨更清晰……但這並不意味著文學作品必須提供黑白分明的眞理教條；相反的，經得起時間考驗的佳構，往往以反諷的語調，揭示生命中的矛盾，告訴讀者：所謂的眞理或價值其實大多是局部的、不完美的，有賴其他眞理或價值的修正補充。例如，但丁的《神曲》表面上的確在肯定信仰，但細心的讀者不難發現它骨子裡隱含有反諷成分。

具備教誨功能的文學作品，對於社會文化必會產生深刻持久的效應，乃至於有助於形塑整個國族的集體意識，或徵顯所謂的「時代精神」，這一類作品理當歸入傳世的名著之林。例如，沙弗克力斯的《伊底帕斯王》、西班牙史詩《熙德之歌》便是。

評鑑文學作品當然不宜孤立地看題材／內容／意涵，而須一併考慮其表達技巧／形式／風格，唯有達到一定的美學效果，才有資格稱爲傑作。此外，在文學發展史上佔有承先啓後之功，不論是開啓文學運動或風潮，刷新文學體式，別出機杼，另闢蹊徑，手法戛戛獨造，技巧出神入化，形式完美無缺者，亦在特別考慮之列。例如法國象徵主義詩人馬拉美的詩篇，寫實主義的典範屠格涅夫的《獵人日記》、福婁拜爾的《包法利夫人》，心理分析小說的巨構《卡拉馬助夫的兄弟們》、把意識流敍述技巧發揮得淋漓盡致的《燈塔行》，首創魔幻寫實的波赫斯之代表作皆屬此類。

《桂冠世界文學名著》基本上是依據上述的評選標準來採擷世界文學花園中的精華（不包括中文著作），但也不敢宣稱已經網羅了寰球文苑的奇葩異草，因爲這套書所概括的範疇，時間方面上下緜延數千年，空間上橫貫全球五大洲，筆者自知學識有所不逮，雖曾廣泛參酌西方名家所編纂的書目，也設法徵詢各方意見，但亦難免因爲個人的偏見和品味，而有遺珠之憾；另一方面，由於必須配合出版作業上的考慮，先期推出的卷册，一仍旣往，依舊偏重歐、美、俄、日的古典和現代作品，希望將來陸續補充第三世界的代表作和當代的精品，以符合世界文學名著的全銜。

匯編這套以推廣文學暨文化教育爲宗旨的叢書，原則上自當愼重其事，講求品質；但同時也得衡量現實的條件：諸如譯介的人才和人力、社會讀書風氣、讀者的期待與反應等等，這也就是說，一套名著的出版，不純粹只是理念的產物，同時也是當前國內文化水平具體而微的表徵。一味好高騖遠，恐怕亦無濟於事。

這套重新編選的《桂冠世界文學名著》還有一個特色，那就是每本名著皆附有一篇五千字左右的導讀，撰述者儘可能邀請對該書素有研究的學者擔任；他們依據長期研究心得所寫的評析文字，相信必能幫助讀者增加對各名著的瞭解，同時增添整套叢書的內容和光彩。謹在此感謝這些共襄盛舉的學界朋輩和先進，以及無數熱心提供意見和幫助的朋友。最後，還請方家和讀者不吝指教，共同促進世界文學的閱讀與欣賞。

目錄

戈爾德思——法國當代最引人矚目的劇作家

「戈爾德思的劇作前無古人。」

——薛侯（Chéreau & Méreuze, 1994：108）

貝禾納——馬力．戈爾德思（Bernard-Marie Koltès）無疑是法國當代最受人矚目的劇作家。一九四八年他生於法國東部的梅斯（Metz），一九八九年於創作期高峰病逝巴黎，得年僅四十一，令人不勝嘆惋。然而他生前交由「子夜」出版社發行的七部劇作，已足以奠定他在現代戲劇史上的重要地位。與他齊名的法國劇作家維納韋爾（Michel Vinaver）即稱：如同其他早逝的藝術天才，像莫札特或卡夫卡，戈爾德思已於有生之年，完成了典範之作（oeuvre achevée），足以留名青史。他和時下泛泛的年輕作家不同，這些文壇新秀容或不乏靈光一閃的作品，耀眼非凡，卻難以爲繼，因此也就難以創造自成體系的藝術世界（1994：10）。戈爾德思卻不僅開啓了獨一無二的藝術世界，作品文學性高，因此常得一流導演青睞在全球各大戲院上演，而且部部劇作原創性高，實驗性強，所以前衛劇場與小劇場亦趨之若鶩，以至於戈爾德思成爲最常被搬上外國舞臺的法國當代劇作家❶。連他的劇作也成爲「子夜」出版社最暢銷的書籍之一。按說法國現代劇本一向乏人問津，所以戈爾德思劇作之耐讀可見一斑。

到底戈爾德思有何不同凡響之處呢？主流與非主流的戲劇人口居然同時被他迷住？就連文學讀者也難以抵擋他的魅力？法國最富盛名的導演薛侯（Patrice Chéreau）回憶自己於一九七九年，首度讀到戈爾德思的劇作時，內心一震，他意識到：「這會兒來了一個知道怎麼用自己的語言來寫劇本的人，讀起來宛如街頭巷語，驚人的觀察力令人生羨，所描繪的情感洋溢濃厚的個人色彩。」（Chéreau, Fevret & Hivernat, 1995：63）這宛如街頭巷語但其實極爲典雅的戲劇語言，是戈爾德思的註冊商標，不尋常的注意力使他能寫人所未及之處，亦能狀摹不常明白表露的情感。薛侯了解到，握在手中的文稿，是前所未見之作。要將如此原創的作品搬上舞臺，得冒很大的風險（Chéreau & Méreuze, 1994：107-08）。然而他豁出去了，而且接二連三地持續推出戈爾德思的每一齣新戲。老實說，當時的劇評家看戲看得滿頭霧水。可是，他們心裏想：以薛

❶ 戈爾德思在世界劇壇大紅大紫的現象，見J.-C. Lieber, "Koltès en Europe"（1992）。另 *Théâtre Aujourd'hui : Koltès, Combats avec la scène*, no.5, 1996對近年在法國搬演戈爾德思劇作的熱潮有深入的報導。

侯這樣一流的導演如此看重這個小子，可見這傢伙有兩把刷子囉？那會在那裏呢？就在這種因爲欣賞導演的才華，進而愛屋及烏，最後領悟到劇作家獨出機杼之處，戈爾德思的觀衆與讀者日漸增多，最後終於闖出自己的天下，可是劇作家本人也從不諱言在遇到薛侯之前的辛苦摸索歷程。

※瀰漫死亡焦慮氣息的印象派少作：一九六九—一九七七

戈爾德思在梅斯長大。小城封閉、無趣的中產階級生活讓他十分不耐，終於在十九歲那一年離家，至鄰近的斯特拉斯堡（Strasbourg）去混，然後再轉往大城市巴黎與紐約開開眼界。一九六八年代的紐約這顆大蘋果讓他爲之著迷不已，雖然新大陸的中西部鄉下，除了玉米和母牛以外別無其它的單調日子，也讓他大感恐怖。他因此決定這一輩子只做自己想做的事情，絕不去過朝九晚五的安定日子。對他而言爲了一份薪水，每天爲老闆賣命八個小時，然後省吃儉用度日，這種日子沒有太大意義（Salino, 1995）。果然，戈爾德思終身奉行這條生活第一原則。

重回斯特拉斯堡以後，他跟朋友搞小劇場。說來令人難以置信，他一直到二十二歲那一年才第一次去看戲。那回的演出乏善可陳，可是他被劇本感動了，而且女主角卡札蕾絲（Maria Casarès）——法國舞台劇名伶——令他印象深刻，於是他開始提筆寫作。處女作《苦澀》改編自俄國作家高爾基的《童年》。緊接著《行程》改編自舊約聖經的〈雅歌〉，《狂熱官司》改編自杜斯妥也夫斯基的《罪與罰》。對夢境與死亡的冥想，啓發他寫下了《死亡記述》。此外，他也試寫一齣廣播劇《低沉的噪音》。

這些少作都由他跟朋友在小劇場演著好玩，沒想到被當時的劇校校長于貝爾・吉努（Hubert Gignoux）一眼看上。吉努看出這個小子的寫作天份，想辦法把他收進「斯特拉斯堡國立劇校」（Ecole du Théâtre National de Strasbourg，簡稱TNS），讓他在導演班註冊上課。這一年，他二十二歲，在TNS混了一年，繼續寫作，繼續跟朋友搬演自作。

在此摸索編劇的時期裏，《遺產》與《沙林傑》二劇可視爲代表作。《遺產》——戈爾德思的處女作——是一九六八年學潮的產物。作者以一位個性優柔寡斷的少主逃避承繼家業的重責爲劇情骨幹，劇本時空模糊，全戲籠罩在原因不明的革命氣息中，劇情神神秘秘。《沙林傑》則是受託之作，用美國作家沙林傑的短篇小說爲基礎，重新出擊，選叛逆的青少年爲主角，故事發生在六〇年代的紐約，特別的是，主角是個死人。此戲一九七七年由博埃格蘭（B. Boëglin）在里昂搬演，這是戈爾德思首部跨出斯特拉斯堡表演的劇本，自此以後他進入創作的另一階段。

戈爾德思後來帶自嘲語氣回憶道：少作結構鬆散，內容「抽象，非常粗淺」。他自以爲在寫前衛的東西，其實寫作形式鬆垮（Koltès & Han, 1983：34）。少作所呈現的世界是「很可怕，世界按我們不理解並且無法理解的計劃在運作」（Koltès, *Das Erbe*：50）。劇情不採線性邏輯發展，而改以印象派式的戲劇畫面彼此銜接，時空跳接轉換，荒蕪的心靈景致藉由曠野、墓園、古戰場、圍城等場景表露無遺。濃霧、起風時刻、落雨、黃昏、夜色是作者偏愛的天候及時辰。角色行爲動機不明，悄然出沒，如同遊魂。他們每個人都有獨白的習慣，而且經常長篇大論，絲毫不顧聽者的反應，這是戈爾德思角色說話的方式。孤獨的英雄、對死亡的焦慮、成長的苦悶、壓抑的愛欲、曖昧的同性友誼、解體的家庭、高壓的社會環境是不言而喻的主題，暴行則是直抒胸臆的手段，同時荒謬、滑稽的動作與反應亦時而可見，令人錯愕。這兩部作品或許予人以主題失焦之感，但場景氛圍細心經營，且人物對白充滿難以言喻的張力，少作已呈現戈爾德思不一樣的創作視野與手法。

小說方面，這個時期戈爾德思主要寫了一本未完稿的《策馬遠遁城中》。由於作者生前一再表示最想寫的是小說，可惜不假天年未能完成任何一部，因此他未完稿的敘述作品格外引人注意。這本小說舖陳兩男兩女在某個城中鬼混遊蕩的行徑（斯特拉斯堡的地理背景呼之欲出）。小說採敘事與對白接替的方式進展，很像電影腳本的寫法，象徵意味濃厚。這是則現代城市沒落的寓言：情欲橫流，人際關係疏離，令人髮指的暴行層出不窮，然而作者皆能以隱喻象徵的手法處理，所以讀來宛如散文體的詩作。寫於一九八六年的《楔子》我們在此一併帶過。此作應是一部長篇小說的「楔子」，內容爲巴比農城的一則寓言故事，異國色彩濃厚，以妓院與澡堂爲主要場景，體裁猥褻下流，然而敘述的語調端莊，用詞古雅，主角取名爲Mann（男人），可見作者創作的野心。這是一則未完稿的創世寓言！

在這一連串的習作之後，戈爾德思有整整三年未再動筆。當他再下筆之時，已然有「大家」氣象了。

※法國引頸企盼的新作家

受演員費理（Y. Ferry）之託，戈爾德思於一九七七年寫了獨角戲《夜晚就在森林前面》。此戲在當年的「阿維儂劇展」首演頗引起騷動，因全戲是一個長達六十三頁的句子！三年後，巴黎的「奧德翁」（Odéon）國家劇院重新推出此劇，由「法蘭西喜劇院」（Comédie Française）的台柱封丹納（R. Fontana）擔綱。巴黎劇評家於驚歎之餘，預言道：戈爾德思「可能是法國期待了這麼久以來的新作家」（*Figaro*, le déc. 23, 1980）。迥異於以往「前衛」的少作，此劇組織嚴密，因爲戈爾德思領悟到，作家對人生不見得比別人懂得多，可是搖筆桿的人更要懂得如何說故事（Koltès & Boudon, 1986：4）。以前他認爲作家得創造，現在則認爲是要好好地說故事（Koltès & Han, 1983：34）。因此嚴密的文字結構是他日後作品的首要特色。

此劇之所以震撼人心是由於劇作家把說話的權力給了一個社會邊緣人物，一個無處爲家、找工作找到法國來的阿拉伯人。主角在說話的這個雨夜，才因爲盯哨被人狠狠地修理了一頓，身無分文，無處可容避雨，在這個晚上他瀕臨崩潰邊緣。好不容易在街角攔到一個肯駐足聽他說話的男人，他兀自說個不停：旅館、金錢、女人、工作、飢餓、男人、種族歧視、迫害……，最後他失聲喊道：「同志，我找到了你而且拉住你的手臂，我這麼想要找到一個房間而且整個人都濕掉了，媽媽、媽媽、媽媽、媽媽❷，不要說，不要動，我看著你，我愛你，同志，同志，我自己，在這亂七八糟的世界上，我在找一個像天使的人，然後你人在那裏，我愛你，而其它一切，至於啤酒，說到啤酒，再說我還是不知道怎麼開口，眞是亂，眞是糟，同志，還有下不完的雨，雨，雨，雨。」（*La nuit juste avant les forêts*：63）

劇作家爲他多話的主角發明了一種混合正典法語以及「外國佬」（métèque❸）用語的戲劇語言，既文又白，十分獨特（Chéreau & Méreuze, 1994：108）。主角的話語洩漏其思緒，看似雜亂無章（因爲人已經不知道在說什麼了），其實是亂中有序，比如樂曲以主題動機（leitmotif）組織樂句的方式，說話者實際上是圍繞著幾個主題在打轉。引文中的「同志」主題十分觸目❹，實際上只是全劇的一個子題而已，母題則是高壓的都市生活環境。在文中主角提及外籍

❷ 劇中主角曾迷戀一個「站在橋上的女人」，這個神祕的女子亦名喚「媽媽」（*La nuit juste avant les forêts*：34）。

❸ 法國人對來自地中海國家外僑的蔑稱。

勞工無以為家的苦處：有個尼加拉瓜的工人對他說過，在他的老家，有個老將軍在森林中打游擊戰。森林範圍內凡是異動者，馬上被機關槍掃射斃命（50-51）。因此「夜晚就在森林前面」意味著主角自暴於高度危險地帶，自尋死路❺。言下之意，在異國的城市叢林討生活極其險惡，不僅敗者得被淘汰出局，無任何緩衝地帶可供避難，且異議者亦無任何活動空間，成者則得在高壓環境下苟活。

此類意象鮮明的譬喻豐富全戲旨意。再例如說到攻擊外國人，主角以金髮美女邀他去「捉老鼠」意象發展（26）。對工作狀況不滿，主角最多只是說要成立一個國際性的工會聯盟來保護工人（17,26），討伐的實際對象則被模糊化。連他戀愛的對象都是個象徵，是個名喚「媽媽」、每晚「站在橋上的女人」，一個只在橋上做愛的女人（34）。因此本劇絕非替下層人民請命之宣傳劇。相反地，高度喻意的文字引領讀者往人生的不同層面解讀。

---

❹ 此劇是戈爾德思所有作品中唯一公然提及同性戀者（*La nuit juste avant les forêts*：33）。在其它作品中這個主題隱而不顯，絕未見諸文字。

❺ 劇名中「之前」作者用的是"avant"這個字，而非"devant"；後者為純粹的地方介詞，前者則同時是地方及時間介詞。劇名因此可引人多方聯想。

※非洲之行與《黑人與狗的爭鬥》

而立那一年，戈爾德思前往拉丁美洲與非洲遊歷，尤其是非洲這塊「不安與寂寞的領土」使他大受震撼（Koltès & Han, 1983：35）。非洲之行於他爲一「必不可少的發現」，是一切的一切，因爲非洲是失落的大陸，已徹頭徹尾地被判決定罪，上訴無門（Koltès & Atoun, 1990）。而「奈及利亞是世上一處這麼令人難以理解的地方，這麼的苛刻，那裏的社會關係粗暴到令人難以置信的地步。」（Koltès, Planchon, Godard, Cournot, 1983）這個不安、寂寞、失落、粗暴又先行入罪的殘酷環境，是作者此後劇作的基本場次，猛烈的人際關係是他的戲劇人物關係，而黑人或其他有色人種更是不可或缺的角色❻。

此劇一九七九年完稿，三年後在紐約的La Mamma戲院首演，由庫里耳斯基（Françoise Kourilsky）執導。薛侯則要遲疑到一九八三年接掌巴黎西郊南德禾（Nanterre）的「阿曼第

❻ 戈爾德思對自作中黑人角色的看法，主要見（1）Koltès, "Un hangar, à l'ouest"（*Roberto Zucco, suivi de Tabataba*, 1990：124-25）；（2）Koltès & Guibert, "Entretien de Bernard-Marie Koltès avec Hervé Guibert"（1994：18）。至於黑人在他劇中的喻意，見Bernard Desportes, *Koltès：La nuit, le nègre et le néant*（1993：41-51, 69-76）。戈爾德思並且多次主張黑人角色就該由黑人演員出任。

爾」（Amandiers）戲院，才以此劇與惹內（Jean Genet）的《屏風》（*Les paravents*）做為戲院的開幕劇。由此可見年輕的戈爾德思在薛侯心目中的重要地位。薛侯並在演出的節目單上宣稱，戈爾德思不僅僅是個「作者」（auteur）而已，更是一位「作家」（écrivain）。此後，薛侯就定期上演戈爾德思所寫的劇本，有時甚至連劇本都還未完稿，導演就已先將劇本排入年度的節目單上。就是在這種得到提攜的情況下，戈爾德思從一九八三至一九八九的六年內，從一個沒沒無名的小子，一躍成為法國當代鋒頭最健的劇作家。

《黑人與狗的爭鬥》呈現在西非某一個國家的法資工地上，有名黑人於薄暮時分潛入警衛森嚴的工地，向白人頭子索回死在工地上的「兄弟」屍身。全劇的第二句臺詞——「我來找屍體」——即點明推動劇情的原動力何在，可是直到劇終，沒有人還得了這具「該死的屍體」。「狗」是白人在某些非洲地區的代稱，劇意因此十分清楚。全劇只用到一名黑人與三名白人戲劇角色（兩男一女）以建構複雜又兇猛的人際關係，黑白相爭的事實則是全劇的前提。主要的戲劇動作，在第二句的索屍要求以後，即懸在半空中。這個簡單的還屍動作，甚至容易到無啥出奇的地步，最後卻變成不可能（Chéreau, 1983）。陷於談判膠著的狀態中，這四個角色只好訴諸言語以觸探對方；交涉、自衛、辯論、自剖、回憶、幻想、轉移話題等手段被使出來拖延時間。白人越是想逞口舌之能博取爭鬥的上風，便越是被這個少言寡詞的黑人搞得無言以對。正是因為無法坦然面對現實，這三個白人也就難以直抒胸臆，他們的話語老是圍繞著幾個死點旋轉，如同揮之不去的頑念，一再重複，形成一種螺旋式的論述結構，思維邏輯迂迴盤旋而進(Vinaver, 1993：62-63）。如此的話語自然流露出說話者的焦躁不安，企圖轉移言談焦點，與拒絕明言欲望的心路歷程，也就昭然若揭。因此無需動到武力，角色的你來我往，已然暴露爭鬥的實質。同時這樣的發言邏輯也不免使人發笑，因爲戲劇角色縱容自己的想像力奔馳，長篇大論之際，在在只令人覺得他們面對現實狀況的束手無策。

種族衝突不過是全劇的一個面相而已。如同作者再三再四地聲明：「此劇絕非以非洲及黑人爲主題——我不是個非洲作家，此劇既不談新殖民論述亦不涉及種族歧視問題。此劇絕對未給任何意見。」（Koltès & Han, 1983：35）❼希臘安提崗妮（Antigone）的神話，爲全劇的索屍動作，提供了更寬廣的思考空間，個人、家族、社稷到國家，對「正義」其實皆有不同的詮釋。此劇發生在從黃昏至黎明的黑夜時分，地點則鎖定在森然戒備的工地區域，高度濃縮的戲劇時、空，營造出無路可出的絕境氛圍。自我設限的空間與未竟的工程，架構出孤寂荒涼的心靈景致。

❼ 作者類似的言論極多。重要的是，戈爾德思認爲：「劇場不是政治的講臺。」而且他向來否認自作爲任何一種意識型態服務（Koltès, Matussek & Festenberg, 1988：238-39）。有關戈爾德思作品政治立場的分析，見J.-M. Lanteri, *L'oeuvre de Bernard-Marie Koltès* ：*Une esthétique de la distance*, thèse de nouveau doctorat, University Paris III, 1994：63-76。

而且每個角色各有各的活動地盤，甚且稍越雷池一步即有生命危險。這是個徹底封閉孤立的個人世界。男人的牌戲實爲人生輸贏之賭。愛欲在這個漫漫長夜尋不到奔瀉的閘口。唯一的女角從頭到尾都在找水喝，其熾烈的情欲可想而知。劇尾的煙火施放遮護黑人的暴亂行動，這嘉年華會式的繁華奇景，預示一種突破百般禁忌的革命狀態，可惜劇中角色內心仍囚於禁忌之中。這是最後一場嘉年華會。作者亦善於以燈光及音效塑造戲劇氣氛。宛如莎劇，此劇的天氣變化與劇情的進展緊密相關，且燈影明暗之別，是劇中白人與黑人世界的分野。各種聲音如狗吠、腳步聲、樹枝顫動聲、風聲、卡車聲、飛鳥聲……皆有吃重的演出。其中尤以守衛的召喚聲最爲傳神，這聲聲彷彿響自亘古的召喚聲給了戈爾德思創作的靈感。他所創造的戲劇世界感官靈敏、聲息相聞。

此劇可以做多面向解讀，大從西方文明的神話象徵、當代政治的霸權角逐、至人生的抗爭處境，以至於現代人的心路歷程，皆有其獨特的觀照視野。

※迷霧深鎖的西邊碼頭

一九八六年於巴黎首演的《西邊碼頭》亦以一處寓意豐饒的地點一統全劇分散的劇情。事情發生在「西方一個大港城市的三不管區域，其中有座改做他用的舊庫房，與城中心有河相隔」

（*Quai ouest*：7）。某個薄暮時分，一個六十歲的商人由女秘書開車闖入這個斷水、停電、連渡輪亦停駛的隔絕地帶找死。這兩個有錢的侵入者於是跟地頭上的混混，生平第一回有機會對話。兩日兩夜過後，一切都有所了斷。很明顯地，此劇出於作者紐約之行的經歷。

這座位於文明與叢林邊緣的廢棄倉庫外現角色空寂、黝暗與衰頹的心態，文明與叢林之隔僅一念之間。每個角色都有其野心、焦慮與欲望。爲了滿足這些希冀與妄想，一連串的交易在不同的角色之間秘密達成，只是沒人想到這些暫時塡得滿物欲的物件，根本無法滿足空虛的心靈。一如往常，戈爾德思未交待行爲動機，只呈現主角尋死的經過。在死亡交易的情節主幹之旁，副線寫一個家庭的崩潰：兒子因分贓不均而遭滅口，女兒被哥哥的秘密協定出賣而至失身，父親自戰後早就是半個廢人，母親則發狂而死。這一連串死亡事件的主導者是個從頭到尾一言不發的黑人，西邊碼頭因此一直籠罩在迷霧重重的殺機氣氛中。作者善於利用短景顯現劇情的不同畫面，前因後果則隱而未言。

在正文之外，戈爾德思又加了許多「次文」（paratexte），在每個場景之前引用其它文學作品（如傑克・倫敦、梅爾維爾、福克納、雨果等之著作），且給每位主要人物來段無聲的獨白，用括號隔開於正文之外。這是名符其實不該道出的肺腑之言，看似用來讓戲劇角色自我剖析，其實只是增加讀者了解角色的線索而已。可以確定的是角色之間彼此猜忌，害怕別人，因此一開口說話，即不免捲入權力傾軋的人際關係當中。弔詭的是，默不作聲者不見得就屈居下方。這層言語暗地較勁的言下之意是對白的菁華所在。對白讀似日常對話，實爲極其精確與端莊的古典句法，與哈辛（Racine）的詩句一樣得小心揣摩，方能盡其全義，此戲的女主角卡札蕾絲曾做過如上的表示（Casarès & Saada, 1994：28）。

在過度膨脹的語言與卑微的現實境況之間，戈爾德思希望觀者能看出其間落差的反諷意味❽。如何抓住他劇中可笑與嚴肅層面之間的平衡點，是考驗每個導演的難題。

※欲望與孤寂的戲劇哲學論述

兩齣大戲下來，正當大家以爲熟悉戈爾德思的半下流戲劇社會時，他卻忽然以新古典主義文體寫了一場精彩絕倫的哲學論述——《在棉花田的孤寂》。開宗明義作者即註明：

「交易爲一種商業行爲，以違禁或嚴格管制之有價物品的買賣爲主，在中性、模糊的空間成交，這個空間原先並不是做爲商業用途，交易在經銷商和消費者二者之間展開，雙方藉著默契、

❽與契訶夫一樣，戈爾德思常抱怨別人看不出他作品中反諷的意味，總是給演得哭哭啼啼。他在接受德國雜誌《明鏡週刊》（*Der Spiegel*）訪問時表示，「戲劇是一種玩笑（Spass）」，一種娛樂，演出不宜忽略這個層面（Koltès, Matussek & Festenberg, 1988：238）。

暗號或雙關語進行——藉以避開此種交易行為所隱含之出賣與詐欺的危險，時間是白天或黑夜的任何時刻，不受合法生意地點之法定營業時間的限制，但多半是在商店歇業的時刻接洽。」

（*Dans la solitude des champs de coton*：7）

因此全劇是以違法交易為題，藉著「商人」與其「顧客」兩個戲劇角色鋪展交易過程。於開場對白，商人即明白指出：「**如果你走到外面來，在此時此地，這是因為你希望得到一件你沒有的東西，而這件東西，我個人，可以提供給你。**」（9）弔詭的是，直至劇終，交易的內容始終不明；商人未曾透露自己所販貨色為何，顧客亦矢口否認內心有任何欲念存在。

以擬人化的方式現身，「商人」與「顧客」代表同一哲學論述的正、反兩面；「商人」以抽象的觀念與矛盾譬喻，透過辯證邏輯，試圖說服對方道出其心底欲念，而「顧客」則有系統地一一瓦解對手的論點。欲望的源始、形成、成熟、命名、比較、否認是論爭的表面議題，而且雙方在最後訴諸武力的威脅之下，皆有默契使用雙關語進行語言交易。因此本劇為一後設文本（métatexte），對語言溝通有其雙層考量。寂寞的處境「**就好像對著一棵樹告白，或者是面對著監獄的牆壁，或者是在棉花田裏散步的孤寂，赤身裸體，於深夜時分**」（31），這是雙方於華燈初上時刻，邂逅於人跡罕至的街道的主因。由於雙方對話交鋒多次以性做譬喻，同志相互觸探的戲劇狀況，很自然地會浮現在觀者腦海。不過仿典麗的新古典文體行文，全劇意象繁富，句式複雜，結構井然，寓意婉曲，這正是曖昧語意滋生的場域。

戈爾德思的寫作才華自此得到肯定。此哲學論述超級難讀，而薛侯就是有本事把如此複雜的論述做成一個賣座的演出。千里馬與伯樂相輔相成。巴黎的「阿曼第爾」劇場是兩人光芒相會的傳奇所在。

※《返回沙漠》博君一笑？

緊密的語言結構讓戈爾德思的作品少了一點幻想的情趣。在極端嚴密的哲學論述之後，他爲好友邦迪（Luc Bondy）的舞台劇演出重新翻譯莎劇《冬天的故事》。莎翁的喜感，以及天馬行空的自由寫法，使他心胸一開，領悟到編劇原不必如此被時空限制綁得死死的，以至於想像力無從眞正展翅飛揚。他乃爲當時法國商業劇場的皇后雅克琳．瑪洋（Jacqueline Maillan）寫了《返回沙漠》一劇，並且由薛侯改在巴黎市中心的「圓環劇場」（Théâtre du Rond-Point）盛大公演。此舉意味著戈爾德思的觀衆群，由初期欣賞薛侯的菁英觀衆，擴展到一般中產階級大衆。表面上，戈爾德思好像寫了一齣傳統五幕的「林蔭道喜劇」（Comédie de Boulevard）

---

❾「林蔭道喜劇」指一八五〇年左右在法國上演的通俗喜劇，劇情大半針對三角關係大作文章，博君一笑是演出目的，娛樂效果爲其賣點，全盛時期常以一位明星演員組成戲班子。此種劇種當初是在巴黎市中心林蔭大道兩旁的大戲院發跡，故而得名。

❾，這也是他唯一一齣以幕次來組織劇情的劇本，看似通俗、搞笑，以迎合觀眾口味爲能事，其實則別有所指。

此劇自傳色彩濃厚。故事發生在一九六〇年代法國東部的一個小城，開場戲立即交待闊別經年的女主角攜兒帶女，遠從阿爾及利亞返回老家，欲向兄長要回她份內的遺產，老兄老妹因此一見面就拌嘴。接著各式小城故事逐次登場：口角、私通、復仇、酗酒、私了、甚至連冤魂也來插上一腳！可是彼此打照面，大家則言必奉聖母瑪麗亞之名。作者越是諷刺劇中人物的自私自利、假仁假義、心胸狹窄、目光短淺、仇視外人，台下中產階級的觀眾就越發坐立難安，笑聲也就越不自然。再者，「阿爾及利亞戰爭」（1954-62）是全劇隱約指射的時代背景。這場不光榮的殖民戰爭，更是多數法國人不愛被人喚起的回憶（Bradby, 1995：17-20）。在劇中，無人明白談起阿爾及利亞戰爭，城裏頭阿拉伯人開的咖啡館，卻接二連三地被炸毀。後花園中則有黑人傘兵突降，並緬懷昔日光榮的殖民之役！逃兵跳到矮牆上，縱身一躍，居然消失在無垠的天際之中！最後，下一代私通款曲，生下一對黑人雙胞胎，並依羅馬建國雙胞胎始祖Rémus及Romulus命名！眼看大好江山即將易主而治，未來即將是混血黑人的天下，老兄老妹乃一起逃回阿爾及利亞的沙漠頤養天年，劇名至此豁然而解。但「沙漠」亦指涉法國小城的荒漠心態，所以劇首女主角是回到這個她出生的心靈荒蕪城鎮。「返回沙漠」一語雙關。

此劇所指的確很難使法國人輕鬆得起來，但全劇內容卻維持在奇詭（singulier）的喜劇基調中發展，大的歷史與社會議題全以超現實的荒謬情境處理，諧擬（parody）手段顯而易見，如「聖母往見」（Visitation）、「天使報喜」（Salutation angélique）、「耶穌昇天」（Ascension）及「聖嬰誕生」（Nativité）爲其犖犖大者（Regnault, 1990：328）。其他回教、佛教、阿拉伯傳奇、羅馬神話典故更觸目皆是。全劇的五幕結構，更依回教一日五禱時刻標明。由上述可見此劇遠遠超過通俗「林蔭道喜劇」的寫作規模。

就語言結構而言，口角爭執是基本手腕。被活潑生動你來我往的話語帶著走，不知不覺觀至劇末便叫人大吃一驚，因爲戲劇焦點已不知於何時移轉至下一代身上了，原始的奪產與復仇動機，亦不知於何時已減弱其威力，老兄老妹兩人已將所有精力皆耗在吵架現場上。兩人越是吵得起勁，二人對峙的緊張情勢就越趨和緩，因已無暇顧及其它。在前作中，戈爾德思把語言當作是角色行動的工具，角色光說話便能收行動之效，而毋需真正動手動腳實際去做；在此戲中，則是口角所釋放的能量先於一切意圖，最後甚至耗盡行動的意志！

即便是在一個通俗的範疇中編劇，戈爾德思的編劇意圖與手腕亦絕不流俗。

※達巴達巴城的姊弟

《達巴達巴》是一九八六年回應「開放劇場」（Théâtre ouvert）的「敢愛」（Oser

Aimer）主題所寫的六頁極短劇。在達巴達巴城一棟房子的內院，於熱到攝氏四十度的子夜時辰，姊姊刺激弟弟到外頭跟女孩子鬼混去。弟弟反唇相譏之餘，兀自不停擦拭他的寶貝摩托車。在可以告白的台詞底下，愛欲呼之欲出，無邊的孤獨則是另一沉默的心聲。姊姊哭道：「我不要情人，我不要先生。情人，好像太陽一樣，越是發熱，就越把你的周圍晒成荒漠。我不要像一株植物獨自在砂石荒漠裏長得油油亮亮。」（*Roberto Zucco, suivi de Tabataba*：106）。亂倫禁忌由「敢愛」這個創作主題點破。以五來五往的對話骨架撐起全劇，戈爾德思充份施展戲劇語言的極度張力。劇終姊弟二人同留在家中一起「摸摸擦擦」摩托車⑩。

※孤獨的殺人英雄

一九八八年於愛滋病病榻上，戈爾德思為一年輕的無動機殺人狂——義大利的侯貝拓・蘇柯（Roberto Succo）⑪——所吸引，乃窮其最後精力寫下了登峰造極的《侯貝多・如戈》

⑩ 這輛摩托車在人物表上被幽默地擬人化，有個美國名字叫Harley Davison，可見這輛摩托車象徵姊弟二人的結晶。

⑪ 有關系列殺手Roberto Succo的新聞報導，見P. Froment所撰的*Je te tue*. Paris, Gallimard, 1991。

（*Roberto Zucco*）一劇。採戲劇「表現主義」的人生旅站編排場景，此劇以十五個歇腳旅站，亦即十五個短景，交待主角越獄、犯案、逃亡、被捕及最後跳樓的過程，劇情支線則旁及另一個問題家庭的解體。情節本事乍看是在暴露現代都會問題，譬如系列謀殺、非法交易、少女賣娼、暴力事件、問題家庭等等。其實作者以超然客觀的視角創作，因此全劇未給任何道德教訓，亦未說明主角的殺人動機，甚至還仿「箴言」書寫格式，記下似是而非的警世明言，藉以質問可疑的傳統道德倫理規範。作者並且一如往例旁徵博引聖經、神話及文學典故，全劇因此超出社會寫實劇的規制，以象徵譬喻手法凸顯當代人生的困境。

在戈爾德思筆下，如戈的殺人行為其實是自殺行徑，因此每回都發生在意料之外的時機，且殺人的情境亦故意處理得曖昧不明。如戈弒父、殺母讀似意外事件，且如主角後來所言，此事本屬正常（*Roberto Zucco*：92）。這是古典希臘諸神求生存的原始情境（Lanteri, 1994b：29）；不殺父母，無以自立門戶，「我」是在除掉身生者以後的心理建構，我們不要忘了作者是有意把如戈塑造成神話英雄。弔詭的是，殺了父母——生命的源頭，同時意味著自毀。其次，暗殺警探亦為自尋死路之舉，就是因為暗殺了警察，使主角成了全國的通緝要犯。最後說到濫殺無辜，從曖昧的前後文來看，小孩——另一個母親的孩子——是如戈的心理映象，因此這個「什麼都動不了」的小孩才會讓他如此心慌意亂，最後於高壓緊張之際，殺掉另一個自我（孩子），以求自保，其實殺的是自己（Lanteri, 1994a：43）。沒有人知曉主角犯案的原因，可是無邊的寂寞是此劇所有角色未言的心境。細讀每場對白，會發覺幾乎沒有人認真在聽別人說話。如戈明明與人交談，其實自言自語。他與外界的溝通，就如同他對著不通的電話，兀自喋喋不休一般（第八景）。這個孤獨的英雄自覺被關在處處有牆的世界，最後只有自毀一途，方能逃出殺或被殺、出賣或被出賣的交易邏輯。

把一個謀殺要犯神化成英雄人物，此劇教人隱隱不安。劇首引文所指涉之古波斯太陽神密特拉（Mithra）的崇拜禮儀，原是信徒爲了達成永生所進行的宗教儀式（Chevalier & Gheerbrant, 1982：639）。因此劇終如戈只是「摔下來了」，雖然準死無疑，然而由於死在舞台上的終極畫面（tableau final）刻意隱去不寫，主角「昇天」、永生的意義就點出來了。再者，如戈也被比喻成聖經中的神話英雄申參（Samson）與戈力阿德（Goliath）。在生前最後一次電台訪談中，戈爾德思解釋了他神化罪犯爲英雄人物的原因：若考慮到劇中主角與一般人沒兩樣，並且殺人只要輕扣板機就辦得到，如戈堪稱足爲儆戒／堪爲楷模的殺手（un tueur exemplaire）。「只不過，他不是因爲汽車被人刮了一道而殺人……他殺人不爲任何原因，沒有任何理由。就這麼一下子，輕扣一下板機，就偏離正軌，好像一節火車出了軌。我覺得這道行程不尋常（incroyable）、像神話一樣。弒父與自殺的事實，彷彿神話，這是一道『古典』的、希臘的行程。」更甚於悲劇的意涵，這其中有個美學的竅門（un truc esthétique），就如所有的悲劇一般，這是一齣沒有動機的悲劇，宛如命運……（Koltès & Attoun, 1990）。

※無解的殺人謎題

《侯貝多・如戈》不是戲劇史上第一部以無做惡動機罪犯爲主題的作品⓬，然而這是頭一回有人寫這個題目而不給任何道德教訓。此劇首演的德國大導演彼德・胥坦（Peter Stein）即明白指出，惹內筆下的文學人物，有很多位都可以和如戈稱兄道弟。差別在於惹內的罪犯角色皆免不了感情用事，並且多半還是講「兄弟」的道德倫理。戈爾德思則完全以非關道德（amoralité）的態度交待主角無法解釋、亦無可解釋的犯罪行爲。尤有甚者，戈爾德思在劇中不斷攻擊社會中常聽得見的各種感情與價值觀的陳腔爛調，如戈被英雄化的過程也就再所難免。在希臘悲劇中，主角是針對社會而有所行動，然後社會藉著歌隊，再來討論主角的行止。在戈爾德思劇中，如戈根本與社會脫節；劇中的社會充其量只是個「觀劇社會」（la société-du-spectacle），湊熱鬧有餘，卻沒有能力反省（Stein & Laurent, 1994：53）。全劇最長、出場人數最多的第十景「人質」即充份呈現我們這個觀劇社會的可疑心態。在公園中看搶劫人質的「觀衆」與在戲院中看戲的觀衆有何不同？從這個角度來看，殺手在「觀衆」的注視之下也成了受害

⓬ 舉個衆所週知的例子，莎劇《奧塞羅》中的依阿高（Iago）。

者；在觀者的起鬨之下，不法的行動越演越烈，終至不可收拾⓭。

其實我們可以問：暴力行爲在我們現代社會的心理機制扮演什麼角色？暴力行爲向來在社會的協調（l'économie de la société）上有其重要性。自古希臘悲劇藉其血淋淋的事件，就負有淨化觀衆心靈的使命，那麼現代悲劇呢？這部挑釁的劇作問了許多值得深思的問題。我們的社會既然淪落至無法反省的地步，如戈的作用就是來喚醒古老的英雄夢。所以即使不含道德教訓，一如所有的英雄人物，如戈也需要被神化：這是全劇的結局。事實上我們所處的社會早就缺乏一貫的意識型態，此劇之「無解」亦其來有自（Stein & Laurent, 1994：53-54）。也正因爲無解，無動機的殺人案件也就更形可怕。

這部絕作雖仍保有作者一貫的文風，卻是戈爾德思首部眞正創造了戲劇化情境的劇本（Stein & Laurent, 1994：52）。也就是說，戈爾德思遵循起承轉合明顯的故事邏輯編劇，爲其特有的對話結構塑造輪廓淸楚的角色，且明白交待事件的來龍去脈，一波又一波地製造高潮，故事結構井然，而非欲說還休，半隱半現。煽動的劇情內容冷冷靜靜地發展，讓人讀了內心一震。以傳統戲劇體制觀點視之，《如戈》一劇爲登峰造極的傑作，胥坦於一九九〇年假柏林的

⓭ 戈爾德思即認爲申參這個聖經中的大力士之所以異於常人，並非大力士本身有非凡的使命感，或是天生力氣大，而是別人投射的驚羨眼光使他成爲英雄（Koltès, Matussek & Festenberg, 1988：240）。

「戲院」（Schaubühne ）做全球首演，轟動一時。

如同所有稱得上偉大的作家，戈爾德思藉其劇本傳遞了個人色彩鮮明的觀照視野、人生哲學以及世界倫理觀。他質疑現存的體制和價值觀，卻拒絕爲任何意識型態服務。他的戲劇世界容或封閉、無情、嚴酷，位居邊緣且充滿暴力，他的角色通常以有無受到社會歧視分成兩個對立的陣營（Koltès & Guibert, 1994：18），在對話的極限狀況之下角色彼此的關係緊張劇烈，這樣一個激烈、絕不妥協、孤寂冷寞的世界是我們生活的世界。欲求、恐懼、孤獨、爭鬥、自毀是經常出現的議題。入侵他者地盤引發戲劇衝突，言語交鋒透露行動的效力，交易則是雙方接觸的策略。戈爾德思的世界正巧位於文明與叢林的邊界地帶，武力乃變成潛在的威脅。同時，反諷的技巧紓解嚴厲的氛圍，輕鬆滑稽的時刻亦時而有之。象徵隱喻的寫作手法豐富了作品的意義。戈爾德思了解到，文字是劇本創作的唯一手段。因此不管是喃喃不休的獨白（《夜晚就在森林前面》）、還是以完美新古典主義文筆寫就的哲學辯論（《在棉花田的孤寂》）、或是轉移言談主題的發言立場抗爭（《黑人與狗的爭鬥》）、抑或貌似日常生活的口角氣話（《返回沙漠》）、對白與敘述夾雜的混合文體（《西邊碼頭》）、或讀似對話但實爲內心的獨白（《侯貝多・如戈》），作者都能將戲劇文字的張力發揮到極致，充份展現未能訴諸言詞的對話壓力。是劇作家對現代城市生活的敏銳觀察，與其戲劇語言的經營功力，使戈爾德思成爲最受人矚目的當代法國劇作家。

黑人與狗的爭鬥

在非洲西部，從塞內加爾到奈及利亞的一個國家，在一處外商投資的公共工程的工地上。

人物

奧恩：六十歲，工頭。
阿爾佈理：一個神秘地混入工地的黑人。
蕾翁妮：奧恩帶來的女人。
伽爾：三十來歲，工程師。

地點

1.工地住宅區，四週圍有柵欄和瞭望台把關，高級管理人員住在這裏，工程建材也存放在此，住宅區裏有：

——九重葛花叢；一輛小卡車停在花叢下；

——遊廊，上置桌子、搖椅還有威士忌；

——一棟有遊廊的平房，房門半開。

2.工地：有河穿過，橋尙未竣工；在遠處，有個湖。

守衛的召喚聲：一種震動喉頭的捲舌嚮聲、鐵器互擊的聲嚮、鐵器敲打木頭的聲音、輕呼聲、打嗝聲、短歌、口哨聲，這個混雜的召喚聲好似玩笑或是暗碼，壓過樹叢晃動的聲音，傳遍工地住宅區，住宅區外圍有帶刺的鐵絲網嚴密保護。

一座橋：兩項對稱的工程，純白、巨大，鋼筋水泥加上鋼絲纜繩的建築，從紅沙的兩端搭起，但未接合在一起，中間是穹蒼的空際，底下有條泥沙河。

「他把放逐時期出生的孩子喚做奴歐非亞（Nouofia），意思是『於沙漠受孕』。」

阿爾佈理（Alboury）：十九世紀杜依洛夫的國王，曾反抗白人入侵非洲。〔譯註：杜依洛夫（Douiloff），爲今日之瓦羅富（Ouolof）。瓦羅富人是構成塞內加爾首都達卡的主要民族，因此瓦羅富語是當地的強勢語言。〕

「小白」（Toubab）：在某些非洲地區對白人的蔑稱。

「豺狼❶猛撲未洗淨的死屍，匆匆咬下幾口，飛跑時狼吞，逮不著又不知悔改的土匪，偶然淪爲凶手。

沿好望角兩岸，往昔準死無疑，於正中，冰山突起，撞上之盲者定遭懲罰。

受害者慢慢窒息而死，一邊沉浸在冥想和儀式的狂喜中，隱約地，母獅憶及愛之佔有物。」

---

❶「豺狼」法文爲chacal，其字音指涉劇中Cal（伽爾）這個角色。此詩第三段的「母獅」（lionne）也因發音接近而指涉女主角Léone（蕾翁妮）這個角色。

I

九重葛花叢的後面，薄暮時分。

奧恩：我看到了，打老遠，樹的後面，有人。

阿爾佈理：先生，我叫阿爾佈理；我來找屍體；他的母親想把樹枝放到屍體上面已經去過工地了，先生，但是沒有，她什麼也沒找到；他的母親會整夜在村子裏面轉，不停地嚎啕大哭，如果別人不還她屍體的話。一個可怕的夜晚，先生，因爲這個老太婆的嚎叫聲沒有人睡得著；我就是爲了這件事上這裏來的。

奧恩：是警察，先生，還是村子派你來的？

阿爾佈理：我是阿爾佈理，來找我兄弟的屍體，先生。

奧恩：一起可怕的事件，是的；一樁不幸的摔跤意外，一輛不幸的卡車開得飛快；司機會依法究辦。儘管三令五申，工人還是很不小心。明天，你會拿到屍體；我們不得不把屍體送去醫院，稍微整理一下，還給家屬也比較好看。請向家屬傳達我的歉意。我向你表示我的歉意。眞是不幸的事件！

阿爾佈理：不幸，對；不幸，不對。如果他不是工人，先生，他的家人會把他的腦袋瓜埋了然後說：「少了一張吃飯的嘴。」說起來也還是少了一張吃飯的嘴，因爲工程就要結束了，再過不了多久，他反正就不再是個工人了，先生；所以很快就會少了一張吃飯的嘴，所以不幸不會拖得太久，先生。

奧恩：你，我倒是從來沒在這裏見過。來乾一杯威士忌，不要停在樹的後面，我幾乎看不見你。先生，請過來坐。這裏，在工地上，我們跟警察還有地方政府的關係好得不得了；我很滿意。

阿爾佈理：從這個工程開始動工起，村子裏的人就常說到你。我就對自己說：「眼前有個機會就近看到白人。」我還有，先生，很多事要學，我那時就對我的靈魂說：「跑去聽個夠，跑去看個飽，不要漏掉任何你要見識的東西。」

奧恩：不管怎樣，你的法語說得很好；當然囉，英語跟其他語言就更不在話下；你們這裏的人，個個都有非凡的語言天份。你是公務員嗎？你有公務員的水準。再說，你知道的事情比說出來的要多。說起來，這些都是不小的恭維。

阿爾佈理：恭維很管用，在一開始的時候。

奧恩：奇怪。通常，村子會派一個代表團來找我們，然後事情三兩下就解決了。通常，事情搞得比較盛大不過進行得很快：八到十個人，八到十名死者的兄弟；我通常很快談好交易。對你的兄弟來說這是椿悲劇；你們這裏每個人都叫做「兄弟」。他的家屬要一筆賠償金；我們會給，當然囉，給有權要求的人，如果他們不獅子大開口的話。但是你，話說回來，我肯定還從來沒見過你。

阿爾佈理：我個人，我只是來要回屍體，先生，並且一拿到我人就走。

奧恩：屍體，好好好！你明天就會拿到。請原諒我的激動；我有天大的煩惱。我太太剛剛才到；她整理行李整理了好幾個小時，我沒辦法知道她的第一印象。有個女人在這裏，這可是天大的騷動；這種事我不習慣。

阿爾佈理：很不錯，有一個女人，在這裏。

奧恩：我剛剛才結婚的；才就是剛剛；其實，我可以跟你說，這事甚至還沒完全煮成熟飯，我是指形式上。可是結婚，先生，還是一個大的變動。我對這些事情一點也不習慣；我很煩惱，看不到她人從房間裏走出來搞得我神經不安；她在那裏面她在那裏面，而且整理東西整理了好幾個小時。我們喝一杯威士忌等她吧，我會跟你介紹；我們小小慶祝一下，然後你可以留下來。不過先過來桌子這邊；那裏幾乎沒有光線了。你知道，我的視力有點弱。走出來吧。

阿爾佈理：不可能，先生。看那些警衛，看，就站在那上面。他們監視工地也監視外頭，他們在看著我，先生。如果看到我跟你平起平坐，他們會懷疑我，他們說獅子窩裏的活山羊信不得。不要對他們說的話生氣。當一頭獅子要比當一隻山羊體面多了。

奧恩：話是這麼說，他們到底讓你進來了。要想進得來需要一張通行證，照一般情形，或者是代表官方政府正式出面；這些規定他們清楚得很。

阿爾佈理：他們知道不能讓那個老太婆哭一整個晚上，還有明天一天哩！要想辦法安撫她；不能讓全村子的人整晚睡不著，要想法子滿足人家母親的心願，把孩子的屍體還給人家。他們很清楚，他們這票人，爲什麼我要來這裏。

奧恩：明天，我們讓你抬走。現在，我的頭快炸了，我需要一杯威士忌。對我這樣一個老頭子，去要了一個女人，實在不理智，不是嗎，先生？

阿爾佈理：女人不是不理智的東西。女人還說要舊鍋子才燉得出上好的湯。女人說話向來這樣，不要跟她們計較。女人有女人自己的話，不過她們的這句話對你來說很有面子。

奧恩：就算是結婚？

阿爾佈理：尤其是結婚。先得爲女人付出代價，然後再套牢她們。

奧恩：你眞聰明！我相信她快出來了。來，來，聊幾句。杯子已經擺好在那裏了。不要老待在樹的後面，停在陰影裏。過來，陪我喝一杯。

阿爾佈理：先生，我不能，我的眼睛不能接受太強烈的燈光；我的眼睛會被閃到然後看不清楚；我的眼睛無法習慣你們點的強光，一到了晚上的時候。

奧恩：來，過來，你快看到她的人了。

阿爾佈理：我從遠處看。

奧恩：先生，我的頭快炸了，一個人可以好幾個小時收拾什麼東西呢？我要問問看她的第一印象。你知道有個令人驚喜的消息嗎？煩惱眞是煩惱！我要放煙火，就在今天深夜；留下來；這個瘋狂的念頭可花了我一大筆錢。再說，我們得好好談談這件事情。沒錯，我們關係一向是好得不得了；官方政府，我予取予求。我一想到她在這扇門的後面，在那邊，一想到我還不知道她的印象！假使你是警察局裏面的人，那更好；我同樣樂意跟他們交涉。非洲對一個從來沒有離開過巴黎的女人應該是一大震驚。說到我的煙火，你會看得目瞪口呆。我現在要去看看這具見鬼的屍體到底是怎麼一回事。（他走出去。）

Ⅱ

奧恩（在半開的門前）：蕾翁妮，你好了嗎？

蕾翁妮（從室內）：我在整理。（奧恩走近），喔不，我沒在整理。（奧恩駐足。）我在等這個東西不再動了。

奧恩：什麼？

蕾翁妮：等這個東西不再動了。天暗下來以後，情形會好一點；在巴黎，也一樣：我的心有一個鐘點會不舒服，就是從白天過渡到晚上的這段時間。再說嬰兒不是也會夜啼。我有藥得吃；我可不能忘了。（**伸出半張臉，她指著九重葛。**）這是什麼花？

奧恩：不知道。（**她又消失了。**）來乾一杯威士忌。

蕾翁妮：威士忌？哇！不行，完全禁止。太過份了，那你就會看到我這人的眞面目。我完全不准喝酒。

奧恩：你還是出來吧。

蕾翁妮：我在算少帶哪些東西；我少了一堆需要的東西，卻有一堆永遠用不著的。人家跟我說：「要帶毛衣，非洲很冷，到了晚上。」冷，喔唷！這些土匪。我現在手上就有三件毛衣。我覺得人不俐落。我怯場，寶貝，是一種怯場。其他男的，人怎麼樣呢？人家不會喜歡我，一般說來，在第一次見面的時候。

奧恩：只有一位，我已經跟你說過了。

蕾翁妮：飛機，這種玩意兒我不喜歡。說到底，我還比較喜歡電話；電話一定可以再掛上去。可是我自己也做了心理準備，好像中了邪一樣：我從早到晚聽非洲音樂，跟我住同一棟公寓的人都聽瘋了。你知道我剛剛打開行李發現什麼了嗎？巴黎人有一股騷味，我早知道；他們的味道，我早就在地下鐵、在路上領敎過了，碰到那些不得不擦身走過的人，我聞到人家的氣味拖在後面久久不散，過後這些氣味就聚在角落裏發酵。哪，我現在還聞得到，在那裏，在我的箱子裏；我眞是受不了。毛衣、襯衫、隨便一塊破布要是沾上了魚腥、過熟的水果或者是醫院的味道，你去試試看把那種味道除掉！可是巴黎人的味道還要更厲害。我得花一點時間來給這些衣服透透氣。我眞是高興來了這裏。非洲，我總算來了！

奥恩：可是你什麼都還沒看到，人甚至還不願走出這個房間來。

蕾翁妮：喔！我已經看夠了，何況這裏我已經看得夠久夠資格稱讚了。我可不是來參觀訪問的。現在我準備好了；一等到我算完有哪些東西少了，哪些東西我太多了，順便把衣服透透氣，我就出來，我跟你保證。

奥恩：我等你來，蕾翁妮。

蕾翁妮：不要等我！不要等我。（守衛的召喚聲；蕾翁妮半隱在門邊。）這是什麼聲音？

奥恩：是守衛的聲音。天黑以後還有整個大半夜，有時候，爲了保持清醒，他們互相叫喚。

蕾翁妮：眞可怕。（傾聽。）不要等我。（她回房。）喔寶貝，我得對你招認。

奥恩：什麼？

蕾翁妮（低聲）：就要來這裏以前，昨天晚上，我在「新橋」❷上面散步。結果呢？突然之間我覺得好棒，喔這麼幸福，沒有任何原因的，從來沒經歷過的快樂。眞可怕。我一有這種狀

---

❷ 塞納河上的一座橋。

況，就知道會走霉運。我不喜歡夢想太快樂的事或者覺得太棒，要不然我那天就會從早到晚神經不寧，一直等著倒楣的事發生。我會有預感，不過都是相反的感覺。我的預感很準。喔，我不急著離開這個房間，寶貝。

奧恩：你只是神經緊張，這很正常。

蕾翁妮：你對我知道得這麼少！

奧恩：來，出來。

蕾翁妮：你很確定只有你一個人在嗎？

奧恩：百分之百確定。

蕾翁妮（伸出手臂。）：你讓我渴死在這裏。喝過水我就出來，我跟你保證。

奧恩：我去找喝的。

蕾翁妮：可是我要的是水，要記得，只要水！我有藥丸要吞，而且是要用水吞下去。（奧恩走出去；蕾翁妮現身打量周圍。）這一切讓我印象深刻。（她彎下身摘一朵花，再走回房裏。）

Ⅲ

在遊廊上。奧恩進來。

伽爾（在桌邊，頭埋在雙手中。）：小白，可憐的小東西，你爲什麼走了呢？（哭。）我什麼地方對不起牠？奧恩，你是知道我的，你知道我神經過敏。要是牠今天晚上不回來，我把他們每一個都宰了；那一票吃狗肉的傢伙。他們偷了我的狗。奧恩，沒有牠我睡不著，他們正在吃我的狗。我甚至沒聽到我的狗叫。小白！

奧恩（分紙牌。）：喝得太多了。（他把酒瓶移開。）

伽爾：太安靜！

奧恩：我押五十法郎。

伽爾（把頭抬起來。）：五個數目一起來？

奧恩：單獨算。

伽爾：我不跟。每個數目十法郎，就十法郎，一分錢也不多。

奧恩（突然看著對方。）：你刮過鬍子，還梳了頭髮。

伽爾：你知道我總是晚上刮鬍子的。

奧恩（看著骰子。）：是我的。（收錢。）

伽爾：再說，我想用籌碼玩；就爲了好玩，純娛樂。你收錢，你收錢，這還會有什麼娛樂效果？你這個人只有贏了才覺得好玩，眞噁心；人人爲己而且從來沒想到過要眞正爽一下。一個女人，那我們這兒會變得斯文一點。你會讓這個女的噁心，就快了。我個人，我贊成不玩錢的遊戲，不贊成賭錢。我們應該玩籌碼。再說，女人比較喜歡用籌碼玩。女人給牌戲帶來一點人文氣息。

奧恩（低聲）：伽爾，那邊有個人。他是村子裏的人或者是警察，或者更糟，因爲這個人我從來也沒見過。他不願意說出是奉誰的名義找上門來算帳的。不過這個帳，他是要算，而且你得還他，還他本人。你準備一下。我個人，我不管這檔子事；我沒有頭腦管這些；我什麼都不知道；我不包庇你；當時我人不在場。我的事情完結了，所以再會了。這一次，你自己負責；還有你連一口該死的威士忌都經不住。

伽爾：可是我沒辦法，奧恩，我什麼都沒幹，奧恩，（低聲）現在不是拆夥的時機，我們應該繼續在一塊兒，奧恩，應該團結一致，這事很容易辦，你給警察寫份報告，一份給局長的報告，簽上你的名字，然後案子就結了；而且我也會保持冷靜。你這人，每個人都相信你；我只有我的狗，我嘛，沒有人聽我的。我們要團結一致對外。我不要跟這個黑鬼講話；事情的經過很簡單，而且我跟你交待全部眞相，讓你來處理。你知道我的神經過敏，奧恩，你知道得很清楚；我最好不要見到他。話說在先，我的狗不回來，我就不見任何人。（哭）他們會吃掉我的狗。

奧恩：每個數目我押五十法郎一分錢不少。

伽爾（押五十法郎。有癩蛤蟆在叫，聲音很近。）：我們那時候在看天色，工人還有我；小狗聞到了要下大雨的味道。有一個傢伙穿過工地；我看到他人。就在同時，突然打雷下起雨來。我大聲喊：「來，小白，過來！」狗抬起頭，狗毛豎立；小狗聞到死亡的味道；牠興奮起來，可憐的畜牲。然後我看小狗跑向那個黑鬼，他就挺在那邊，雨嘩啦嘩啦地下。「來，小白！」我喊狗過來；可憐的畜牲。這時候，天打雷霹嚇死人，閃電又急又猛，我看到一道強烈的雷光。小白停下來；大家全看著狗。再來大家就看到那個黑鬼倒了下去，閃電又猛又急；正中一擊，雨勢很兇很兇；他躺在爛泥巴裏。這時候有一股硫磺的味道飄到我們這邊來；然後，聽到有卡車開過來的聲音，就從那邊，朝我們這裏猛衝。（奧恩擲骰子。）我的小白走失了，沒有牠我睡不著，奧恩。（哭。）從很小的時候起，牠就睡在我身上，憑著直覺牠總是會回到我的身邊來，小白沒本事單獨應付大場面，奧恩；可憐的畜牲。我聽不到牠在叫；那些傢伙把牠吃了。我自己，到了晚上，這個小東西捲成一團毛球睡在我的肚子、大腿、老二上面；我就這麼睡著，奧恩，這已經進到我的血液裏面去了。我什麼地方對不起牠呢？

奧恩（看著骰子。）：十二。（伽爾收錢。）

伽爾（眨眼睛。）：奧恩，好個意外！你說：我要去機場；從機場回來，你跟我說：我太太人在裏面！眞是晴天霹靂。我甚至不曉得，你爲自己找到了一個女人，來打發晚年，老哥，你一時之間是怎麼搞的？（雙方下賭注。）

奥恩：一個人不應該無根無葉地過一輩子。

伽爾：當然囉，老哥。（收錢。）重要的是，你好好地挑了一個女人。

奥恩：上一次去巴黎的時候，我說了：「要是你這回還找不到老婆，以後就不用找了。」

伽爾：不過你找到了！你這個老風流！（雙方下賭注。）你還是得小心氣候。天氣會把女人激得發瘋。這一點，可是有科學的根據。

奥恩：這個女的不會。（伽爾收錢。）

伽爾（眨眼睛。）：那麼，我會給她一個好印象囉，我會找到機會吻她的手；她會見識到優雅的禮儀。

奥恩：我問她：「你喜歡看煙火嗎？」「喜歡。」她回答說；我說：「我自己，我每年放一次，在非洲，不過這一次是最後一回。你想看嗎？」「想。」她回答。那麼，我就給了她地址和買機票的錢：「一個月內來找我，胡吉里的包裏也要一個月的時間才到得了非洲。」「好。」她說。我就是這樣找到她的。就是爲了這最後一次的煙火；我要一個女人看到這個盛況。（他下賭注。）我對她說工地要關門了，到那個時候我就要永遠離開非洲。她對什麼都說好。她老是說好。

伽爾（過一陣子。）：奥恩，爲什麼工程不繼續進行呢？

奧恩：誰知道？我出了五十法郎。（**伽爾下賭注。**）

伽爾：奧恩，爲什麼馬上就要結束呢？爲什麼沒給任何理由？我可還要上班，奧恩。還有我們已經完工的部份怎麼辦呢？森林已經給砍下來一大半，公路也鋪了25公里，橋造了一半，還有員工宿舍、等著要挖的水井？花在這上面的時間全不算數了？爲什麼我們什麼都不知道呢？奧恩？那些決定我們怎麼什麼都不知道？還有你，爲什麼你會不知道呢？

奧恩（**看著骰子。**）：是我的。（**沉默；守衛的召喚聲響起。**）

伽爾（**低聲**）：他在咬牙。

奧恩：什麼？

伽爾：在那邊，在樹的後面，那個黑鬼，叫他離開，奧恩。（**沈默。遠方有狗吠聲；伽爾嚇得跳起來。**）小白！我聽到了。牠在陰溝附近晃來晃去；牠就算是掉下去，我也不會動一動。（**兩人下賭注。**）他媽的；牠晃來晃去，我叫牠的時候，牠答也不答，牠裝做在思考的樣子。是牠嗎？沒錯。你自己好好想想，小狗子；我是不會去把你撈起來的。牠一定是聞到了有不熟悉的畜牲；讓牠自己想辦法脫身去；牠不應該掉得下去；就算萬一掉下去，我也不管。（**同看骰子。伽爾收錢；低聲：**）那個傢伙，奧恩，我可以跟你說，他甚至不是眞正的工人；只是一個按日計酬的臨時工；誰也不認識他，誰也不會再說起他。當時他想要走；我說：「不行，你不能走。」早一個小時離開工地；一個小時，這還了得？要是讓他提早一個小時下班，以後就有前例可循了。就像我跟你說的，我說：「不行。」他就朝我的腳吐口水然後走了。他吐口水吐在我的腳上，只要再兩公分高就會吐到我的鞋子上頭。（兩人下賭注。）所以我就喊其他傢伙過來，我說：「這個傢伙，你們看到了？」（學黑人說話的腔調：）「看到了，老闆，我們看到了。」「他沒等收工就橫過工地？」「對，老闆，對，他沒等收工。」「沒戴安全盔，他有戴安全盔嗎？」「沒有，老闆，大家都看得很清楚他沒戴安全盔。」我就說了：「你們可要給我記住：『他沒經過我的允許就離開了。』」「對，老闆，喔沒錯，老闆，是沒經過你的允許。」然後他人就倒下去了；卡車來了而且那時候我還在問說：「究竟是誰在開卡車？到底開到多少速度這麼橫衝直撞地？司機沒看到這個黑鬼嗎？」再來，砰一聲！（伽爾收錢。）

奧恩：每一個人都看到你開槍。白癡，你甚至連自己該死的脾氣都管不住。

伽爾：這就像我跟你講的：「這不是我的錯；這是一起摔跤跌倒事件。」

奧恩：現場有一陣火光閃過。而且每一個人都看到你爬上卡車去。

伽爾：一陣火光是閃電；說到卡車，那是雨水搞得人眼花撩亂看走眼了。

奧恩：我可能沒上過學，不過你這一番蠢話，我早料得到。光會說這些蠢話，你等著看有什麼用好了；對我來說，再會，你是個傻瓜，何況這也不干我的事。我出一百法郎。

伽爾：我跟。

奧恩（敲桌子。）：你為什麼要去碰呢？我的天！去碰一具倒在地上的屍體就要為殺人的罪行負責，在這他媽的國家就是這個道理。要是沒有人去碰，就不會有人要負責，這就是一樁沒有凶手的凶案，一種懦夫的行徑，一起意外。事情就會簡單很多。但是現在女人找屍體找上門來了並且什麼也沒找到，什麼也沒看到。白癡。人家什麼都沒找到。（敲桌子。）你自己想辦法應付去。（擲骰子。）

伽爾：我看到的時候，我對自己說：這傢伙，我可不能讓它在一邊安眠。是直覺在做怪，奧恩，我神經緊張。我可不認得他；他只是朝我的皮鞋兩公分高的地方吐了口口水；可是直覺一衝動起來就管不住。我看著屍體對我自己說：你，現在不是我讓你安眠的時候。所以我就把它放在卡車上，開車一直開到垃圾場，然後把它丟到垃圾堆的最上面：這就是你自作自受的下場，好了；然後我回家。不過我又回到現場去，奧恩；我坐不下來，我的神經搞得我靜不下心來。我再去垃圾堆把它撿回來，從垃圾堆的最上方，重新放到卡車上；我一直載到湖邊然後把它丟到湖裏。可是這麼一來又便宜它在湖底安眠，我又開始心神不寧，奧恩，所以我再回去湖邊，走進湖裏一直到半個人浸到水裏的地方把它撈起來。它躺在我的卡車上，可是我不知道再要怎麼辦才好，奧恩：你這傢伙，我不能讓你在一邊涼快，絕不可能，這沒辦法的事。我看著屍體，我對自己說：這個黑鬼，會讓我神經失常。就是在這個時候我想到了一個法子。我對自己說：陰溝，解決的方法來了；絕對不會有人跳到陰溝裏面去把它撈出來。奧恩，就是這麼一回事；爲了讓它安眠，儘管我心底不願意，就這麼一次，奧恩；總算，我可以安靜下來。（**他們看著骰子。**）要是我得把它埋了，奧恩，那麼，我就一定會把它挖出來，我太清楚我自己了；再說如果讓他們領回村子裏去，那我就會去村子找回來。陰溝，這是最容易的解決辦法，奧恩，這是最好的方法；何況這樣一來我也冷靜了一點，多多少少。（**奧恩起身；伽爾收錢。**）還有說到黑人，老哥，黑人的細菌是所有細菌當中最厲害的；也順便告訴她這一點。說到要提防危險，女人永遠不夠當心。（**奧恩出去。**）

Ⅳ

奧恩（**在樹下跟阿爾佈理碰頭。**）：他當時沒戴安全盔，我剛剛才知道的。工人就是不小心，我跟你提起過的；我早料到了。沒戴安全盔：這樣我們就沒有任何責任。

阿爾佈理：把沒戴安全盔的屍體還給我，先生，是什麼樣子就照那個樣子還給我。

奧恩：我就是要來跟你說：請你做個選擇。要留下來或者要離開隨便你，可是不要待在陰影裏，一直站在樹的後頭，感覺到有人在卻見不到人影簡直讓人抓狂。要是你想過來我桌子這邊，你就過來，我沒說不行；可是如果你不願意，就請你離開；我明天早上在辦公室接見你，然後我們一起研究研究。老實說，我倒寧願你現在離開。我沒說不願意招待你喝一杯威士忌；

這話我沒說。嗯？怎樣？你拒絕過來乾一杯？你明天早上不願意到辦公室來？嗯？先生，做個選擇。

阿爾佈理：我等在這裏領回屍體，我只要屍體；而且我說了：「領到我兄弟的屍體，我人就走。」

奧恩：屍體，屍體，屍體！沒戴安全盔，你的屍體；現場有目擊者；他沒戴安全盔穿過工地出去。他們一毛錢都別想拿得到，回去告訴他們這一點，先生。

阿爾佈理：我把屍體領回去會跟他們說：「沒戴安全盔，沒有半毛錢。」

奧恩：先生，請替我太太想一想。這些聲響、這些影子、這些叫聲；對一個才剛下飛機的人，這裏太可怕了。明天，她就會習慣，不過今天晚上……她人剛剛才下了飛機，那麼，要是再加上，在樹的後頭，她看見，她發覺，她猜到有一個人站在那裏！你沒辦法想像的。她會嚇壞的。你要把我太太嚇走嗎，先生？

阿爾佈理：我沒這個意思；我要把死者的屍體領回去交給他的家人。

奧恩：先生，告訴他們說：我出一百五十美金給家屬。對你，我給你兩百美金，給你個人；錢我明天給你。這個數目不小。不過他可能是這個工地最後的一個死人；就這樣！你全聽清楚了。快走。

阿爾佈理：我會跟他們說：「一百五十美金。」然後我帶著屍體一起走。

奧恩：跟他們說，對，跟他們說這一點；這是他們有興趣的部份。一百五十美金會封住他們的嘴。至於其他，我打包票，他們一點也不會感到興趣的，屍體，屍體，哈！

阿爾佈理：我感到興趣，我個人。

奧恩：快走。

阿爾佈理：我留下來。

奧恩：我把你趕走。

阿爾佈理：我不走。

奧恩：可是你會嚇到我太太，先生。

阿爾佈理：你的太太不會怕我。

奧恩：會，會；一個影子，一個人！搞到最後，我會要警衛開槍，我眞會叫人來。

阿爾佈理：被殺死的蠍子總歸會爬回來的。

奧恩：先生，先生，你生氣了；你在說什麼呢？一直到現在，你的話我都聽得懂……難道是我在生氣嗎？我現在？你必須承認你是特別地難纏；面對你，談判談不下去。你那一邊也該盡點人事。留下來，好，留下來，因爲你好像是希望留下來。（低聲：）我很清楚上面的人很生氣。不過我個人，請你諒解，這種高層次的決定我沒有插嘴的餘地；一個工地的小工頭什麼都決定不了；我沒有任何責任。何況，他們得搞清楚：政府只管下命令、下命令，不過就是不給錢；錢已經有好幾個月下不來了。政府一不給錢，公司就沒辦法開工；你懂不懂？我知道我們有許多地方讓人不盡滿意：斷橋、半截公路。可是我能怎麼辦呢？我一個人，嗯？錢，錢，錢上哪兒去了呢？國家有錢，爲什麼國庫是空的呢？我不是說這些來冒犯你，可是請爲我解釋解釋，先生。

阿爾佈理：人家說政府官邸那裏變成了放浪形骸的地方；有人從法國運香檳過來，還有很貴的女人也一道過來；大家在官邸裏面開香檳、做愛，日以繼夜；就在部長的辦公室裏，所以國庫虧空，這是人家跟我說的，先生。

奧恩：做愛！有沒有聽到？（笑起來。）他不把自己國家的部長放在眼裏，你看看。喏，我覺得你人挺和氣。我不喜歡公務員，何況你究竟也沒有公務員的嘴臉。（低聲：）那麼，如果事實是這個樣子，就像你自己說的，年輕的一代什麼時候才要開始振作起來呢？他們什麼時候才能下決定，用他們從歐洲帶回來的進步思潮來替代這堆亂七八糟的事情？控制所有這一切？整治所有這一切？是不是有這麼一天可以看到斷橋和公路完工？請解釋一下；給我一點希望的幻覺。

阿爾佈理：不過也有人說他們從歐洲帶回來的，是一種致命的熱情——汽車——先生；他們滿腦子都是這東西；他們在車裏面日以繼夜地做樂；他們等著爲汽車而死；他們什麼全拋到九霄雲外；這是從歐洲回歸的結局；這是別人告訴我的。

奧恩：汽車，對；還是Mercedes的；我把他們全看透了，日日夜夜，開車開到發瘋；說到這裏，我很難過。（笑起來）就算是談到年輕的一代，你也不存任何幻想，我是眞的喜歡你。我相信我們處得來。

阿爾佈理：我個人，我等別人還回我兄弟；我到這裏來就是爲了這個原因。

奧恩：好吧，請你解釋，你爲什麼這麼堅持要把它討回去呢？這個人叫什麼來著？

阿爾佈理：奴歐非亞，這是他衆所周知的名字；他還有一個不爲人知的名字。

奧恩：說穿了，他的屍體，他的屍體對你有什麼重要？這是我頭一回碰到這種情形；雖然，我原來還以爲自己很了解非洲人的，非洲人不看重生死。我很願意相信你是特別地容易動感情；可是說穿了，這不是感情問題，嗯，讓你這麼固執是不是？感情，不是歐洲人才會有的問題嗎？

阿爾佈理：這不是感情問題。

奧恩：我就知道，我就知道。我常常注意到這種冷漠。說點題外話，你可知道有許多歐洲人被你們的冷漠嚇一跳；我個人，我是不覺得有什麼不對；要知道，亞洲人還要更糟。可是言歸正傳，那麼你爲什麼對一件這麼小的事情這麼固執呢？嗯？我跟你說了我會補償。

阿爾佈理：通常，一個小人物想要的是一件小東西，一件很簡單的小東西；不過這件小東西，他們眞的很想要；什麼都改變不了他們的念頭；爲了這件東西，他們並且可以不要命；而且就算被殺了，就算人死了，他們還是要這件東西。

奧恩：他是誰？阿爾佈理，而你，你又是誰？

阿爾佈理：很久以前，我跟我哥哥說：我覺得冷；他對我說：這是因爲有一小塊雲夾在太陽和你之間；我對他說：這可能嗎？這小塊雲讓我冷得要命，而在我的四週，大家拼命出汗，而且太陽還會把人給曬傷？我的哥哥跟我說：我也一樣，我冷得要命；我們就一起讓自己重新暖和起來。我接著對我哥哥說：這塊雲什麼時候會消失，那麼太陽也一樣能曬到我們呢？他對我說：它不會消失，這是一塊跟著我們四處移動的雲，永遠擋在太陽和我們之間。而我也感覺到這塊雲跟著我們四處移動，在熱天裏赤身裸體縱聲大笑的人群當中，我的哥哥跟我冷得要命，我們一起讓自己重新暖和起來。我的哥哥就跟我，在這朵奪走熱氣的雲下面，彼此適應習慣對方，由於一起取暖的關係。如果我的背發癢，我有哥哥抓癢；當他發癢的時候我替他抓癢；憂慮不安讓我啃他的手指甲，在夢中，他吸吮我的大拇指。我們的女人緊緊攀附在我們身上，然後輪到她們開始冷得要命；但是只要我們在這小塊雲下面緊緊靠在一起，我們彼此互相取暖，我們適應習慣對方，我們當中有人打了寒顫會從一頭傳到另外一頭。媽媽也來加入我們的陣容，還有媽媽的媽媽和她們的孩子還有我們的孩子，我們變成一個大家庭，人數多得算都算不完，其中即使有人身亡，屍體也從來沒被搶走過，而是嚴密地保存停放在我們中間，因爲在這塊雲下面的寒氣的原故。這小塊雲往上升，往太陽的方向升，因此奪走一個越來越大的家庭的熱氣，大家越來越習慣對方，我們是由死人、活人還有下一代的身體所組成的一個大家庭，隨著我們看到在太陽底下還曬得熱熱的土地界限越來越往後退，我們彼此越來越不可或缺。這就是我爲什麼要來把別人從我們這裏搶走的哥哥屍體要回去的原故，因爲少了他，這個讓我們彼此保暖的親近距離就此中斷，因爲，即使人死了，我們需要他的熱量來使自己重新暖和起來，而他也需要我們的熱氣來保持自己的溫度。

奧恩：先生，要相互了解很難。（**兩人注視對方。**）我相信，不管如何努力，要住在一起總是不容易。（**沈默。**）

阿爾佈理：人家告訴我說在美國，黑人上午出門，白人下午出門。

奧恩：人家跟你這麼說？

阿爾佈理：要眞是這樣，先生，這可眞是個好主意。

奧恩：你眞的這麼想？

阿爾佈理：對。

奧恩：不對，這是一個很壞的主意。大家應該要合作才對，相反地，阿爾佈理先生，要強迫大家合作。這是我的主意。（**停了一會。**）喏，我好心的阿爾佈理先生，我要讓你目瞪口呆。我個人有項絕妙的計劃，我還從來沒對人說起過。你是第一位聽到的。你再告訴我你的想法好了。說到這有名的三十億人類，大家向來吵吵鬧鬧：把所有人口全安置在四十層樓高的大廈裏，我已經算過了——建築物還沒定案，不過只要四十層正正好，四十層甚至還沒有蒙巴荷納斯大樓❸高，先生——在中等面積的大廈裏面，我的估計合理；這些大廈蓋在一起組成一座城市，我話要說清楚：這是唯一的一座城市，馬路十米寬，這個估計完全合理。那麼這座城市，先生，會佔掉法國的一半面積；不多不少。剩下的地方就空出來，完完全全空出來。你可以查對這些估算數據，我算了又算，數目絕對準確。你覺得我的計劃荒謬？現在的工作就只剩下去挑個地點蓋這座獨一無二的城市；然後問題就解決了。這麼一來再也不會起任何爭執，再也沒有什麼富有的國家，再也沒有貧窮的國家，所有人類同在一條船上，所有人類共享自然保護區。你看，阿爾佈理，我有一點共產黨色彩，我也一樣，照我的方法。（停一陣子。）法國在我看來是很理想的地點：這個國家氣候溫和、土壤濕潤、氣候適中、動植物分佈平均、得病的危險不過份高；法國，很理想，當然也可以把這座城市蓋在南半球，遠在太陽曬得最多的地方。可是，我自己，我喜歡冬天，我喜歡從前冰冷的冬天；你不曉得從前那些冰天雪地的日子，先生。這座城市，最好一路沿著阿爾卑斯山脈來蓋，縱向，從德國開始蓋到西班牙❹；喜歡冬天的人可以去原來的斯特拉斯堡地區居住，那些受不了風雪的人，

---

❸ La Tour Montparnasse 高二百公尺，為巴黎市南區的地標。

❹ 原文是說從孚日山脈（les Vosges）到庇里牛斯山脈（les Pyrénées）。

那些支氣管有毛病的人，還有怕冷的人可以往原來的馬賽和拜揚方向移居，這些老城市將來都會被夷爲平地。人類最後萬一起衝突，那將是一場理論的辯論：看是亞爾薩斯的冬天較具魅力，還是蔚藍海岸的春天比較迷人。至於世界其他的地區，先生，那會是自然保護區。一塊自由的非洲大陸，先生；大家可以開墾她豐富的資源、她的礦產、土地、太陽能，卻不會因此打擾到任何人。在腦筋還沒有被迫動到亞洲和美洲以前，非洲一洲就夠養活我的城市好幾代。要達成這項目標必需儘量利用尖端科技，用最少的工人上工，採輪班制，精心規劃，有點像公民役的性質；這些工人並且爲我們運來石油、金礦、鈾礦、咖啡、香蕉，所有你想要的原料都能進得來，可是卻不會再有非洲人因此覺得受到外國勢力的侵略，因爲他們人已經不住在那裏了！對，法國會變得很美好，大大敞開她的心懷，接納世界各國的人民，所有族群混在一起走在她的馬路上面散步；同時非洲也會變得美麗、空曠、大方、無憂無慮，變成一個養活世界的大乳房！（停一下子。）我的計劃讓你想笑？這至少是一個想法，先生，比你的主義更博愛。我要的非洲就像這樣，先生，我並且一直是這樣想。

（兩人互相注視；起風。）

V

在遊廊上。

伽爾（看到蕾翁妮，喊道）：奧恩！（喝酒。）

蕾翁妮（一朵花拿在手上。）：這是什麼花？

伽爾：奧恩！

蕾翁妮：你知道我要去哪兒才能找到喝的？

伽爾：奧恩！（喝酒。）他在搞什麼？

蕾翁妮：不要叫他，不用麻煩；我一個人找得到。（她走遠。）

伽爾（擋了她的路）：穿這種鞋子，你打算在這兒走路？

蕾翁妮：我的鞋子？

伽爾：坐。怎麼了？我讓你害怕？

蕾翁妮：不是。（沈默；狗吠聲，在遠處。）

伽爾：在巴黎，鞋子，誰也不知道這是什麼東西；巴黎人，什麼都不懂，還要裝懂，設計一堆亂七八糟的流行衣服。

蕾翁妮：我唯一就買了這雙鞋子，你卻對我說這番話。土匪！為這一點點牛皮你要被剝掉一層皮！還是聖羅蘭的非洲專櫃哩。好貴，這雙鞋！喔。眞是浪費。

伽爾：鞋子應該要包腳，應該支撐得住腳踝。穿上好的鞋子，經得住外力，鞋子，挺重要的。（喝一口酒。）

蕾翁妮：對。

伽爾：要是汗水讓你害怕的話，那麼，實在不聰明；一層汗水，這會乾了，然後再有另外一層，再有另外一層，最後就積成外殼，外殼有保護的作用。再來，要是氣味讓你害怕的話，氣味，可以培養直覺。再說，我們認識一種氣味，也就認識了一個人；更何況，這樣一來凡事就太方便了，我們知道什麼應該跟什麼在一起，一切就省事許多，這是直覺，就是這麼一回事。

蕾翁妮：喔，是。（沉默。）

伽爾：乾一杯，你爲什麼不乾一杯呢？

蕾翁妮：威士忌？喔，我不能喝。我得吃藥。再說，我也不這麼口渴。

伽爾：在這裏，就得喝，不管口不口渴；要不然，人會乾掉。（喝一口；沈默。）

蕾翁妮：我得縫一顆扣子。這個法子，完全是我個人的辦法；要我挖個鈕扣眼，不行，對不起，我弄不來。沒耐性，沒辦法。脫漏的扣子我總是保存起來，然後到最後，喏：一根安全別針解決一切問題。我做的最流行的洋裝，我發誓，還是而且總是用一根安全別針把洋裝別起來。邋遢女人，總有一天，你會被自己釘到。

伽爾：我也一樣，在從前，威士忌，我討厭得要吐口水；我喝牛奶，我這個人，我告訴你說，只喝牛奶；論公升地喝，論桶計算；在我旅行以前是這樣。可是，自從旅行以後，喏：他們該死的奶粉、他們的美國牛奶、他們的豆漿，這種牛奶裏面沒有半根牛毛。所以，也就只好勉強遷就這種鬼東西。（喝一口。）

蕾翁妮：喔。

伽爾：幸虧這種鬼東西到處都有得賣；這東西，我倒是從來沒缺過貨，走到世界的每個角落去都有得買。我可是走了不少地方；這話你可以信。你旅行過嗎？

蕾翁妮：喔，沒有，這是頭一遭。

伽爾：我嘛，年紀輕輕就像你看到的，我已經走了不少地方，不騙人。曼谷我去過了；伊斯法罕，黑海我去過了；馬拉喀什我也去了，丹吉爾，留尼汪島、加勒比海、火魯奴魯、溫哥華我都走過了；希古堤米到過了；巴西、哥倫比亞、巴達哥尼亞、巴雷阿里群島、瓜地馬拉，我去過了；最後是這個你他媽的非洲，喏，達喀爾、阿比讓、洛美、金夏沙、約翰尼斯堡、拉苟斯❺，這其中最糟糕的是，非洲，我可以告訴你。結果呢，到處不是威士忌就是豆漿；

而且沒有讓人驚喜的意外，門兒都沒有。我是還年輕，話說回來；好，我可以告訴你威士忌像威士忌，一處工地像一處工地、一項法國企業像另一項法國企業；全是一樣的爛貨。

蕾翁妮：對。

伽爾：不對，我們這家公司，不是最糟糕的，不要叫我說我沒出口的話，這可不成，相反地，我們這家很可能還是最好的公司，公司知道要照顧你，對你合情合理，我們吃得好、住得好，法國公司嘛，還會缺什麼？你看著好了；這可不是從我口裏你會聽得到反對的聲音，記住。（喝一口酒。）這可不是像那些他媽的義大利、荷蘭、德國、瑞士還有其他什麼我還不知道的公司，這些現在佔滿全非洲的跨國企業，他們才真是一塌糊塗。（喝一口酒。）我們的公司不一樣，絕對不同；我們是家合情合理的公司。管他義大利人或者是瑞士人，我才不稀罕，我的話你可以信。

蕾翁妮：喔對，喔不對。

---

❺ 伊斯法罕（Ispahan）在伊朗，馬拉喀什（Marrakech）和丹吉爾（Tanger）在摩洛哥，留尼汪島在非洲，希古堤米（Chicoutimi）位於加拿大，巴達哥尼亞（Patagonie）在阿根廷，巴雷阿里群島（les Baléares）屬西班牙，達喀爾（Dakar）位於塞內加爾，阿比讓（Abidjan）在象牙海岸，洛美（Lomé）爲多哥（Togo）的首都，金夏沙是薩伊首府，拉哥斯在奈及利亞。

伽爾：來一杯。（他爲她倒一杯威士忌。）

蕾翁妮：可是他人在哪裏呢？（沈默。）

伽爾（低聲。）：你爲什麼來我們這裏？

蕾翁妮（驚跳。）：爲什麼？我想看看非洲。

伽爾：看什麼？（停一會兒。）這裏，可不是非洲。這是一處法國公共工程的工地，寶貝。

蕾翁妮：這也還算是……

伽爾：不是。你看上奧恩？

蕾翁妮：一個人總得結婚，是的。

伽爾：跟奧恩，結婚？

蕾翁妮：對，沒錯，是跟他。

伽爾：不對。

蕾翁妮：可是你怎麼老是說……小山羊人在哪裏呢？

伽爾：小山羊？（喝一口酒。）奧恩不能結婚，你知道嗎？不知道？（沉默。）他已經跟你說過……

蕾翁妮：是，是，他跟我說過了。

伽爾：他是跟你說過囉，嗯？

蕾翁妮：是，是，是。

伽爾：一條好漢，奧恩。（喝一口酒。）他一個人跟幾個土番留下來，一個月單獨一個人留在這裏；爲了看守原料，在他奶奶的人家打仗的期間；這種他媽的任務人家可不能指望我去擔下來。所以他把一切都告訴你了，跟土匪動手，他的傷勢——可怕的傷勢，奧恩——還有所有一切事情？（喝一口酒。）奧恩，這下可賭大了。

蕾翁妮：是。

伽爾：才怪。他現在佔了什麼優勢？他多了什麼，你可知道？你自己？

蕾翁妮：我不知道。

伽爾（眨一下眼睛。）：可是他少了什麼，你應該知道！（喝酒。）這段故事，聽起來古怪。（他看著她。）你本人吸引他哪一點呢？（守衛的召喚聲響起；沉默。）

蕾翁妮：我口太渴了。

（她起身，走到樹下。）

VI

風颳起一陣紅砂石；蕾翁妮看到九重葛樹下有個人。

在颯颯的風聲中，在繞著她飛舞的振翅喀喳聲中，她認出了他的名字，然後她從對方雙頰上的部落標記感覺到烙印的痛楚。

一陣西非的乾旱風，砂石捲地，把她吹到樹下。

蕾翁妮（走近阿爾佈理。）：我在找水。"Wasser, bitte."❻（她笑。）你說德語嗎？這是我唯一稍微懂一點的外語。你知道，我的母親是德國人，道地的德國人，純德國血統；再說我的父親是亞爾薩斯人；所以我，因爲這樣……（她走近樹旁。）他們一定在找我。（她看著阿爾佈理。）可是他剛才告訴我說……（輕聲(九)：）"Dich erkenne ich, sicher."❼（她看看四週。）我是在看到這些花的時候才全部都認出來；我認出這些我叫不出名字的花；可是在我的腦海裏，花朵就像這樣子懸掛在樹枝上，姹紫嫣紅，我在腦海中已經看過了。你相信前世嗎？你個人？（她看著他。）爲什麼他告訴我這裏除了他們兩個以外沒有別人？（激動起來：）我相信前世，我眞的相信。這麼快樂的時光，好幸福，從這麼遙遠的地方回到我的記憶裏來；非常溫和的回憶。這一切一定發生在很久遠以前。我自己，我相信這些事。我

❻ 德語：「（我要）水，謝謝」。

❼ 「我認出你了，沒錯。」

過去知道有一湖，在這個湖邊我過了一輩子，已經過了一世，這個景象常常回到我的記憶裏，浮現在我的腦海中。（**給他看一朵九重葛。**）這花，除了在熱帶國家別處找不著，不是嗎？不過給我認出來了，來自遠方的花，我還在找其他的東西；溫溫的湖水，那些快樂的時光。（**很激動。**）我曾經被埋在一塊黃色的小石頭下面，在一個地方，在類似的花下頭。（**她俯身對他說：**）他跟我說這裏沒有別人，（**笑起來。**）這裏卻有你！（**她走開。**）要下雨了，不是嗎？那麼，請跟我解釋這些蟲子在快要下雨的時候該怎麼辦呢？一滴雨滴在翅膀上牠們就泡湯了。那麼，一下雨，蟲子怎麼辦呢？（**笑。**）我是這麼高興知道你既不是法國人也不是其他西方人；這樣你就不會把我當傻瓜看。再說，我也一樣，我也不是眞正的法國人。我一半德國人，一半亞爾薩斯人。喏，我們天生要……我會學你們的非洲話，一定，當我說得很好的時候，我會仔細考慮自己要說的每個字，我會跟你說……一些事情……重要的事情……我還不知情的。我不敢再看著你；你這麼嚴肅，我卻板不起臉孔來！（**她激動起來。**）你感覺得到有風嗎？風這麼打轉的時候，是魔鬼在打轉。“Verschwinde, Teufel.”❽，噓，滾開。那麼，有人就會去敲教堂的鐘，把魔鬼趕走，在我小的時候，這兒，沒有教堂嗎？你站在那裏，這麼嚴肅；我很喜歡嚴肅。（**她笑。**）我這人討人嫌，對不起。（**她停下來不動。**）我寧可留在這裏；這裏這麼甜蜜。（**她觸摸他但沒看著他人。**）

❽「**滾開，魔鬼。**」

"Komm mit mir, Wasser holen."❾好笨。我相信他們正在找我：我在那裏沒事做，我很肯定。（她放開他。）有人。我聽到……（低聲：）"Teufel! Verschwinde; pschttt!"❿（在他的耳邊：）「我會回來。等我。」（阿爾佈理消失在樹底下。）

"Oder Sie, kommen Sie zurück!"⓫

（伽爾進來。）

VII

伽爾（一隻手指放在嘴唇上。）：不要太大聲，寶貝；他不會高興的。

蕾翁妮：誰？這兒，只有我們兩個人。

伽爾：對，寶貝，對，就是因爲只有我們兩個人。（他笑。）奧恩，他這個人是會嫉妒的。（很近的狗吠聲。）小白？牠在那裏做什麼？這麼近？（拉蕾翁妮的手臂：）剛才有人來過了，

---

❾「跟我走，找水去。」

❿「魔鬼！滾開，噓！」

⓫「或者您，您再回來！」

在哪邊？

蕾翁妮：誰是小白？

伽爾：我的狗。牠看到土人會叫。你看到別人了？

蕾翁妮：這麼說，你把狗訓練得很好囉？

伽爾：訓練？我的狗從來用不著訓練。這是本能，用不著教。可是你，要是你看到什麼東西的話可得當心囉；讓畜牲自己去算牠們之間的帳；你趕快跑開躲到一邊去。

蕾翁妮：什麼？要是我看到什麼？

伽爾：要是你不跑開，反倒開始問起問題來，肚子挨一拳或者背上吃一刀，這就是等著你的下場。我告訴你：不管你看到什麼，不管是你還沒看到過的，還是我沒有給你看過的，趕緊趕緊跑開躲到一邊去。（擁蕾翁妮入懷。）可憐的小寶貝！我也一樣，有一天，我在這裏下了飛機，一個腦袋瓜滿滿的非洲印象；我自己剛剛才看到的非洲，剛剛才聽到的非洲！在我的腦袋裏，我過去喜歡非洲，我們沒看到、也沒聽到自己心中一直期待的東西；你會難過我懂。

蕾翁妮：我不難過。我剛才在找水喝，沒別的。

伽爾：你是叫？

蕾翁妮：蕾翁妮。

伽爾：你是看在錢的份上了？

蕾翁妮：什麼錢？你在說什麼？（伽爾放開她，走向卡車。）

伽爾：這個女人滑頭、危險。（他笑。）你以前是做什麼的？在巴黎的時候？

蕾翁妮：在一家旅館。打掃房間的女工。

伽爾：小女傭。在這裏能賺到的比你相信的要少。

蕾翁妮：我什麼都不信。

伽爾：我們做得要死不過賺得很少。

蕾翁妮：不對，我知道你賺得不少。

伽爾：小女傭，你哪來的這個想法？我看起來像是個賺很多的人嗎？（他展示他的雙手。）我這人看起來像是個不做事的人嗎？

蕾翁妮：不是因爲做了事，你就沒錢。

伽爾：眞正有錢的人不會把手做壞了，這才算是眞的有錢。有錢就能解決一切，省掉一切努力，凡事再也不必麻煩，再也不用流汗，不想做的事情連動也不必動；無憂無慮。這才叫眞正的有錢，可是在我們這裏！你趁早死了心。錢是有人付，對，可是不夠多；不夠多。眞正有錢的人根本不必吃苦。（看著蕾翁妮。）因爲這個偶發事件，在戰爭期間，奧恩，因爲這起……意外，他應該是大賺了一筆；他從來不提錢的事情，所以，這應該是一大筆錢。錢讓你感到興趣，嗯，寶貝？

蕾翁妮：不要叫我寶貝。看你用的這些字眼，土番、寶貝，還有你的狗的名字。不要給所有人起個狗的名字。我不是看在錢的份上跟著老山羊到這裏來的，不是。

伽爾：那麼，是爲了？

蕾翁妮：我跟著他是因爲他跟我這麼提議。

伽爾：任何人都有可能跟你提議，那麼一來，你就跟著人家走，嗯？（笑。）這個女人有個性。

蕾翁妮：沒有任何人跟我提議過。

伽爾：聽說你還喜歡煙火，嗯，寶貝？

蕾翁妮：對，也是，他也跟我提起過這項。

伽爾：你喜歡做夢，嗯？而且你也想讓我做夢，嗯？（嚴厲。）可是我這人，我幻想事實，我不做夢夢想謊話。（他看著她。）這個女人是個賊。（蕾翁妮跳起來；伽爾又一次擁她入懷。）我開玩笑的，寶貝，不要怕。我們，這麼久以來沒看見過女人，我一直很想跟女人開開玩笑。你覺得我像是個野人，不是嗎？

蕾翁妮：不是，喔…………

伽爾：可是，要是自暴自棄倒是一定會變成野人。不過這不是因爲人待在這個鳥不生蛋的地方，就該自暴自棄，我跟我自己這麼說。拿我做例子，我對一堆事情感到興趣，你等著看，我還喜歡講話，我喜歡開玩笑，尤其是，我喜歡跟人家交換意見。喏，我嘛，我以前愛哲學愛瘋了，眞的。可是後來呢？在這裏，這一切又有什麼用？非洲，這可不是像別人想的那樣，寶貝。連這裏的老傢伙也不讓我們引進新的想法；公司、工作把我們忙得沒有多餘的時間，想法，我是有；我以前就有。不過要動腦筋想，要動腦筋去想，要是眞的單獨一個人動腦筋去想，到最後就會感覺到想法在腦袋裏爆炸，一個接著一個；我一開始動腦筋；砰一聲，就像汽球爆了一樣：砰地一聲；你剛才應該看得到，在來的路上，在路邊，那些狗，肚子脹得跟汽球一樣，四腳朝天。話雖然這麼說，重要的是，能夠跟人家交換意見。我這個人，我一向都很好奇；對音樂、對哲學好奇；我喜歡德魯瓦亞⑫、左拉，尤其是米勒，亨利·米勒⑬。你可以來我的房間借我的書看，米勒的每一本書我都有，我的書就是你的。你叫？

蕾翁妮：蕾翁妮。

伽爾：我以前眞的愛哲學愛瘋了，在我還當學生的時候。尤其是對亨利·米勒；讀米勒的東西

---

⑫ L. T. Troyat 爲俄裔法國小說家、散文家與劇作家，一九一一年生於莫斯科，一九二〇年起定居法國，一九五九年入選法蘭西院士，其所著俄國偉人傳記小說在法國可謂家喻戶曉。

⑬ Henry Miller（1891-1980），美國小說家，平生放蕩形骸，流浪巴黎多年，並據此經驗寫成數本自傳體小說。

，我整個人完全得到解放。我以前玩瘋了，在巴黎的時候，巴黎，全世界最大的思潮交叉路口！米勒，米勒。他做夢夢到自己大喊：「我不是波蘭鬼子！」一槍殺了薛爾頓。你知道這個故事？

蕾翁妮：不知道……………不知道。

伽爾：所以說，到這裏來，絕對不能自暴自棄，這樣行不通，寶貝。

蕾翁妮：蕾翁妮。

伽爾：這個女人防著我。（笑。）不要再這樣子，凡事應該直截了當。我們中間沒有差距，我們年紀一樣，又是同一類的人；我這人，不管怎樣，我是一根腸子通到底。沒有理由自我封閉。

蕾翁妮：是沒有理由。

伽爾：再說，我們也沒別的選擇；我們孤孤單單，在這裏，你連說話的人都找不到，一個也沒有；這裏，荒涼又寂寞。尤其是現在，工地停工了：只剩下我跟他兩個人。再說到他，他的文化水平……又是個老頭。

蕾翁妮：老頭！你哪來的這些字眼！我喜歡跟他聊天。

伽爾：對，也許你有道理；不對，到頭來人還是需要有欣賞的對象才行。有個對象欣賞，這很重要。女人欣賞男人的文化修養。你是叫？

蕾翁妮：蕾翁妮，蕾翁妮。

伽爾：那麼？

蕾翁妮：那麼什麼？

伽爾：爲什麼是奧恩？

蕾翁妮：爲什麼什麼？

伽爾：你可以跟一個少了……命根子的男人結婚？你這麼做，是看在錢的份上？這個女人可眞噁心！

蕾翁妮：放開我。

伽爾：好了，寶貝；我只是想看看你的反應。說到最後，這可是你的事，不干我的事。你難道是在哭嗎？不要這樣。你的難過我懂，寶貝。可是看看我，我有沒有難過呢？可是，我的話你可以信，我嘛，我有全世界教人難過的所有理由，而且理由充份。（溫和地。）我借你我的鞋子；你要是染上什麼髒病，那可眞是全了，所有倒楣的事都教你給碰上了，在這裏，我們幾乎都快變成野人了；我知道；因爲這裏是世界的背面。這不是哭的理由。看看我就好，我有更多張畢業證書、更多的任用資格，書讀得比奧恩多，雖然如此，我是屬下。你覺得這樣正常嗎？這裏，凡事都顚倒過來了。可是，寶貝，我自己，難道我就因爲這樣生病嗎？難道我就大哭嗎？

蕾翁妮：小山羊來了。（**起身。**）

伽爾：不要動。一個小偷跑進宿舍區來。這事挺危險。

蕾翁妮：你到處都看到小偷。

伽爾：是一個土人。警衛搞錯了放他進來。看到他，只要一秒鐘，你人就……哇！肚子吃一刀，要不然就是背部挨一槍！走，進卡車裏去。

蕾翁妮：不要。（**她推開他。**）

伽爾：這是爲了保護你。（**停一陣子。**）你把我當壞人看，寶貝，我知道。可是從工地開工以來，這裏就沒見過女人，然後看到一個女的，看到你，我被搞得魂不守舍，就這麼回事。你很難了解；你是從巴黎來的。不過，一見到你，我被搞得魂不守舍，我很希望變得不一樣，我自己，我感覺到我們兩個人可以馬上看上對方。可是像我現在這樣，這絕對不是我要表現的樣子。話說回來，我相信我們應該會喜歡對方才對。我有直覺，找女人的直覺。（**他捉住她的手。**）

蕾翁妮：喔！我整個人都紅起來了！

伽爾：你有個性，我馬上就看得出來。我喜歡這種個性。我們是同一類的人，寶貝。（**笑。**）這個女人可眞迷人。

蕾翁妮：這裏的女人應該長得非常美麗。喔！我覺得好醜！（**起身。**）小山羊來了。

伽爾（追上她。）：小女傭，不要這麼假正經。對某些事情，我的直覺很準。

蕾翁妮（看著他。）：我覺得我們兩個人這麼難看！他人在那裏；我聽到他的聲音；他來這裏找我。（伽爾緊緊抱住她；她最後還是逃開他的懷抱。）

伽爾：假正經！

蕾翁妮：土匪！

伽爾：巴黎，全世界最大的窯子！

蕾翁妮（從遠處。）：Verschwinde, verschwind！⓮

伽爾：他媽的。（一陣子過後：）這麼久以來沒看到過半個女的，所以，我就等著……好像等著……被炸掉一樣。可是什麼，什麼屁事都沒發生。又過了一個晚上，白花力氣。（走開。）

Ⅷ

在桌子打牌。

奧恩：均衡，就是這個字眼。跟吃飯一樣：要均衡攝取蛋白質和維他命；均衡攝取油脂和卡路）

⓮ 德文：「滾開，滾開！」

里；飲食要均衡；開胃菜、主菜和甜點要用心搭配。一場好的煙火表演就是要像這樣子策劃，要顧到均衡：顏色的結構均勻、感覺要和諧、爆破順序合適、施放高度弄正確。整體表演要講均衡，表演的每一刻也要顧到勻稱。這可就傷腦筋了，我告訴你。可是你等著瞧，伽爾，我跟胡吉里做的空中秀，你等著看好戲就是了！

伽爾（**突然停下來。**）：這種牌白癡。

奧恩：白癡？哪裏特別白癡？

伽爾：我覺得玩這種牌白癡。

奧恩：老天，我看不出你有什麼道理。

伽爾：正是，什麼道理也找不出來，半點道理也沒。

奧恩：我的天，你還想要求什麼？我們有兩個人，我不知道還有什麼別的是可以兩個人一道玩的。也許在你來看這種牌不夠複雜。我們可以搞得複雜一點，你知道，我知道有其他玩法：設個銀行，限制……

伽爾：越複雜，越白癡，這種牌。

奧恩：那麼，你不玩了？

伽爾：我受夠了，不玩了；玩這個，人會白癡。

奧恩（**一陣子過後。**）：老天，我搞不懂。

伽爾（頭埋在雙手中。）：砰！

奧恩：什麼？

伽爾：我是說每一回玩這東西，我們就少一根筋。（敲自己的頭。）就在這兒我感覺得到。

奧恩：你是怎麼搞的？到處，大家都在玩，在所有的工地上；我可從來沒見過任何人，在任何地方，玩到一半的時候說：「不行，我的腦袋少了一根筋。」什麼筋？我的天！再說你自己也搞不清楚，好幾個月以來我看你玩……，你要的話，我去把她找來，然後我們來打一局……

伽爾：不要，不要，不要：不要打撲克，免談！

奧恩：可是打牌，你也不……

伽爾：不要，打牌還要更白癡。

奧恩：這麼說來所有打牌的人都是白癡囉？幾百年來所有打牌的人，在所有的國家，都是白癡？而這一點人家還都沒發現到，除了你以外？我的天！

伽爾：不玩了，我什麼都不想再玩。

奧恩：那麼，要做什麼呢？

伽爾：不知道。不要變成白癡。

奧恩：好，同意。（雙方都繃著臉。）

伽爾（一陣子過後。）：這就是非洲的聲音。不是鼕鼕鼓聲，也不是打麥子的聲音，都不是。這是風扇的聲音，在那邊，在桌子上面；還有洗牌聲，或者是擲骰子的聲音。（又過了一陣子，很輕聲：）阿姆斯特丹、倫敦、維也納、克拉科夫⓯……

奧恩：什麼？

伽爾：所有這些城市，在北邊的，我都想去逛逛……（過了一陣子，二人倒酒喝。）五百法郎賭十。

奧恩：要不要設個銀行？

伽爾：不要，不要，玩最簡單的。

奧恩：我跟。（兩人擲骰子。奧恩把威士忌的瓶子擺到一邊。）你喝了太多。

伽爾：太多？亂講。我從來沒醉過，從來沒有。

奧恩：她到底在搞什麼鬼？老天，她人在哪兒？

伽爾：難道我就知道嗎？（收錢。）正好相反，喝醉酒的人老是讓我倒盡胃口。碰到喝酒的人，我就反胃。就是因爲這樣我希望，對，我希望下一個工程……（二人下賭注。）我是有可能碰到一個每天晚上喝得爛醉的傢伙就像在其他工地一樣；這有可能，對，有可能發生。（骰子在打轉。）下一個工作，你可一定要我跟著你一道走。你的份量夠，老哥；你在公司夠份

⓯ 克拉科夫（Cracovie）在波蘭。

量。人家會聽你的，老哥。

奧恩：沒有下一個工程了，我沒有了。

伽爾：就是有，老哥，你自己很清楚；你知道得很清楚，老哥。你在幻想自己住在一棟小房子裏，在法國的中部，你想走到小花園去聽屋裏女人的哭聲，是不是？你一輩子離不了非洲的。（收錢。）非洲已經積在你的血液裏。（過了一陣子。）不要以爲我在拍你馬屁；可是你這人，首先，你天生有指揮的本領；你是別人會想親近的那種上司，這點我必須承認；你是別人會習慣的上司；沒錯，你是位好上司。我已經習慣了，在你甚至還沒注意到以前，你自然而然就成了我的上司，無可挑剔。在工地，別人跟我報告說，老闆這個，老闆那個的時候，我總是回答說：「對不起，老闆，可不是我，是奧恩，他才是老闆。」至於我，我是個什麼東西？什麼都不是。我是個一無是處的飯桶，這麼說沒什麼好臉紅的。少了你，我一無是處。你這個人，天不怕地不怕；就算是條子也不怕。我，正好相反，少了你，好吧……我會怕，我這麼說不怕丟臉。我會害怕，是眞的害怕；在一個土人的條子面前，我會溜掉；沒辦法；在一個不是條子的土人面前，我開槍。這是神經的問題，就是會怕，沒法子。就算面對女人我也會嚇死，老哥，我就是有這本事。所以說到我個人，我需要你。（低聲：）我們這裏，眞是亂糟糟；人進、人出，工地不像以前那樣管制；要是拆夥的話，最嚴重的後果是，我們會落單。（更低聲：）帶一個女人上這裏來？你不是幹了一件蠢事嗎？（再低聲：）而且這個土人因爲知道有個女的在這裏，難道就不會找上門來嗎？（兩人下賭注。）

我們應該聯手合作，這就是我的主意。只要想到要去另一個工地上工，面對那些每天晚上喝得不省人事的酒鬼，我告訴你我會開槍，說眞的。（兩人看骰子；伽爾收錢。）

奧恩（起身）：老天，她在搞什麼鬼？

伽爾：再來一局，老闆，最後一局。（笑起來。）一千法郎押十。（他放下賭注，奧恩猶豫。）像你這樣的風流鬼，老哥；你該不會猶豫吧？（奧恩下賭注；兩人轉動骰子。）等一下。（兩人豎起耳朵）。他在說話。

奧恩：什麼？

伽爾：在樹後頭。他人一直站在那裏說話。

（兩人傾聽。突然颳起一陣風；樹葉一陣翻動過後靜止下來；一陣沉鈍的跑步聲響起，赤腳踏在石頭上的聲音，在遠處；葉子和蜘蛛網紛紛落下；一切又靜下來。）

IX

阿爾佈理蹲在九重葛下面。蕾翁妮進來；她蹲在阿爾佈理的對面，兩人隔著一段距離。

阿爾佈理：Man naa la wax dara？⑯

蕾翁妮：Wer reitet so spät durch Nacht und Wind……⑰

阿爾佈理：Walla niu noppi tè xoolan tè rekk.⑱

蕾翁妮：Es ist der Vater mit seinem Kind．⑲（笑起來。）你看！我也會說外國話。我們最後一定聽得懂對方，我有信心。

阿爾佈理：Yow dégguloo sama lakk waandé man dégg naa sa bos.⑳

蕾翁妮：好，很好，我們就應該像這樣子說話，你看，我最後一定聽得懂。我的話，你懂嗎？要

⑯ 在這場戲中，阿爾佈理以瓦羅富語作答。這句話的意思是：「我可以跟你說幾句話嗎？」譯文根據M. J-M. Lanteri, L, *oeuvre de Bernard-Marie Koltès*：*Une esthétique de la distance*, Thèse de l'Université Paris III,（1994：501）。

⑰ 蕾翁妮則以歌德的詩作《魔王》（*Erlkönig*）回答。這句詩的意思是：「誰如此晚了策馬突破黑夜與朔風……」

⑱ 「或者我們可以看著對方但不說話。」

⑲ 「是父親與他的孩子。」

⑳ 「你不懂我的語言，我卻聽得懂你的。」

是我說得很慢呢?說外國話沒什麼好怕的，剛好相反；我一直覺得，要是注意看著說話的人一段時間，我們什麼都可以聽得懂。只是需要時間，問題就結了。我跟你說外國話而且你也一樣跟我說外國話，那麼，我們很快就可以在一樣的波長上面溝通。

阿爾佈理：Wax ngama dellusil, maa ngi nii. ㉑

蕾翁妮：不過要慢慢來，不是嗎?要不然，我們什麼都搞不懂。

阿爾佈理：（停一陣子）：Dégguloo ay yuxu jigéén ? ㉒

蕾翁妮：Siehst, Vater, du den Erlköing nicht ? ㉓

阿爾佈理：Man dé dégg naa ay jooyu jigéén. ㉔

蕾翁妮：. . . Den Erlenkönig mit Kron und Schweif ? ㉕

㉑「你剛才要我回來：我人來了。」

㉒「你聽不見女人的哭聲。」

㉓「父親，看啊，你沒看到魔王嗎?」

㉔「我可是聽到了女人的哭聲。」

㉕「……魔王頭戴王冠夾著尾巴?」

阿爾佈理：Yu ngelaw li di andi fii.㉖

蕾翕妮：... Main Sohn, es ist ein Nebelstreif 。㉗開始進入情況了，不是嗎？你看。喔，當然囉，文法要多花一點時間才行，我們得花很多時間在一起才有辦法把文法搞定；就算是犯了錯誤……重要的是，雙方有最少的共通字彙；甚至不用字彙：重要的是聲調。再說甚至也不用開口，只要看著對方就行了，用不著說話。（停一陣子；兩人看著對方；有狗吠聲，很遠；她笑。）不行，我不想閉嘴，等到我們互相了解的時候就不必說話了，可是現在，我不知道要說什麼才好。平常，我是個很多嘴的女人。可是我看到你的時候……你深深打動我的心；不過我很喜歡被別人深深打動。那麼你，輪到你說話，請。

阿爾佈理：Yow laay gis waandé si sama bir xalaat, bènbèn jigéén laay gis budi jooy te di teré waa dëkk bi nelaw.㉘

蕾翕妮：再說一次，再來一次，但是更慢一點。

㉖「是風把聲音送過來的。」

㉗「……我的兒，那是起霧了。」

㉘「眼前我看到的人是你，可是在腦海裏，我看到的是一個淚流滿面的女人，而且她的哭聲搞得整個村子裏的人全沒辦法睡得著。」

阿爾佈理：Jooy yaa ngimay tanxal. ㉙

蕾翁妮（低聲）：你是唯一一個，在這裏，說話的時候看著我的人。

阿爾佈理：Dégguloo jooyu jigén jooju？㉚

蕾翁妮：對，對，你看，我自己也不懂爲什麼到這裏來。他們讓我害怕。（她朝他笑。）除了你以外。而且正好，你們這一族的話，我還是一個字也不懂、不懂、不懂。（十分寧靜，突然之間兩個守衛互相叫喚對方，聲響激昂；然後一切又復歸沉默。）活該，我還是寧願跟你留在這裏。我覺得好陌生。

阿爾佈理：Lan nga ñäw ut si fii？㉛

蕾翁妮：我開始覺得聽懂了。

阿爾佈理：Lan nga ñäw ut si fii？㉜

蕾翁妮：對，喔，我就知道可以聽得懂！

㉙「這聲聲哭喚開始擾亂我的心緒。」

㉚「你沒聽到這個女人在哭嗎？」

㉛「你來這裏找什麼？」

㉜「你來這裏找什麼？」

阿爾佈理（帶著笑容。）：你怕嗎？

蕾翕妮：不怕。

忽然一陣紅沙風夾帶狗嚎聲橫掃樹葉，折斷樹枝，同時有一大群自覓死路的蜉蝣生物，彷彿一陣倒著下的急雨，發狂地從地上振翅飛起，一下子把亮光全給遮住了。

X

在桌上。

伽爾：就這樣又白白過了一個晚上，一個等人的晚上；一個古怪的晚上，你不覺得嗎？打牌打到一半再重新來過，女人等了半天卻不見人影，甚至還有一場煙火表演可以看。眼前，這就是非洲爲我們提供的煙火表演：這一大堆死蟲子。

奧恩（檢查一隻蟲子。）：奇怪，並沒有下雨，照理說這些東西要在下雨過後才會出來活動。我一輩子都搞不懂這他媽的國家。

伽爾：眞是糟蹋，這才叫糟蹋：這個女人甚至不管你；她現在恐怕正躲在一個角落裏掉眼淚，或者天知道在搞什麼鬼。我是不會意外，一看到她，我就感覺得到這個結局，直覺反應。我不是要你生氣，老哥。正好相反。你賺的錢，當然囉，你要怎麼花就怎麼花，錢是你的，你一個人的，你自己花錢買你要的樂子，老哥。只是，人生，要樂子可不能指望女人；靠女人，趁早死了心吧。我們還得靠自己，只能靠自己，而且要跟女人明白表示：我們可以找到更多的樂子，像我們這種人，從認眞工作當中找到更多的樂子——這你可不會跟我唱反調吧！——老哥這才是一種實在的樂子，什麼女人都比不上：一座實在的橋用我們的雙手跟我們的腦袋搭起來的，一條筆直的公路經得起雨季的風吹雨打，對，這才叫樂子。女人，老哥，她們永遠搞不懂男人的樂子，你難道不同意，老哥？我就知道你不會。

奧恩：我不知道，或許吧！或許你說的有道理。我記得我蓋第一座橋的時候；那第一個晚上，架上了最後一根工字鋼以後，我在處理最後最後的收尾工作，喏，就在通車典禮的前一個晚上；我還記得，我脫光衣服想光著身子睡覺，整個晚上睡在橋上。我在那上面來來回回走動地這麼厲害，有好幾次冒著摔斷脖子的危險，那整個晚上，我到處到處都去摸了，他媽的橋，鋼索上頭我也爬上去了而且有時候，整座橋出現在我的眼底，在月光下，浮在爛泥巴的上面，全白，我還記得很清楚那橋是這樣的白。

伽爾：我們這一座，你可是沒讓完工；眞是糟蹋！

奧恩：這一座，我這邊，一點辦法也沒有。

伽爾：我早就該順著第一個念頭去開石油才對，這才是我的夢想。石油有種氣派。你看那些在石油公司上班的人，瞧瞧人家看我們的樣子；他們清楚得很，自己比別人高人一等。石油一直讓我著迷；所有從地底下鑽出來的東西總讓我著迷。橋就讓我反胃，現在問我的話；我們，搞公共工程的，我們是什麼東西？跟石油工人一比較，什麼都不是；我們可憐寒酸，窮無立錐之地。我們全部的工作都露在外面，好蠢，隨便什麼人都可以看得一清二楚，還用了不夠格的工人。是什麼樣的人在這裏做事呢？那些拉伕、推伕、背伕、還有送貨的；我們這群驢子、大象，全是些做牛做馬的畜牲；我們這裏專收沒有任用資格人家不要的垃圾。可是石油那一行，喔：只要六、七名合格的技工，你看，你看，老哥，那大把大把鈔票就流進他們的手中！我是一頭牲畜，我也一樣，我就是變成了一頭幹得要死要活的牲畜。可是，任用資格我有，我有，我有！可是我也會有需要想在工作中發揮我的所長。到了晚上，我看到，在那邊，有石油工地的火把，就在那邊，我可以待好幾個小時看個不停。

奧恩（下賭注。）：再來一局。

伽爾：我哪有玩的心情，老哥，不來了，我沒有玩的心情。（低聲：）怎麼，你眞的要甩掉我？奧恩，這是你打的算盤？說，說啊：你不是把我甩掉了吧，老哥？

奧恩：什麼？

伽爾：叫警衛開槍。我們有權這樣做，他媽的！

奧恩：不要擔心。再玩再玩一局，沒什麼好擔心的。

伽爾：你爲什麼跟他說話呢？你們兩個在談什麼？你爲什麼不叫人把他趕走？他媽的！

奧恩：這個傢伙不像其他人。

伽爾：我就知道；你聽人擺佈；我很想知道你們兩個說了什麼；不管怎樣，你把我甩了，我懂了。

奧恩：傻瓜；你到最後就會明白我會讓他吃癟，然後一切就結了。

伽爾：你會讓他吃癟？

奧恩：我會讓他吃癟。

伽爾：話說回來，我還是覺得你很奇怪，你跟這個黑鬼的關係古怪。

奧恩：我的老天爺，到底誰是這裏的負責人？

伽爾：你，老哥，我不跟你吵這個。不過就是因爲……

奧恩：誰負責補救別人幹的蠢事？誰負責解決一切問題？無時不在而且無所不在，從工地的一頭忙到另外一頭；從早到晚都在工地坐鎮？誰得把所有事情都記在腦袋裏，從最小的卡車上的最小零件到威士忌存貨的數量都要記住？誰得籌劃一切、決定一切、指揮一切，晚上跟白天一樣也要工作？誰得在這裏當條子、市長、長官、將軍、一家之主呢？

伽爾：你，老哥，是你，當然囉。

奧恩：那誰受夠了，眞的受夠了？

伽爾：你，老哥。

奧恩：沒錯，我沒有任用資格，我是沒有，可是老闆，那敢情還是我。

伽爾：我沒要惹你生氣，老哥，剛才我只是要告訴你，我突然想到：我覺得你很古怪，跟那個黑鬼在一起，奧恩，你跟他談話正常又古怪，就是這些沒別的。不過要是你說你要他栽個大跟頭，那麼，他就會栽個大跟頭。

奧恩：這件事情幾乎擺平了。

伽爾（過一陣子。）：你還是個古怪的人。所以讓我來給他鬧一下，這樣比較快。

奧恩：你什麼都辦不來。我來。

伽爾：你的方法古怪。

奧恩：人生，不是只有動槍耍狠才能自衛，我的天。我知道要怎麼用我的嘴巴；我知道怎麼講話，我或許沒上過學，可是策略，我這人，我知道要怎麼運用。你，一出了問題你就只知道開槍，然後，有人替你出面排解你的麻煩，看到你哭你就高興了。難道在你讀的工專裏面只學到要怎麼開槍，所以你忘了要學講話？好啊，偉大的學校！現在記住了；你的槍你想用就用；過後再來哭，來這裏哭。至於我，這是最後一次，事情過後，我就走。我走了以後，你要做什麼就儘管去做。

伽爾：不要生氣，老哥。

奧恩：你就只學到砸東西，這就是你在你們那些寶貝學校裏面唯一學到的東西。再接再厲啊，先生，繼續用你他媽的那些鬼方法砸啊！對，你們不受全非洲人喜歡倒也罷了，你們還讓人家恨得咬牙切齒；好，賬算到最後，你們什麼也得不到。什麼都別想、別想、別想。你有一張大嘴巴，口袋裏有一把槍，而且一心就想快快撈錢，不計任何代價，好，先生，我告訴你：到最後你什麼都拿不到，什麼都不用想，別想。非洲，不是嗎？你們才不在乎，先生；你們只想到儘可能拿走最多的東西，可是什麼也不付出，尤其是，什麼也不想付出。那麼，到最後，你們就什麼也沒得剩下，什麼都沒有，這就是下場。而我們的非洲，你們會把她整個砸了，流氓專家，整個毀了。

伽爾：奧恩，我可是什麼也不想砸掉。

奧恩：你不想喜歡非洲。

伽爾：不對，我喜歡非洲，我喜歡非洲。要不然，我人不會在這裏。

奧恩：再玩。

伽爾：我沒有玩的心情，老哥。就在這兒，在宿舍區的正中央，冒著土人在你背上捅一刀的危險，不玩了，我的神經線全繃緊了，老哥。我相信，他人來這裏是想從這整個事件撈到一點好處，順便殺幾個人。我的了解是這樣。

奧恩：你什麼都不了解。他是要讓我們印象深刻。這是策略運用。

伽爾：那或者，是爲了女人，我一開始就說了。
奧恩：不是，他的腦袋裏有其他東西。
伽爾：腦袋裏？什麼東西在腦袋裏？在土人腦袋瓜裏還會有什麼別的？你，你把我甩了，奧恩，我懂了。
奧恩：我不能甩掉你，傻瓜。
伽爾：那你會證明這是一起意外事件，奧恩，你會做證？
奧恩：意外事件；沒錯，爲什麼不是？誰說不是來著？
伽爾：我就知道。我們聯手在一起有多少好處；我們聯手，讓他們栽個大跟頭。現在，我明白了；爲了更容易讓他吃癟，你要跟他說話；這也是一個方法，我不反對。不過還是小心爲上，老哥。照你的辦法，你冒了一個大險餵你的肚子吃一顆子彈。
奧恩：他沒有武裝。
伽爾：還是一樣，還是一樣，還是一樣，你得小心。所有這些下流胚子都學過空手道，而且個個身強力壯，這些流氓。你很可能一個字都還沒來得及說，人就倒在地上了。
奧恩（展示兩瓶威士忌。）：我有我的武器。沒有人抵擋得了這種威士忌……
伽爾（看著酒瓶。）：用啤酒，就很夠了。
奧恩：來玩！

伽爾（吐一口氣下賭注。）：眞是糟蹋！

奧恩：不過我跟他說話的時候，你可是要去把屍體找回來。不要跟我辯，想想辦法，不過屍體要找回來。把東西找到，我有需要。要不然，整個村子都會找上門來。在天亮以前找到，要不然我就當眞甩下你不管。

伽爾：不行，不可能，不行。我絕對不去找。辦不到。

奧恩：去找一具屍體來，隨便哪一具。

伽爾：但是怎麼找？你要我上哪裏去找？

奧恩：屍體應該不遠才對。

伽爾：不行！奧恩。

奧恩（看著骰子。）：是我的。

伽爾：你的方法荒謬。（砸了牌戲。）你是個傻瓜，超級大傻瓜。

奧恩（起身。）：照我說的去做。否則我就不管這檔子事。（出場。）

伽爾：這個流氓把我甩了。我完了。

XI

阿爾佈理和蕾翁妮在沒完工的橋墩工地上，很靠近河，半明半暗。

阿爾佈理：人家說我們的頭髮被燒焦變成黑色，因爲黑人的祖先，先是被神遺棄，再來爲衆人唾棄，最後落得與魔鬼爲伍，但是魔鬼一樣也爲人、神共棄，所以魔鬼就愛撫黑人的頭表示友愛，我們的頭髮就是像這樣子被燒焦的。

蕾翁妮：我好喜歡有魔鬼的故事；我好喜歡你說故事的方法；你有很精采的嘴巴；而且黑色，是我的顏色。

阿爾佈理：這是把自己藏起來的好顏色。

蕾翁妮：這，這是什麼？

阿爾佈理：是癩蛤蟆在唱：牠們在叫雨。

蕾翁妮：那這個聲音呢？

阿爾佈理：是老鷹在叫。（過一陣子。）還有馬達轉動的聲音。

蕾翁妮：我沒聽到。

阿爾佈理：我聽到了。

蕾翁妮：那是水的聲音，還有其他東西的聲音；所有這些聲音通通混在一起，讓人分不清楚。

阿爾佈理（過一陣子。）：你聽到了嗎？

蕾翁妮：沒聽到。

阿爾佈理：有一條狗。

蕾翁妮：我不覺得聽到了。（狗吠聲，在遠處。）是一隻小狗，一隻小小狗，從牠的叫聲就可以聽得出來，是一隻土狗，在很遠的地方；現在聽不到了。（狗吠聲。）

阿爾佈理：牠在找我。

蕾翁妮：讓牠過來。我喜歡狗，我愛摸摸狗，要是有人疼，狗是不會咬人的。

阿爾佈理：這些畜牲壞透了；老遠就聞到我的味道，然後追著要咬我。

蕾翁妮：你會害怕？

阿爾佈理：會，會，我會害怕。

蕾翁妮：怕一隻連叫聲現在也聽不見的小小狗！

阿爾佈理：母雞怕我們；我們會怕狗也是正常的。

蕾翁妮：我要留在你身邊。你要我去跟他們在一起做什麼呢？我放棄了工作，我放棄了所有一切；我離開巴黎，對對對，我離開了一切。我就是在找一個可以託付終身的人。我找到了。

現在，我離不開了。（她閉上眼睛。）我相信我的心裏面有一個魔鬼，阿爾佈理；我是怎麼搞上這個魔鬼的，我自己也不知道，可是它就在那裏，我感覺得到。它憐愛地撫摸我的身體裏面，我整個人已經給燒起來了，整個裏面燒得一團黑。

阿爾佈理：女人說得這麼快；我來不及聽。

蕾翕妮：快？這樣叫做快？至少已經過了一個小時的時間我只想到這上頭。一個小時考慮的時間，我還不能確定這是不是認眞的？有沒有仔細想過？是不是很確定呢？告訴我你看到我的時候，人在想什麼？

阿爾佈理：我在想：這是一枚別人隨便掉到沙子裏去的銅板；現在，它是不爲任何人閃閃發光；我可以把它撿起來保存在身邊一直到別人來要回去。

蕾翕妮：把它留在你身邊，不會有人來跟你要回去的。

阿爾佈理：那個老人告訴我，你是他的人。

蕾翕妮：小山羊，所以是小山羊讓你顧忌？我的天！他連一隻蒼蠅都拍不下去，可憐的小山羊。在他來看，你以爲我是什麼人？一個小伴侶，一時興起，因爲他有錢卻不知道怎麼花。再說我自己沒錢，遇見他不是一個大好機會嗎？碰到這麼多機會，我不是好運當頭嗎？我媽，要是她知道的話，喔，她兩個眼珠子一定瞪得大大的，她會跟我說：「好傢伙，這種好運只有明星不然就是妓女才輪得到。」可是，我既不是明星也不是妓女，我就碰到這樣好的運氣。

他跟我提議在非洲碰頭，好，我說好，我準備好了。Du bist der Teufel selbst, Schelmin！㉝小山羊是這麼老，這麼好；他什麼都不要求，你知道。就是因爲這點我喜歡老人，何況，通常，他們也都喜歡我。常常，他們會對我笑，在路上碰到的時候，我覺得很好，跟他們在一起，我覺得跟他們很近，我感覺得到他們的顫動；阿爾佈理，你感覺得到老人的顫動嗎？有時候，我自己，我想趕快變成一個親切的老太婆；我們可以聊天聊上好幾個小時，再也不用看任何人的臉色，不去求任何東西，再也不用害怕，也不去說別人的壞話，遠遠離開暴力和不幸，阿爾佈理，喔，爲什麼男人這麼硬呢？（**樹枝的劈啪聲，輕輕的。**）一切都這麼平靜！一切都這樣美好！（**樹枝的劈啪聲，遠處依稀彷彿有召喚聲。**）在這裏，我們是這麼舒服。

阿爾佈理：你是舒服；我可不舒服。這裏，是白人的地盤。

蕾翁妮：再待一會兒，那麼，一分鐘，再多一分鐘。我的腳痛。這雙鞋子很可怕；我的腳踝跟腳趾頭都要給鋸下來了。這不是血嗎？你看：道地的蠢貨，三塊小小的牛皮隨便編在一起正好用來磨你的腳，而且，爲了這種蠢貨，你還得付錢付得哇哇叫；嗚！喔，穿上這鞋，我沒行軍的勇氣。

㉝ 德文：「小鬼，你自己就是魔鬼！」

阿爾佈理：可惜，我希望留你在身邊能多久就多久。（小卡車的聲音，漸行漸近。）

蕾翁妮：他來了。

阿爾佈理：是那個白人。

蕾翁妮：他不會對你動手的。

阿爾佈理：他會殺了我。

蕾翁妮：不行！

（兩人藏起來；聽到有停車的聲音，車燈照亮地面。）

XII

伽爾，步槍在手，全身沾滿黑泥巴。

奧恩（從暗處冒出來。）：伽爾！

伽爾：老闆？（笑起來，跑向奧恩身邊。）喔，老闆，眞好你在這兒。

奧恩（拉長臉。）：你從哪裏冒出來的？

伽爾：爛泥巴，老闆。

奧恩：老天，不要靠近我，你髒得教人想吐。
伽爾：我可是奉你的命令，老闆，一個人去想辦法找到屍體。
奧恩：那結果呢？你找到了？
伽爾：沒找到，老闆，什麼也沒找到。（**哭。**）
奧恩：那麼你全身搞得髒兮兮的完全不爲了什麼！（**笑。**）老天，大傻瓜！
伽爾：不要笑，老闆。你只管出主意，我卻得一個人想辦法解決。你一個人只管出主意，都是你的關係我會染上破傷風。
奧恩：我們回去吧。你醉得不像話。
伽爾：我不回去，老闆，我要把屍體找回來，我得找到才行。
奧恩：還找？太晚了，傻瓜。它現在不曉得漂到哪條河去了。何況要下雨了。太晚了。（**走向小卡車。**）這些座墊一定狀況很爛。老天，什麼味道！
伽爾（**抓住對方的衣領。**）：你要負責，老闆，你是頭子。你應該告訴我現在該怎麼辦。你聽明白了！我不會游泳，我會淹死，老哥。還有，當心一點，不要隨便亂笑！
奧恩：當心你的神經；不要激動。伽爾，好了，你很清楚我沒在笑你，我一點也沒這個意思。（**伽爾放開他。**）你是碰到什麼了？你得消毒消毒，馬上就去。
伽爾：看我怎麼出汗，他媽的，看；乾不了了。沒有啤酒嗎？（**哭出來。**）你沒有牛奶嗎？我想喝奶，老哥。

奥恩：冷靜；我們回宿舍去；你得洗一洗，還有快下雨了。

伽爾：那麼我可以把他斃了？現在？嗯，我可以把他斃了？

奥恩：不要這麼大聲，老天。

伽爾：奥恩！

奥恩：幹什麼？

伽爾：我是不是下三濫，老哥？

奥恩：你在胡說什麼？（伽爾哭。）伽爾，我的小老弟。

伽爾：剛才忽然一下子，我看到小白在對面，一雙狗眼睛盯著我看，一副在沈思的樣子。小狗狗！我問說：「你在作夢？你在想什麼？」牠低低叫了幾聲，豎起狗毛，然後沿著陰溝慢慢走。我就跟著走。「小白，小狗狗，你在想什麼？你聞到了有人嗎？」牠豎起狗毛，輕輕叫了幾聲，然後跳到陰溝裏面去。我就想：「牠是聞到有人的味道。」我跟著走。可是我什麼也沒找到，老闆；只有一堆爛泥巴，老闆。雖然，我明明把屍體丟在那邊，可是，一定是漂走了。我不可能跑遍這個區的每一條河去翻遍水底來找回屍體，老闆。再說小白又溜掉了。全身都是爛泥巴，我又一次落單。奥恩！

奥恩：什麼？

伽爾：爲什麼是我被罰？老哥，我到底做了什麼孽？

奧恩：你做了你應該做的事。

伽爾：那麼，我可以把他斃了？老哥？我應該做的是把他斃了，現在就去？

奧恩：老天，不要叫，你要叫到連村子裏的人也聽到嗎？

伽爾（**把步槍上膛。**）：這個角落十全十美，沒有人看得到，沒有人會抗議，或者是來這裏哭。你人站在這兒整個全消失在草堆裏，我的流氓，在這兒，你的皮一文不值。現在我又覺得勁道十足，我全身熱起來了，老哥。（**他開始嗅四週。**）

奧恩：把槍給我。（**試著去搶；伽爾不讓。**）

伽爾：小心，老哥，小心。空手道我可能不行，飛刀我可能不會耍，可是比槍我很行。很行很行。要玩手槍或者比衝鋒槍隨便你，一旦碰上我的槍，全沒得神勇！

奧恩：你要整個村子都找上門來嗎？你要跟警察去交待去？你要再往下說你那些蠢話？（**低聲：**）你對我有沒有信心？你是有，還是沒有信心？所以，讓我來處理。不要讓你的神經控制住你整個人，小伙子。事情要冷靜地解決；在天亮以前事情就會有結果，對我要有信心。（**停一陣子。**）我不喜歡見血，小伙子，一點也不喜歡，血我從來都沒有習慣過，就是沒辦法；這種本事超出我的能力以外。我要再跟他說一次話，而且這一次，我會說服他，你要相信我。我有我的小秘方。要不是爲了比你更深刻地認識本地人，對他們瞭如指掌，我在非洲待這麼久的時間做什麼用呢?我有我個人的方法，他們沒辦法招架的，我有經驗。要是事情可以自行解決，卻先見了血，這有什麼好處呢?

伽爾(嗅著四週。):有女人的味道、黑人的味道、羊蕨草的味道，他們人在這裏。他在那兒，老闆，你沒聞到嗎?

奧恩:不要耍寶。

伽爾:你沒聽到嗎?老闆?(狗吠聲，在遠處。)是狗在叫嗎?沒錯，是狗;小白!過來小狗，過來，不要再走開了，過來讓我摸摸你，我的小親親，讓我吻你，小無賴。(哭。)我愛牠，奧恩;奧恩，爲什麼是我被處罰?爲什麼我是個下三濫?

奧恩:你不是下三濫!

伽爾:可是你，你是個傻瓜，一個無可救藥的傻瓜，老闆。你當然是，我自己就是一個。再說，我要，我也決定要變成一個傻瓜。我是個動作派的;你這個人說話，說話，你就只知道說話;如果他不聽你的話，那你要怎麼辦?嗯?如果你的小秘方不管用，嗯?這些法子都不管用，他媽的，那麼還幸虧我是個下三濫，還幸虧有個下三濫在這兒，來搞行動。一定要搞行動，那些無可救藥的傻瓜全是飯桶。如果一個土人吐我口水的話，我把他斃了，而且我有理由，他媽的;何況這還是因爲我，他們才不吐你口水，倒不是因爲你用說的，你說的話沒用，你是個傻瓜。我自己，如果被人吐口水的話，我開槍，那你就會很慶幸:因爲只要再高個兩公分就會吐到我們的腳上，再高個十公分就是褲管遭殃，還要再高一點的話就會吐到我們臉上了。我不動手的話，那你怎麼辦？說話，你用說的，臉的正中央被吐了口水還要說？無可救藥的傻瓜。因爲他們隨時隨地都在吐口水，在這裏，那麼你做什麼反應呢？你的反應是裝作好像沒看到。他們張開一隻眼睛然後吐口水，再張開另一隻眼睛吐口水，走路的時候吐口水，吃東西的時候吐口水，喝東西、坐下來、躺下去、站起來、蹲著都在吐口水；在每吃一口飯之間，在每喝一口飲料之間，白天的每一分鐘他們都無時無刻不在吐口水；然後整個工地的沙坑和小路上到處都會積滿口水，口水會滲進去，最後就變成爛泥巴，那人走在上面的時候，我們可憐的靴子就會陷進去。不過一口口水有什麼成份呢？有誰知道？有液體，這是一定的，就像人的身體，百分之九十都是水。不過還有其他什麼成份呢？其他十個百分比是什麼東西呢？誰能夠告訴我？你答得出來嗎？土人的口水對我們來說是一種威脅。如果把全非洲所有種族所有黑人在一天之內吐出來的所有口水全匯聚在一起，如果爲這些口水去開鑿不可不開的口水井、口水運河、口水堤防、口水水閘、水壩、引水渠道，如果把黑種人在整個非洲大陸上所吐的所有口水河集中，再加上往我們身上吐的口水一起匯集起來，從整個地球浮現出來的地面，終究會被嚴重威脅我們的口水大海淹沒，地球上到最後就只會剩下混在一塊兒的鹹水海跟口水海，只有黑人才有辦法漂浮在他們自己的元素上面。這種結局，我自己是不會看著發生的；我是行動派的，我是個男人。你話說完的時候，老哥，你要結束的時候，奧恩……

奧恩：讓我先出面處理。萬一我說不動的話……

伽爾：喔，喔，老闆。

奧恩：不過你先要冷靜下來，最最首先；你要把自己高感度的神經冷下來，老天。

伽爾：喔，喔，老闆。

奧恩：你看看，伽爾我的小……

伽爾：閉嘴。（狗吠聲，在遠處；伽爾像枝箭一樣衝出去。）

奧恩：伽爾！回來，這是命令：回來！

（卡車啓動的聲音。奧恩留在原地。）

XIII

樹枝晃動的劈啪聲。奧恩打開手電筒。

阿爾佈理（在陰影裏。）：關掉！

奧恩：阿爾佈理？（沈默。）過來。走出來。

阿爾佈理：關掉你的手電筒。

奧恩（笑。）：你這麼神經質！（他關上手電筒一會兒。）你的嗓門，會讓人害怕。

阿爾佈理：拿出你藏在背後的東西。

奧恩：喔喔，在我背後，嗯？步槍還是左輪？猜猜多少口徑。（他從背後拿出兩瓶威士忌來。）喔喔。這就是我背後藏的東西。你還在懷疑我的用意嗎？（他笑，再打開手電筒。）來，放輕鬆。我一定要你嚐嚐看；這是我最好的酒。你得承認我們雙方所有的接觸，阿爾佈理先生，都是由我開始的；回頭想的時候，不要忘了這一點。你不來找我，那麼我本人，我來找你；而且請你相信，這是基於友誼，純粹基於友誼。你要我怎麼辦？你成功了，我開始擔起心來；我的意思是說：你開始讓我感到興趣。（他指著威士忌。）這個東西會強迫你在我面前輕鬆一點。我倒是忘了帶酒杯來，希望你沒有架子；再說，威士忌就著瓶子喝還要更好，味道才不會走掉；知道要這樣喝的人才是行家；我要教你喝酒。（低聲：）你良心不安嗎？阿爾佈理先生？

阿爾佈理：怎麼說？

奧恩：我不知道。你不停地查看四週。

阿爾佈理：另一個白人正在找我。他可是有把步槍。

奧恩：我知道我知道我知道；你想我爲什麼人來這裏呢？跟我一起在這裏，他不會動手的。喏，我希望你不會覺得跟我就同一個酒瓶喝酒有什麼不方便的吧！（阿爾佈理喝酒。）好，不管怎樣，你沒有架子。給一點時間讓酒慢慢下去；其中的奧妙要過一陣子才能體會出來。（兩人飲酒。）所以，我聽說你是個空手道好手；你眞的很行嗎？

阿爾佈理：那要看「很行」是什麼意思。

奧恩：你什麼都不願意透露！不過我很想學一、兩招，有一天我們都有空的時候。我還是寧可馬上告訴你我不相信東方的技術。老式拳擊才正點！你有沒有打過那種很棒的傳統老式拳擊？

阿爾佈理：傳統的，沒有。

奧恩：好吧，那麼，你打算怎麼保護自己呢？我教你一、兩招，有這麼一天。以前我很在行，還甚至打過職業盃，我年輕的時候；這種藝術一輩子忘不了。（低聲：）所以冷靜一點；不要擔心；你在我家這邊，好客，對我來說，是神聖的規矩；更何況，你人在這裏根本就是在法國的領地上面；所以你沒什麼好怕的。（他們輪飲兩瓶酒。）我急著想知道你喜歡哪一瓶；喝酒很能說明人的個性。（兩人飲酒。）這一瓶很明顯地、很明顯地鋒利；你有沒有覺得鋒利？可是另外一瓶，很淸楚地，會打轉，像各式各樣的彈珠，成千上百的彈珠，金屬製的彈珠，不是嗎？你有什麼感覺？喔，這種酒的鋒利沒話說；要是花一點時間，你會感覺得到這種酒帶幾根刺進入嘴巴裏，喝下去以後就一路上四處輕輕刮過，不是嗎？怎麼樣？

阿爾佈理：我沒感覺到酒在打轉，也不覺得鋒利或者帶刺。

奧恩：喔是嗎？不過口感是這樣，這也沒什麼好爭的。再喝幾口試試。你可能怕喝醉了，是吧？

阿爾佈理：我在酒醉之前停杯。

奧恩：很好，好，非常好，妙。

阿爾佈理：你怎麼會到這裏來？

奧恩：來看你。

阿爾佈理：爲什麼來看我？

奧恩：來看你，聊聊天，打發一點我自己的時間。基於友誼，純粹基於友誼。還爲了一堆其他另外的原因。你不喜歡我這個伴嗎？可是你跟我說過你會很高興學到一點東西，不是嗎？

阿爾佈理：從你那裏我沒什麼好學的。

奧恩：這倒是眞的，好。我早就料到你沒把我放在眼裏。

阿爾佈理：我從你那裏學到的唯一一件事，由不得你願不願意，那就是在你的頭腦和所有的口袋之間，沒有足夠的空間來擺平你講的所有謊話；狐狸的尾巴終究還是露出來了。

奧恩：說得好；不過事實剛好相反，這一點，不對。試試看；爲了證明我沒騙你，隨便跟我要一件東西。

阿爾佈理：給我一樣武器。

奧恩：除了武器以外，喔不成，一拿起你們那些蹩腳的步槍，你們全瘋了！

阿爾佈理：他有一把武器，他就有。

奧恩：他活該。這個傻瓜我受夠了。他最後一定是落得坐牢去，這樣最好。有人替我把他除掉，那正中我的下懷。坦白對你說，阿爾佈理：正是他，是我所有煩惱的根源；替我除掉他，我不會插手，你也可以完全對我坦白說，阿爾佈理：你的上司到底想幹什麼？

阿爾佈理：我沒有上司。

奧恩：那麼，你爲什麼假裝是祕密警察呢？

阿爾佈理：Doomi xaraam！

奧恩：喔，你寧願繼續捉迷藏？隨你高興。（阿爾佈理朝地上吐口水。）不用爲這句話發火。

阿爾佈理：聽你說的所有話，看到你所有出賣的用意，怎麼還會有人搞得淸楚你的用意何在？

奧恩：阿爾佈理，我對你說：你想怎麼處理他就怎麼處理，我不再包庇他，這話不騙人，請相信我。我不滑頭。

阿爾佈理：這是出賣。

奧恩：出賣？出賣什麼？你到底在說什麼呀？

阿爾佈理：你的兄弟。

奧恩：喔，對不起，不要對我用這些非洲字眼！這個男人的所做所爲不干我的事，他的命我根本不在乎。

阿爾佈理：不過，你們兩個是同一種族的，不是嗎？說一樣的話，來自同一個部落，不是嗎？

奧恩：是來自同一個部落，如果你要這樣說的話。

阿爾佈理：兩位都是主子，就在這裏，不對嗎？開發、關閉一處工地的主子卻不必因此受到處分？招募跟遣送工人的主子？停工跟運走機器的主子？兩個人都是卡車和機器的主子？磚頭房子還有電力，這裏的所有東西，全聽你們兩位的吩咐，不是嗎？

奧恩：是，你要這麼說也可以，用你的邏輯來解釋，大致聽起來，嗯，沒錯。那又怎麼樣呢？

阿爾佈理：那麼你爲什麼會怕聽到「兄弟」這兩個字？

奧恩：因爲，阿爾佈理，二十年來，世界變了。世界改變的地方，是我跟他之間的差別，一個是搞暗殺的瘋子，言行放蕩，貪得無饜，另一個就帶著完全不同的心態到這裏來。

阿爾佈理：我不知道你的心態是什麼。

奧恩：阿爾佈理，我自己以前是個工人。請相信我，我不是天生就是人家的主子，你知道，我當初來這裏的時候，我知道當個工人是什麼情形；這就是爲什麼我一直對我的員工，不管是白人或是黑人，一視同仁，就像我以前當工人的時候，人家待我也很公道一樣。我所說的態度，就是這個意思：要知道，如果把工人當野獸看，工人就會像野獸一樣地復仇。這就是差別所在。現在，就其餘方面來說，你總不至於責怪我個人說工人很可憐，工人在這個工地就像在別的地方一樣可憐；這是工人的地位本來就低，我耗了吃奶的力氣什麼也改變不了。我吃盡苦頭才了解到這個事實。順便提一句，難道你相信世界上會有這麼一個工人說：「我很幸福」？更何況，你相信世界上眞有這麼一個人會說：「我很幸福」？

阿爾佈理：主子的情感對工人有什麼重要呢？白人的情感對黑人有什麼重要呢？

奧恩：你很難纏，阿爾佈理，我完全弄明白了；我不是一個人，對你來講；不管我說什麼，不管我做什麼手勢，不管我有什麼想法，就算是我對你挖出我的心，你總是把我當一個白人和老闆看。（過一陣子。）這有什麼要緊？說到底。我們還是可以不管這些，一道喝酒。（兩人飲酒。）奇怪。我總是覺得你人在自己的旁邊，就好像有一個人站在你的後面一樣；你這樣地心不在焉！不用跟我說什麼，我什麼都不要知道。喝酒。你已經醉了嗎？

阿爾佈理：沒醉。

奧恩：很好，太棒了。（低聲：）我要拜託你幫個忙，阿爾佈理。不要跟女人說起任何事情，不要告訴她爲什麼你要到這裏來，不要跟她說起死人或是這種骯髒的事情，不要想教導她，不要告訴她會把她嚇跑的事情。我希望說這些話還來得及。我不應該，或許吧，帶她到這裏來，我自己很清楚，不過我昏頭了，就是這麼回事。我很清楚帶她到這裏來很瘋狂，可是說眞的，我一下子昏頭了，所以現在，就不應該讓她害怕。我需要她，我需要感覺到她在這附近。她我知道得很少，我不知道她有什麼欲望，我隨她自由。我只要看到她人在附近，也不求什麼別的。不要把她嚇跑。（笑。）你要怎麼樣呢？阿爾佈理，我不要孤孤零零地活到老，跟一個老傻瓜一樣。（喝酒。）活了這把年紀，我看過很多死人，很多——很多他們的眼睛，死人的眼睛，不過每次看到死人的眼睛，我心裏就想應該趕緊趕緊招待自己去流覽所有自己心目中想看的東西，鈔票要趕緊趕緊花在這上頭。要不然，你要一個人怎麼去花他自己的錢呢？我沒有家庭，我這個人。（兩人飲酒。）這酒喝下去挺舒服，不是嗎？你看起來是不怕酒精，很好。你還沒有喝醉酒？你是條硬漢。張開來看？（他舉起對方的左手。）爲什麼你讓手指甲長得這麼長？而且單單就這一根？（他注視對方小指頭的指甲。）這跟宗教有關？這是個祕密？我們倆談了一個鐘點下來，這根指甲一直讓我不安。（他碰碰這根指甲。）這應該會是一樣可怕的武器，假使知道要怎麼利用的話，是把絕妙的小匕首。（更小聲：）這玩意可能在做愛的時候很管用吧？喔，我可憐的阿爾佈理，要是你對女人也不提防著點的話，你就完了！（他看著對方。）不過你保持沉默，任何小祕密你都守口如瓶；我相信實際上，而且從一開始，你就在開我玩笑。（他突然從口袋裏掏出一束鈔票要交給阿爾佈理。）東西在這兒，小伙子。我答應過你的。伍佰美金。這是我能出的最高價碼。

阿爾佈理：你答應要給我奴歐非亞的屍體。

奧恩：屍體，對，這具妙透了的屍體。我們不是又要重新談判吧？不會吧？奴歐非亞，就是這名字。他還有一個祕密的名字，你告訴過我說？這個名字怎麼叫？再說一遍？

阿爾佈理：是同一個，對我們所有的人來說。

奧恩：我們的談話很有進展。這個名字怎麼叫？

阿爾佈理：我告訴你：對我們來說是同一個。發音一樣；這是個祕密。

奧恩：你對我來講太陰暗了；我喜歡明白的事情。拿去，來拿去。（他遞出那一疊鈔票。）

阿爾佈理：這不是我想從你這裏拿到的東西。

奧恩：不要誇張，先生。一個工人是死了，沒錯；事態很嚴重，同意，我一點也不想簡化事情，絕對沒這回事。不過這種事情什麼地方都可能發生，什麼時候都有可能；你以爲在法國，工人就不會死嗎？這種事情是嚴重，不過也算正常；這是工作的一部份；今天要不是他死了，死的可能是另外一個。要不然，你是怎麼想呢？這裏的工作是危險；所有的員工，每一個人都在冒險；何況，危險也並不過份，我們還是在危險的範圍以內施工，沒有超出限度。不對嗎？我們把話挑明了說，每個工作都要付出代價，你要怎麼樣呢？不管哪一個社會，都得爲工作犧牲本身的一部份，不管哪一個人都得爲工作犧牲自己的一部份。你走著瞧。你以爲我自己，我什麼都沒有犧牲嗎？世間事就是這麼回事。就算出了事，世界照常繼續運轉，嗯？這可由不得你來阻止，嗯？不要天眞，我的好阿爾佈理。難過，這個，我可以了解，不過不要天眞。（他遞出錢。）東西在這兒，拿去。

（蕾翁妮入。）

XIII

閃電，越來越急。

奧恩：蕾翁妮，我一直在找你。要下雨了，你不知道，在我們這裏下雨是什麼意思。我馬上就好了，然後我們一道回家去。（對阿爾佈理說，低聲：）歸根結底，你太複雜了，在我來看，阿爾佈理。你的想法糾纏不清、陰陰暗暗、教人難以捉摸，跟你們的荊棘叢林一個樣，你們整個非洲也是一樣地難纏。我心裏在想爲什麼我要這麼愛非洲；我心想爲什麼我要這麼想拯救你們。看來所有人，在這裏的人，全失去理智了。

蕾翁妮（對奧恩。）：你爲什麼要折磨他呢？（奧恩看著她。）把他跟你要的東西還給他。

奧恩：蕾翁妮！（笑。）老天，這一切變得這麼隆重！（對阿爾佈理：）聽著：這名工人的屍首找不著。屍首漂走了，屍體應該有好一陣子，被大魚跟老鷹給吃掉了。你死了心，不要再想把屍體要回去。（對蕾翁妮：）要下雨了，蕾翁妮，來。（蕾翁妮走近阿爾佈理的身邊。）

阿爾佈理：給我一樣武器。

奧恩：免談，老天，不行，我們這裏可不是屠宰場。（過一陣子。）理智一點。蕾翁妮，來。阿爾佈理，把錢拿去然後趕快跑，趁還來得及的時候。

阿爾佈理：假使要我永遠失去奴歐非亞，那麼，我要他的謀殺者償命。

奧恩：那是閃電、打雷搞的意外，老兄；跟老天爺算你的帳去！滾開，滾開，快跑，還不快滾！

蕾翁妮，過來這裏！

XV

蕾翁妮（低聲）：接受他的條件吧，阿爾佈理，接受他的條件。他甚至要給你錢，很客氣地給錢，你還要求什麼呢？他是來解決事情的，不要懷疑人家，那麼，那就應該好好解決事情，因為現在還有這個可能。如果有人客客氣氣地想來解決一切問題，而且還拿了錢出來，再為了不再有任何意義的東西大打出手，這有什麼用呢？是另外一位瘋瘋癲癲，不過現在知道了，只要小心一點也不怕，何況畢竟以我們三個人的力量，我們最後總有辦法不讓他去騷擾別人，一定有辦法可想，不讓他使壞，那麼一來，所有事情都可以迎刃而解。這裏這位，可完全不一樣；他是來客客氣氣地談話，可是你，你說不行，你把拳頭握起來，你還是一直固執得很，喔！我從來沒見過這麼頑固的人。你相信憑你這樣子可以得到好處嗎？我的天，可是他一點也不知道怎麼辦才好，這一位，什麼都不知道；可是我自己，我很知道我應該怎麼做要是你讓我來處理的話：當然不能握緊拳頭，尤其是不能擺出打架的陣勢或者是固執得要死，絕對不行。因爲我可不想活在打仗的狀態，免談，我才不要跟別人打架，也不想惶惶終日，或者是悶悶不樂。我這個人，我要的只是能簡簡單單地過日子，安安靜靜地，住在一棟小屋子，地點隨便你挑，一個安安靜靜的地方。喔，我寧可當個窮人，我不在乎窮，我會到很遠的地方去找水喝、撿木柴還有做其他這些活兒；我寧可窮到底，不過我可不要殺人、打架或者是死硬派地握緊拳頭，喔不成，爲什麼人要這麼硬呢？那麼或者是我比不上一個死人，一個已經被吃掉一半的死人囉！阿爾佈理，難道這會是因爲我不幸生爲白人？不過，你不會看走眼的，阿爾佈理。我不是一個道地的白膚色女人。喔我這個人，去當個不應該當的人，我老早就已經這麼習慣，在這以外，再當個黑人對我也沒什麼損失。萬一是爲了這個原因，阿爾佈理，我的白色膚色，我已經從很久以來就朝上面吐口水，丟了不要，我不要我的白色皮膚。那麼，要是你也不要我的話……（停一陣子。）喔黑色，我夢想的顏色，我的愛情的顏色！我發誓：你要回家的時候，我跟你一道走；我看到你說：「我的房子。」我跟著說：「我的房子。」對你的兄弟，我會喊：「兄弟。」對你的母親，我會叫「媽」！你的村子也是我的，你的語言就是我的語言，你的土地是我的土地，我要一直跟到你的睡夢裏，我發誓，一直到你死爲止，我還會一直跟著你。

奧恩（從遠處。）：你看得很淸楚，他不要你。你講的話他甚至也不聽。

阿爾佈理：Démal falé doomu xac bi！（**他吐她口水。**）

蕾翁妮（**轉身向奧恩說：**）幫我忙，幫我忙。

奧恩：什麼？你一點尊嚴也不顧，當著我的面跟這個傢伙走動，還要我幫你忙，還有呢！你以為我可以讓你亂塞亂擺，我就不會反擊嗎？你以為我只會付錢、付錢然後就什麼都不管，我是可以讓別人亂塞亂擺的人嗎？明天，老天爺，對，你回巴黎去。（**轉身向著阿爾佈理說話：**）說到你，我很可以叫人來修理你，把你當流氓處理。你以為你人是在自己家裏嗎？你把我看得豬狗不如？你把我們所有人都看得豬狗不如？算你走運，我不喜歡見到你他媽的血。不過你不必姿態擺得這麼高，我告訴你，你可以啃你的手指頭後悔莫及。你自以為可以，就像這樣子，拐騙一個法國女人，當著我的面，在法國產業上面，卻不必負任何責任？快跑。我讓你自己去跟你村子裏的人談判去，要是他們知道你想過辦法誘拐一個白種女人來威脅我們。我讓你自己想辦法看是要怎麼從這裏溜掉才不會遇到另外一個，有人正等著逮到你要你的命。快逃，去藏起來去，萬一有人再在宿舍區裏看到你人，你會被修理，被警察修理，有必要的話，當做一名小偷處理。你他媽的命我可管不著。

（**阿爾佈理消失。開始落雨。**）

XVI

奧恩：至於你，我求求你，現在不要神經發作，就缺這個啦。喔不要哭，不要哭，我不要感覺到有淚水，我會失去控制，停一停，我求求你，要有一點尊嚴。喏，我還有一個像這樣子的想法，對，這個想法很棒，傻瓜！停一停；拜託停一下，停，要有起碼的尊嚴嘛。在這裏，所有聲音都聽得見，最小的聲音幾公里以外也聽得見；我們看起來一定很精采，我跟你發誓；你會給別人一個白人多棒的印象，要是你看看你自己現在的樣子。噓，好了；你想辦法克制一下，不過，噓！憋一口氣試試看，隨便你怎麼做都好，一口氣吞一大口酒下去，就像對付打嗝一樣，這一招也應該有效才對，不過拜託不要哭了。喏，喝一杯。（**他丟酒瓶給蕾翁妮。她喝酒。**）再喝，不用計較，這樣子尊嚴會慢慢恢復，因爲所有這一切就是少了點尊嚴，沒錯。那麼伽爾在搞什麼呢？還有他那一輛他媽的小貨車呢？伽爾！老天！拜託拜託你好不好！要是你以爲那個傢伙沒有留在這附近看著我們的話，哈！他兩隻手搓來搓去看著你神經發作既可憐又丟臉，沒錯。你給別人什麼樣白種人的觀感！我剛才想到一個很棒的主意，老天！蕾翁妮，我懇求你，我受不了別人神經發作。（**他四處走。**）我覺得人很不舒服，這一回，眞的，我人不舒服，很不舒服。（**他突然停在蕾翁妮的身邊。很快地低聲道：）求求你，如果……如果我們離開這裏呢？嗯？如果我馬上離開工地，你是不是……？

（他抓住她的手。）不要把我……不要再哭……不要把我一個人孤孤零零地留下來。我有足夠的錢可以離開這裏不必預先通知公司，那伽爾就接我的位子，那我們兩天之內就到法國或是其他國家，去瑞士或者是義大利，去玻爾桑納湖畔或者是康斯坦次湖[34]，或者隨便你想去的任何地方。我錢夠多，很夠。不要哭，不要哭，蕾翁妮，跟你在一起，我……告訴我說：「好。」不要丟下我，我現在人太不舒服了，蕾翁妮，我要娶你，我們本來是這樣子打算的，不是嗎？說：「好！」

（蕾翁妮挺起身體。她把威士忌酒瓶在石頭上敲破，然後很快地，沒有出聲，眼睛看著阿爾佈理消失的陰影處，她拿起一塊玻璃碎片往自己的兩頰刻上標記，深深地，圖案跟刻在阿爾佈理臉上的部落標記很像。）

奧恩：伽爾！老天，伽爾！血；這有什麼意義！伽爾！有血，到處都是！

（蕾翁妮昏過去。奧恩邊喊邊跑，往漸行漸近的汽車車燈方向跑。）

---

[34] 玻爾桑納湖（Bolsena）在義大利，康斯坦次湖（Constance）則介於德國、瑞士與奧地利三國之間，二湖皆為度假勝地。

XVII

在員工宿舍區，靠近桌子。伽爾正在擦槍。

伽爾：有燈光，我什麼都沒法子做。什麼也不用想，我在做什麼守衛都會看得見，那麼一來他們就有可能去當人證。他們可以跑去通知警察，我可不要跟警察有任何瓜葛；他們也可能跑去村子裏通風報訊，我可不要整個村子追著我後面跑。打這麼亮的燈光，我什麼事都沒法子幹。

奧恩：守衛什麼動作都不會有。有這份工作他們簡直樂壞了。工作緊做著不放，信我的話沒錯。他們爲什麼要跑去找警察呢？或者是跑去村子裏通風報訊，把自己好好的工作給砸了？他們走不開，他們什麼都不會去看，他們什麼都不會去聽。

伽爾：他們已經放他進來了一次，再加上還有這一次。就在那邊，在樹的後頭，他又站在那邊；我聽見他在呼吸。這些守衛，我信不過。

奧恩：他們不是沒看到他混進來就是睡著了。再說，現在也聽不見他們的聲音。人在打瞌睡；他們走不開。

伽爾：打瞌睡？你眼睛花了，老哥。我可是看得一淸二楚。他們轉過身來向著我們；他們在看著我們。他們的眼睛是閉了一半，不過我看得很淸楚，他們沒在睡覺，反倒是在看著我們。現在就有一個剛剛舉起手臂趕蚊子；那邊那一個在抓癢；那邊，有一個剛剛吐了口口水在地上。打這麼亮的燈光，我不管什麼事絕對都做不了。

奧恩（過一陣子。）：那發電機就必須出一點狀況才行。

伽爾：對，一定；絕對必要。要不然，我什麼都動不了。

奧恩：不行，最好是，等到天亮；我們給廣播電台發一條消息，再派輛小卡車到城裏去。來，我要去把發射器準備好。

伽爾：什麼？

奧恩：發射長槍；火箭；我施放煙火的裝置。

伽爾：但是天就要亮了，奧恩！再說，她人關在房子裏面，她不會要出來看煙火的，她甚至不讓別人處理傷口；萬一破傷風，我們可就麻煩了。好奇怪的女人，現在她一輩子都會有這個記號；不過，她以前還滿可愛的。眞是奇怪。你……不過你的煙火，老哥，你到底要放給誰看呢？

奧恩：我自己，我自個兒看；我爲我自己放煙火，我是爲我自己準備的。

伽爾：那我應該做什麼呢？我現在？要團結一致，老哥；要一勞永逸地把他做掉，就是現在。

奧恩：我信得過你。要小心，就這一句話。

伽爾：只是我現在，人冷下來了，我不知道該怎麼辦才對。

奧恩：一層黑皮像另一層黑皮，不是嗎？村子要一具屍體；那就得給人家一具；要是不給，我們就不得安寧。萬一再耗下去，有這麼一天他們再派兩個傢伙過來要屍體回去，我們就眞的完了。

伽爾：可是人家一定認得出來屍體不一樣。他們互相很熟。

奧恩：要想讓人家認不出來是有法子可想。假使臉認不出來的話，誰可以說「就是他」，或者是「這是別人」？是臉孔讓人看起來個個不同，就靠著一張臉，而且只憑著一張臉。

伽爾（過一陣子。）：不用槍，我可是什麼事都幹不了；我是不喜歡打架，可是他們每一個人都力大無窮，這些流氓，玩起空手道更厲害。用槍的話，老哥，那傷口就會看得一淸二楚，臉上有一個窟窿，他們一定看得見，那警察就會追在我們背後跑。

奧恩：所以最好的方法，就是等到天亮。一切照規矩來，小伙子，這是最好的辦法。我們跟警察報備一下，盡可能把事情擺平，一切照規矩來。

伽爾：奧恩，奧恩，我聽到他，人就在那邊，在喘氣。我能夠做什麼呢？我應該做什麼？我現在？我沒有主意了。不要甩掉我。

奧恩：卡車是有可能從他身上輾過去。到時候有誰能夠說：「中了一槍」？「被雷打了」？還是

「被卡車撞了」？嗯？身上中了一槍是看不出，來假使事後有輛卡車輾過去的話。

伽爾：反正，我要去睡覺了。我頭昏腦脹。

奧恩：白癡。

伽爾（威脅地）：不要當我是個傻瓜，奧恩，不要再叫我白癡。

奧恩：伽爾，我的小兄弟，小心你的神經！（停一陣子。）我要說的，就是這個傢伙，如果放他回村子裏去，人家會三三兩兩地回來找麻煩，你一個人再去同時對付他們兩、三個人吧！要不然，明天把他的屍體抬回村子裏去，同時要人傳話：「這就是那個，昨天，在工地上被雷打死的小伙子，而且你們看清楚了，有輛卡車從他身上輾過去。」然後，一切恢復正常。

伽爾：不過這麼一搞，他們會爲那個傢伙來找我們算賬的，他們會問：「出事的時候他人在哪裏？」

奧恩：這傢伙不是個工人，他的下落我們不必負責；這人從來也沒見過。我們什麼都不知道。怎樣？

伽爾：要能夠冷冷靜靜地說，像你這樣，可不太容易。

奧恩：他們人多起來的時候怎麼辦呢？再說守衛，到後來，讓他們人都進了來，那時候該怎麼辦？怎麼辦？嗯？

伽爾：我不知道，我不知道；告訴我該怎麼辦才好，老哥。

奧恩：與其教訓母雞，還不如殺了狐狸。

伽爾：有道理，老闆。

奧恩：再說，我把他軟化了。危險他是不會了，這小伙子。他人幾乎都站不直；他灌了不少酒，像個無底洞。

伽爾：好，老闆。

奧恩（低聲。）：當心，要在臉的正中央。

伽爾：好。

奧恩：然後，開卡車，當心一點。

伽爾：是。

奧恩：還有要小心、小心、小心。

伽爾：遵命，老闆，遵命，老闆。

奧恩：伽爾，小兄弟，我已經決定，你知道，甚至不要留到工程結束後再走。

伽爾：老闆！

奧恩：沒錯，小兄弟，事情就這麼決定；我受夠了，你知道；非洲，我什麼都再也搞不懂；一定有別的方法可以理解，不過我什麼都再也搞不明白了。你要擺平這些事情的時候，伽爾，老天保祐你；仔細聽我說：任何事都不要瞞著管理部門，不要輕舉妄動，全盤招認，不要耍賴。他們什麼都可以了解，所有一切，他們有本事擺平一切事情，所有的事情。就算是警察，你只是不了解警察：讓他們跟公司交涉去。你公司的領導階層，對你來講是唯一存在的事實，永遠不要忘了這一點。

伽爾：是，老闆。

奧恩：再兩個小時，天就會亮了；我要去準備放我的煙火。

伽爾：那個女人呢，老哥？

奧恩：她待會兒坐小卡車走。我不要再聽到講起這件事。她這個人從來沒存在過。這裏只有我們兩個人在。待會兒見。

伽爾：奧恩！

奧恩：幹什麼？

伽爾：光線太亮了，實在太亮了。

（奧恩抬頭看瞭望台，守衛一動也不動。）

XVIII

在平房半開的門前。

奧恩（對著室內說）：再幾個小時，一輛小卡車會開往城裏，送一些文件過去；卡車會按喇叭；先準備好；那個司機人非常好。在這以前，出門會很危險；把你自己關在你的房間裏不要離開，不管聽到什麼，一直到小卡車按喇叭爲止；你走的時候，我應該已經上班去了，所以：再會。你人到了巴黎的時候去找個醫生看看；我希望他可以把你這一切治好，對，一個好醫生或許可以讓你重新見人，補救這一切。你回去以後，同樣地，我求你話不要說得太多。你要怎麼想都可以，不過不要破壞公司的形象。公司對你到底還是殷勤款待；不要忘了這一點；不要損害公司的信譽，公司對你所遭遇的一切沒有任何責任。這點，我求你……幫個忙。我的一切都給了公司，我整個人，一切的一切；公司是一切，對我來說，一切的一切；我個人你要怎麼想都可以，但是對公司，不要害了公司，因爲那樣就是我的錯了，對，是我個人的錯。這個忙你一定幫得上；因爲是由我出錢買機票，你人才回得去；你以前拿了機票飛來這裏，現在，你就得拿回程的機票。所以，那麼……再會。我不會再見到你；我們不會再相見。再會。（出去）

（蕾翁妮出現，站在門口，兩手提著皮箱。她的臉還在流血。突然之間，燈熄掉了幾秒鐘，然後再次聽到發電機運轉的聲音。

伽爾出現；蕾翁妮用手臂擋住自己的臉龐，同時在伽爾看著她的時候一直保持這個姿勢。）

XIX

燈光還是閃了再閃，時明時滅，伽爾說的話，有時會被打斷。

伽爾：不要怕，不要怕，寶貝，這是發電機的聲音。這種大型機器操作起來可不簡單；看樣子有可能停電，這種事是會發生，奧恩應該正在搶修才對，不要怕。（他走近她。）我洗過澡了。（嗅嗅自己。）我相信聞不出味道了。我刮過臉還噴了點東西。我還有味道嗎？（無言。）可憐的寶貝；現在，重新要再找個工作，可不容易囉，嗯，我想像得到；尤其是在巴黎，他媽的。（停一陣子。）巴黎應該下雪了，在這個時候，不是嗎？你回去是對的；再說，我早料得到；我早料到他這個人遲早會讓你反胃。我自己，我始終不明白你是看上他哪一點，我是說奧恩。我第一次看到你的時候，從遠遠地，你下了車子，通紅，滿臉通紅！這麼優雅，這麼時髦，你們巴黎女人，總是趕得上最新的流行，這麼精緻！是我現在看到的你……奧思，眞是個大白癡！他應該知道，地窖跟陰溝不應該指給小孩子去看，千萬不行；小孩子應該放他們在陽台上和花園裏玩，地窖可不准他們跑去看。雖然這樣，有一點還是不能否認，寶貝：對我們這些在這裏工作的人，你讓我們變得斯文一點。說到底，我是了解他，老奧恩，臨老才在做夢！（他握她的手。）不管如何，我自己很高興認識你，寶貝，我很高興你來了這裏。你一定認爲我是個壞人，寶貝；我自然不存別的幻想。可是你的判斷，對我有什麼影響？因爲你人就要回巴黎去了，我們也不會再見面了。當然囉，你會對你的朋友說我的壞話，至少有一陣子時間會說，再說，當然囉，只要你還記得我，一定只記得壞的方面，然後到末了，你全都會忘光光。不過不管怎樣，我很高興跟你交換意見。（他吻她的手。）現在，什麼時候我們才能再看到一個女人呢？一個像你一樣眞正的女人，寶貝？要跟一個女人開開玩笑，什麼時候才有這個可能？我什麼時候才會在這個鳥不生蛋的地方再看到一個女人？我浪費我的生命，在這個鳥不生蛋的地方；我浪費的，再說，可能是人生最好的歲月。一個人，老是一個人孤孤零零地過日子，到最後連自己到底幾歲都搞不淸楚；可是一看到你，我記起了自己的年紀。我又得再忘記一次。在這裏我算什麼東西？再繼續下去，我會是個什麼東西？一無是處。這一切都是爲了錢，寶貝；我們的一切都給錢奪走了，爲了賺錢，我們甚至連自己幾歲都忘了。看。（他展示他的手。）你還會說這是一雙年輕的手嗎？你有沒有看過工程師的手，在法國的時候？不過，沒有錢，年紀輕，又有什麼用？嗯？最後，我問我自己，爲什麼？對，我是爲了什麼活著？（燈光被關掉了，這一回，很乾脆。）不要怕；只是機器跳掉了；不要動。我得走了；永別了，寶貝。（過一陣子。）不要把我忘了，不要把我忘了。

XX遠方圍域的最後景象

最開始有一束光線無聲無息地在九重葛花叢上方的天空迅速引爆。一把步槍的槍管射出藍色亮光。一陣低沈的跑步聲響起，赤腳，踏在石頭上。狗的喘氣聲。手電筒一亮。有人以口哨哼歌。聽到有步槍上膛的聲音。一陣涼風吹起。天際佈滿五顏六色的光線如陽光般燦爛奪目，在一陣輕柔、壓低的聲音過後，光線散成火花掉在工地住宅區的上方。

突然之間，聽到阿爾佈理的聲音：從暗處迸出一聲呼叫，既神祕又挑釁，被風吹得四處傳播，聲音從花叢上揚升高到帶刺的鐵絲網上，再從鐵絲網升高到瞭望的哨台。被時明時滅的煙火光輝照亮，同時伴隨安靜的爆炸聲響，伽爾靠近阿爾佈理靜止的暗影身邊。伽爾把他的步槍高高舉起，瞄準對手的頭部；冷汗沿他的前額和兩頰流下；雙眼佈滿血絲。然後在煙火爆破之間的黑漆空檔，阿爾佈理和四周高處對話，內容難解。對話平心靜氣，帶著無所謂的語氣；短促的問答；笑聲響起；難以理解的話語在四周迴響，聲音越來越響，沿著鐵絲網上下迴盪，聲量擴及整個空間，在暗地清晰可聞，並且在宿舍區上方迴旋震動，空中亮起最後爆破的系列火花，全宿舍區籠罩在被震懾住的氛圍中。

第一發子彈射中伽爾的手臂；他手中的步槍掉了下來。在瞭望台上，一名守衛把槍放下；在另一邊，另一名守衛舉起槍來。伽爾的肚子中彈，再來是頭部；他倒在地上。阿爾佈理不見人影。暗場。

天緩緩亮起。天空中有老鷹的叫聲。在露天的陰溝，空的威士忌酒瓶碰來擠去。接著聽到有小卡車按喇叭的聲音。九重葛花朵緩緩晃動，反射出黎明天色。

蕾翁妮（在極遠處，她的聲音被黎明的各種聲音給壓下去，幾乎聽不見；她傾身向司機說話。）：Haben Sie eine Sicherheitsnadel？mein Kleid geht auf. Mein Gott, wenn Sie keine bei sich haben, muss ich ganz nackt・[35]（她笑起來，坐上車。）全身精光！：nach Paris zurück. [36]（小卡車開走。）

（靠近伽爾的屍體附近。有一具小白狗的屍體，牙齒外露，被丟在伽爾被炸掉的臉上面。奧恩撿起掉在地上的步槍，擦擦前額，抬眼遠眺高處棄守的守衛哨台。）

[35] 德文：「你有沒有安全別針？我的衣服開了。我的天！萬一你沒有的話，我一定全身精光。」

[36] 德文：「回巴黎去。」

在棉花田的孤寂

交易為一種商業行為，以違禁或嚴格管制之有價物品的買賣為主，在中性、模糊的空間成交，這個空間原先並不是做為商業用途，交易在經銷商和消費者二者之間展開，雙方藉著默契、暗號或雙關語進行——藉以避開此種交易行為所隱含之出賣與詐欺的危險。時間是白天或黑夜的任何時刻，不受合法生意地點之法定營業時間的限制，但多半是在商店歇業的時刻接洽。

商人：如果你走到外面來，在此時此地，這是因為你希望得到一件你沒有的東西，而這件東西，我個人可以提供給你；因為如果我比你早來到這裏並且待的時間比你長，甚至在這個人類與動物野蠻相爭的時刻都沒將我趕走，這是因為我有貨色使這個經過我面前的慾望得到滿足。這就好比是一個我必須隨便找個對象擺脫的重擔，不管經過我面前的，是人或是獸。

這就是我走近你的原因，不管這個時刻通常正是人跟獸打得難分難捨的野蠻時刻，帶著供貨者面對買主的謙卑態度，帶著物主面對慾求者的謙卑態度，我走近你。我雙手張開同時手心向著你；況且我看見你閃動的慾望彷彿一束光線驟然點亮一般，從一棟大樓高高在上的窗戶裏，在暮色中；我走近你就比如暮色靠近這道初上的光線，慢慢地、恭敬地、幾乎是深情地，而把動物跟人類留在底下的路上拉扯各自綁住的皮帶，雙方齜牙裂嘴野蠻地向對方示威。

不是我已經猜到你所希望得到的東西，不是我急著想知道那會是什麼；因爲買主的慾望是世界上最憂鬱的東西。我們沈思這個慾望就好比這是一個不想被人戳破的小秘密一樣，在戳破秘密以前大家好整以暇的慢慢來；這就好比收到一個包裹，大家好整以暇的慢慢鬆掉包裝。不過這是因爲我渴望，打從來到這裏開始，每一個人或每一頭獸在這個昏暗時刻所能渴望的所有東西，而這個渴望能讓大家從家裏走到外面來，不顧不滿的動物和人類野蠻的嗥叫；這就是爲什麼我知道，比一名不安的買主更清楚地知道——這名買主還保持一陣子自己神秘的身份，就好像一個長大後要被調教成妓女的小處女一樣——我知道你想跟我要的東西我已經有了。只要你自己，不要因爲是以一種請求者面對供貨者的表面不公平的態度而覺得受到傷害，向我要這件東西。

因爲在這個塵世上除了土地本身的不公平沒有眞正的不平，大地不是冷得貧瘠就是熱得不結果實，而寒、熱均勻混合的肥沃土地是十分難得的。對走在同樣面積上的人來說沒有什麼是不公平的，因爲他們遭受同樣的寒流或熱流，或者是寒、熱均勻混和的暖流，而且每一個能直視另一個人或另一頭獸的人或獸雙方平等，因爲二者走在同樣精細與平坦的緯度線上，受制於同樣的寒流與熱浪，同樣富有而且同樣地，貧窮；唯一有意義的邊界存在於買主跟賣方之間，不過並不明確，雙方皆有慾求與慾求之物，同時既凹陷又凸出，比起人類或獸類之間的雌、雄之別更爲公平。這就是爲何我暫時採取謙卑的姿態並且讓給你高傲的權利，以便別人在這個時刻可以分辨出我們兩個人來，在這個對你與對我而言必然是一樣的時刻。

那麼告訴我，憂鬱的處女，在這個人與獸低沉嗥叫的時分，告訴我你想要而且我能夠提供給你的貨色，然後我會緩緩地交給你，幾乎是畢恭畢敬地，或許還帶著愛意；接著，塡滿體內的盆地、鏟平體內的丘壑之後，我們分道揚鑣，平穩地走在我們細小與平坦的緯度線上，在不滿天生爲人與天生爲獸的人與獸之間我們心滿意足；可是請不要讓我猜測你的慾望是什麼；我會被迫列舉自己經營的全部貨色好讓那些打從我來了這兒以後經過我面前的人得到滿足，而一一列舉所需的時間會使我的心腸變冷同時一定也會耗盡你的希望。

顧客：有些地方我不會去並且到了一定時刻也不外出；我出門很簡單地，從一個定點走到另一個定點，在這些地點上而不是在路程中辦私事；我既不懂得什麼暮色也不曉得任何慾望，並且不想知道自己路程上面會出的意外。我剛剛從這扇照亮的窗戶，在我身後，就在那上面，走到另一扇照亮的窗戶，就在那下面在我面前，按照一條穿過你的筆直路線走，因爲你人故意站在那裏。然而沒有任何存在的方法能夠，對一個從某個高度走到另一個高度的人來說，避免走下去緊接著再得爬上來，這兩個動作互相抵銷說來荒謬，而且危險，在兩個上、下動作之間，每一個腳步都會壓碎從窗戶裏面往外扔的垃圾；住得越高，住家空間就越有益健康，不過摔得也越重；而電梯把你載到下面的時候，你被迫走在那上面的人所不願意經過的地方，走在一大堆腐爛的回憶中間，這就好像，在餐廳裏面，當侍者爲你結帳的時候一一數說，他就對著你噁心的耳朵數，每一道你老早就已經消化完畢的菜肴。

況且天色應該還要再暗一點，我就看不到你臉部的任何表情；那麼我，或許，會誤解只是爲了站在我會經過的路上所以你人立在這裏的正當性，以及你閃到一旁去的正當理由，然後輪到我，爲了將就你的移位我站到一旁；不過天色要暗到什麼地步你人看起來才比較不暗呢？沒有無月之夜看起來不像是正午假使你散步於其間的話，而這個正午足夠對我證明不是升降機的機緣將你置身於此，倒是基於你固有的一種不受時效約束的重力定律，你揹負這個重擔，肉眼可見，在你的雙肩上如同一只揹包，把你自己固定在此時此地，從這裏你嘆著氣估計大樓的高度。

至於我所渴望的東西，假使這是我在此地想得起來的某種慾念，在蒼茫暮色裏，在連尾巴都見不著的陣陣野獸低沈吼叫聲中，這個除了我本人希望你放棄謙卑姿態的明確慾望，也希望你不要贈我傲慢的權利——因爲假使我對傲慢有所偏好的話，我憎恨謙卑，包括我個人的跟別人的，此種交換我不稀罕——我所可能慾求的東西，你一定沒有。我的慾念，就算有，要是我對你說出來，會讓你的臉孔發燙，會讓你尖叫一聲把雙手收回，還會讓你往暗處逃之夭夭好像一條狗跑得飛快竟然連尾巴也見不著。可是沒有，此時此地的紛亂讓我忘記是否曾經有過任何可能想得起來的慾望，沒有，我既沒有任何慾望也沒有什麼慾望可以推荐，那你就應該讓開，我也就不必避到一旁，你應該從我一直沿著走來的中心軸線上移開，你應該走掉，因爲這道光線，在那上面，在這棟大樓的高處，爲夜色逼近；這道光線不受動搖地繼續發亮；這道光線突破夜色，譬如一根點燃的火柴把一塊原來打算將火悶熄的破布燒出個洞來。

商人：你的推論沒錯，我並非無地冒出來亦無任何登高的意圖，不過你若相信我會因此而感到悔意那就錯了。我避開升降電梯就好比狗避開水一般。不是因爲電梯拒絕爲我打開大門，也不是我憎恨被關在電梯裏面；而是升降中的電梯讓我發癢因此人在裏面尊嚴盡失；況且，就算我喜歡被人搔癢，我寧願能夠不被搔癢只要我的尊嚴如此要求。有的升降電梯就像毒品一般，服食太多會讓你懸在半空中絕不升高也絕不下降，把曲線當成直線，將火苗的正中心凍結凝住。雖然如此，自從人到了這裏，我認得出這些火苗來，從遠處，在窗戶玻璃的後面，這些火苗彷彿冬日暮色一樣被凍住了，可是只要走近一點，緩緩地，也許滿懷愛意地，人就會想到沒有任何亮光是冷到底地，何況我的目標並不在於將你熄滅，倒是要替你擋風，再者借助這火苗的熱氣烘乾這個時刻的溼氣。

因爲，不管你說什麼，你剛剛走來的路線，也許原本是一逕筆直的，當你看到我的時候卻變成彎彎扭扭的，而在你的路線彎掉地那一剎那我正好逮到了你看到我的那一瞬間，你的路線走歪了倒不是爲了要避開我，倒是走歪了以便靠近我，否則我們絕對不會相遇，你會走得離我更遠才對，因爲你以從一個定點走動到另一個定點的速度前進；何況我永遠也趕不上你因爲我走的很慢，不慌不忙地，幾乎是一動也不動地邁著步伐，我沒有邁著步伐從一個定點移到另一個定點去，而是待在固定的一處，守候經過面前的行人，等待對方略微修改他的行徑。何況要是我說你剛剛轉了個彎，你當然會硬說是這是爲了避開我而走地岔路，那麼我就會肯定地回答說這是爲了走近我的一個動作，這當然是因爲尋根究柢你一點也沒有偏離你的路線，因爲沒有一條線是直的除非相對於某個平面而言，我們就是按照兩個截然不同的平面在移動，況且話說到底只有一項事實存在：你看到我而且我也截住了這道視線或者情形正好相反，還有這條你走來的路線原本是絕對的，後來卻變成相對的並且錯綜複雜，既不直也不彎，卻是命中注定躲不掉地。

顧客：然而我沒有，爲了取悅你，不正當的慾求。我個人的生意，在白天法令許可的時段內營業，在法定許可的商業地點開張而且店裏有電燈照明。也許我是個娼妓，不過就算我是的話，我的妓院可不屬於這個世界；這個店面，我個人的店面，在合法的光線中營業然後晚上關門，一切照章行事並且用電燈照明，因爲即使是太陽也靠不住，陽光會獻殷勤。你在期待什麼呢？你這個人？對一個每跨一步必定是經過核准、合乎規定、恪守法紀的人能期望什麼呢？況且連他內心最隱蔽的角落也燈火輝煌。如果我人在這裏，在路上、有所期待地、處於懸浮狀態、走動中、犯規出局、於生命之外、暫時地、簡直就是不在場，意思也就是說人不在這裏——因爲我們可以斷言說一個開飛機橫越大西洋的人，他在某一時刻人是在格陵蘭島嗎？他人眞的是在那裏嗎？還是正在洶湧怒濤之中？——再說如果我閃到一旁去，儘管我的路徑筆直，從我出發的那一定點到我要去的那一定點來看沒有理由，沒有任何理由，霎時之間彎了，這是因爲你擋了我的路，心中充滿不正當的企圖並且推斷我個人有不正當的企圖，可是你要知道在這個世界上最讓我憎惡地，甚至比不正當的企圖更加令我厭惡，比不正當的行爲本身還要討厭地，是那種推測你滿腦子有不正當企圖的眼光，同時以爲你習慣有這種不法企圖；不是僅僅因爲這個眼光本身而已，這個眼光固然搞得人心慌意亂就像山上的激流可以爲之騷動一樣——不過你個人的目光可以使一杯水杯底的污泥再次浮上來——倒是因爲，光是由於這個注視著我的眼神的重量，我體內的童貞突然覺得受到侵犯，感到有罪的無辜，還有這條直線路徑原本假定可以將我從一個光亮的定點帶到另一個光亮的定點去，因爲閣下之故這條直線彎成鉤形，甚且變成一座黑暗的迷宮使我在黝暗的領土上迷路。

商人：你努力在我的馬鞍底下悄悄地塞進一根芒刺讓我的坐騎生氣溜韁；但是，如果我的坐騎神經不安有時又不聽使喚，我用一根短的韁繩拉住，它就不會如此容易地溜韁；芒刺不是刀刃，馬自知皮厚的程度所以能夠將就發癢的皮膚。然而，有誰能夠完全了解馬的情緒呢？有時一匹馬忍得住一根針刺進腹部，有時一粒留在馬鞍下面的灰塵卻能激得馬匹蹬起後腿，然後繞著自己打轉，最後把騎在馬上的人搞得摔下來。

所以你要知道假使我與你交談，在此時，像這樣子，慢慢地或許還帶著敬意，這可跟你的方式不同：迫於形勢，你用的言語會讓人認得出恐慌，一種尖銳的小小恐懼，一種失去理智的恐慌，太過明顯，彷彿一個孩子懼怕父親會摔他耳光的恐懼；我這個人，我用的語言不會被認出來，這是一種屬於此時、此地的言語，此時此地大家各自拉扯自家拴狗的皮帶，同時豬仔用頭猛撞豬圈；我自己，我操控自己的舌頭就好像用韁繩拉住一匹公馬免得牠跳到母馬身上一般，因爲假使我放鬆韁繩，假使我輕微地放鬆手指頭的壓力以及手臂的拉力，我的話語會讓自己摔下馬來然後以一匹阿拉伯名駒感覺到沙漠在前的激烈衝勁，猛朝海角天涯飛奔而去，什麼都再也擋不住牠的去路。

這就是爲何在不認識你情況之下的我，從第一句話開始，有禮貌地接待你，從我邁向你的第一步開始，這一步禮貌、謙卑而且畢恭畢敬，在不知道你身上有無任何值得尊敬之處的情況下，在對你一點也不清楚是否能夠光憑著我們兩人狀態的比較就允許我謙卑而你傲慢，我讓你傲慢因爲我們在蒼茫暮色裏彼此走近對方，因爲在你走近我的薄暮時分裏，禮數已不再非得遵守不可因此也就有其必要，在此薄暮時分除了一種身在暗處的野蠻關係以外，再沒有什麼是非得照做不可地，況且我可能會碰上你就比方一塊破布會碰上燭火一般，我可能從襯衫的領子一把抓住你這個人，讓你出奇不意。而這個禮數，雖然必要卻又沒有什麼根據，這個我爲你盡到的禮數，把你和我扯在一起，就算不是因爲我可能，由於驕傲，踩到你身上去就好比一隻靴子會踩碎一片油膩膩的紙條一樣，因爲我早知道，由於體型這個首先分清我們兩個人的因素——此時此地只有靠體型才能有所區別，我們彼此都知道誰是這隻靴子，誰是這片油膩膩的紙。

顧客：假使我還是看了，你要知道我可能寧願不要看到你。人的目光四處溜躂然後停下來，兀自以爲停在中性與自由的場地，彷彿一隻蜜蜂在花圃中飛舞，彷彿一副母牛的嘴臉在圍牧的草原上覓食。可是要如何處理自己的目光呢？看著天空會讓我懷舊，盯著地面使我難過，惋惜一件東西然後想到自己沒有這件東西，這兩者同樣令人難以忍受。那麼人就應該好好直視前方，在人的高度範圍以內，不管腳暫時踩在什麼水平面上；這就是爲什麼在剛才走到的那裏我剛剛才走到的那個地方，和我現在停下來的地方，我的目光遲早應該會碰到所有跟我在同一高度上停步或者走動的東西；然而，由於遠近距離和透視法則，所有人類與所有獸類大致上暫時跟我處在同一高度。也許，事實上，我們兩人剩下的唯一區分，或者說唯一的不公平假使你寧願這麼說的話，是我們之中有一個人模模糊糊地害怕挨另外一個人的耳光；而唯一的相似之處，或者是說唯一的公平假使你寧可這麼想，是不知道雙方害怕這個耳光的程度，不知道這些耳光實際打下去的可能性爲何，不知道每個耳光打下去會猛烈到什麼地步。

因此我們只要重新建立人、獸之間在非法、陰暗的時間與地點的普通關係，此時此地既無法令依據亦無電力供給；這就是爲什麼，由於憎惡獸類以及憎惡人類，我寧願守法，寧可選擇電燈，並且確信所有自然光線和所有未經過篩濾的空氣以及未經過調節的季節溫度把這個世界搞得風險重重；因爲在自然的元素裏既沒有和平也沒有公道，在不正當的交易中沒有生意可言，在深夜時分互相攀談的人鬼鬼祟祟，萬一碰到沒有東西可賣、沒有東西可買、沒有正當貨幣、沒有價目表的情況，他們可能威脅、逃避對方，同時面臨大打出手的危險；況且假使你上前跟我攀談，這是因爲最終你要打我的原故；假使我問你爲什麼要打我，你會回答說，我就知道，這是基於你個人的秘密原因，因此沒有必要，當然囉，讓我知道。那麼我就不問你任何原因。有人會跟一塊從屋頂上掉下來的瓦片說話嗎？要是這塊瓦片眼看著就要砸掉你的腦袋？有的人是隻停錯了花朵的蜜蜂，有人有著一頭母牛想要越過通電的柵欄吃草的那副嘴臉；有人閉嘴不言或者逃之夭夭，有人後悔，有人等待，有人盡人事地做事，明知自己動機荒謬，所做違法，鬼鬼祟祟。

剛剛我把腳伸進馬廄的陰溝裏，陰溝中流動的神秘彷彿動物排洩之物；我就是從你這些神神秘秘和你固有的晦澀陰暗得出以下這個原則：如果兩個人相遇，永遠要選擇當那個攻擊的人；同時理所當然地，在此時此地，應該走近目光所及的每一個人或每一隻獸，動手打下去並且說：基於一個不理智和神神秘秘的理由，我自己不知道你剛剛有沒有揍我的企圖，不管如何這個理由你不認爲有必要讓我知道，不過，儘管如此，我寧願先動手，而且我的理由是，假使這個理由不夠理智，至少不是個秘密：因爲剛剛懸而未決的，由於我人在場還有你也在場，還有因爲我們兩人的視線意外地交集，懸而未決的是你是否會先動手打我的這個可能性，不過我寧願當那塊掉下來的瓦片而不是那顆會被擊中的腦袋，通電的柵欄而非母牛的嘴臉。

否則，假使我們眞的是，你是這個生意人擁有這麼神秘的商品竟然拒絕透露商品爲何，況且我也沒有任何方法猜得出來，我自己則是這名買主心中有種慾望如此的秘密，竟然連有所慾求亦不知情，何況爲了讓自己確定是否眞有個慾念，我得刮刮自己的回憶就像刮頭皮一樣好讓血液流通，假使這是眞的，爲什麼你還藏著你的東西，你的商品，我則停下來，我人就站在這裏，而且在等著你的東西？彷彿裝在一口你揹在肩膀上封住的大袋子裏面，彷彿一條摸不著的重力定律，彷彿你的貨物不存在並且只有結合慾望的外在形式才可能存在；跟皮條客很像，在一家跳脫衣舞的夜總會前面，皮條客碰一下你的手肘，你要回家的時候，在晚上，你要回家去睡覺，他附在你的耳邊說：「女人在你那裏，今天晚上。」那麼假使你對我展示你的商品，假使你給自己提供的貨色起個名稱，不管合法還是非法，但是起個名稱，那麼至少就可以被人判斷評價，假使你對我說出商品的名稱，我會說不要，並且不會再覺得自己像一棵樹被一陣無來由的大風吹得東倒西歪甚且連根拔起。因為我知道如何說不要也喜歡說不要，我有本事憑我說的不要讓你眼花撩亂，讓你發現所有怎麼說不要的方式，不過這一開始先要用所有的方法回答說是，這就好像那些賣弄風情的女人在試穿過所有的襯衫和所有的鞋子以後一樣也不買，她們試穿所有衣物的樂趣就在於拒購所有的衣物。你自己做個決定吧，顯現你的本色：你究竟是那個會踏壞石板路面的野人，還是生意人呢？在這種情況底下，先把你的貨色擺出來，我們再停下腳步來慢慢挑。

商人：正因為我想當的是生意人，不是野人，而是道地的生意人，我不告訴你我現有的貨色以及可以向你推荐的商品，因為我不想忍受遭到拒絕，這是世界上所有生意人最害怕碰到的事情，因為這是一樣他自己沒得掌控的武器。所以我個人，我從來沒有學過說不要，而且壓根兒也不想學會說不要；不過所有說好的形式，我都知道：好，等一下，等很久，跟我等在這裏直到永遠；好，我有，我會有，我以前有賣過但是會再補貨，我從來沒賣過，不過會爲你弄來。讓人家來告訴我：假設某人有個慾望，同時明白表示有這麼個慾望，你難道沒有任何東西讓他滿足嗎？我就會回答說：「我有讓他滿意的東西」；假使有人問我：「不過假想萬一你沒有這樣東西呢？」——就算是假想，我反正有這樣東西。假使讓別人再問：「話說到底，假設這個慾望你壓根兒甚至不想知道怎麼去塡滿呢？」好吧，即使不想滿足這個慾望，儘管如此，我還是有貨色包君滿意。

不過賣方越是正點，買主則越反常；所有的賣主會想盡法子去滿足一個自己尙不知情的慾念，但是買主一有機會能夠拒絕別人推荐的貨色便開始志得意滿，自己的慾望反給壓下去了；因此他未言明的慾念由於遭到拒絕反而會變得更加強烈，並且在羞辱賣方的樂趣之中忘了自己的慾望。不過我可不屬於那些處於怒氣和憤慨，爲了投合顧客口味，自砸招牌的商人族。我不是來這裏給人樂子，倒是來塡滿慾念的深淵，來喚起慾念，強迫慾念有個名稱，把慾念拖下地面來，給它一個形狀和重量，這麼做免不了殘忍。因爲我看到你的慾念浮現彷彿你的口水露在唇邊卻被嘴唇給咽下去，我原來等著口水沿著你的面頰流下來，或者是等你口水吐出來以後，才伸出手遞給你一條手帕，因爲如果太早伸出手去，我知道你會拒絕我的手帕，這卻是我一點也不想忍受的痛苦。

因爲所有人或獸所畏懼的，在這個人類和獸類還有所有獸類和所有人類走在同一水平線上的時刻，不是痛苦。因爲痛苦量得出來，這種讓別人受苦還有自己承受痛苦的能力是可以量得出來；讓人尤其懼怕的是，陌生的痛苦，自己鼻子被牽著去忍受不熟悉的苦痛。因此充斥於這個世界上的野人與小姐，他們之間一直存在的差異並不是出於力氣上的個別差異，因爲那麼一來，世界很簡單地就會劃分成野人與小姐兩邊。每一個野人會跳到每一位小姐身上，那世事就會變得很簡單，不過現在把野人拉住地，而且也一直都還拉得住他人直到永遠，並且讓野人跟小姐保持一段距離地，是無限的神秘以及無限奇異的武器，彷彿小姐帶在手提包裏面的小噴霧器。小姐用這東西朝野人的眼睛噴灑液體讓對方掉眼淚，所以大家就會突然看見野人在小姐面前嚎啕大哭，所有尊嚴一掃而盡，既非大男人，亦非野獸，他變成個什麼都不是，而只是幾滴滴在田野上的羞恥淚水。這就是爲什麼野人與小姐一樣地害怕對方並且不信任對方的原因，因爲一個人只會施加自己所能夠忍受的痛苦，而且一個人會怕的只是自己不能加諸別人身上的痛苦。

因此不要拒絕告訴我，拜託幫個忙，讓你發燒的目標，這個你看著我的目的，不要拒絕告訴我這個理由；還有假使這涉及不傷害你的尊嚴，好，說出這個理由就像對著一棵樹告白，或者是面對著監獄的牆壁，或者是在棉花田裏散步的孤寂，赤身裸體，於深夜時分；甚至不要看著我告訴我這個理由。因爲在此暮色時分的唯一眞正殘酷之處是：我們兩人在此時分相遇，不是一個人會傷害另一個人，或者是使對方殘廢，或是折磨對方，或是切斷對方的四肢跟腦袋，甚至使對方掉眼淚；眞正可怕的殘忍是人或獸讓對方的動作做了一半，人或獸打斷對方就像是在一個句子中間使用省略符號一樣，在注視過對方以後自己回轉身子，人或獸因此犯了一個視線上的錯誤，一項判斷的錯誤。一種錯誤，彷彿一封才剛起頭的信，日期剛剛才塡上馬上就被人粗魯地揉掉。

顧客：你這個強盜太奇怪，你不偸任何東西要不然就是拖得太久才動手，一個怪賊晚上潛入果園裏面去搖晃果樹，水果卻也不撿起來人就揚長而去。熟悉這塊地盤的人是你，我在這裏可是個陌生人；我是個會害怕的人並且是有理由害怕；我是個不認識你的人，一個沒辦法認識你的人，一個只能在暗處想像你輪廓的人。剛才是該由你來猜測，來稱呼某樣東西，那麼，或許，頭點一下，我可能就同意，暗號一打，你可能就會意了；不過我可不要我的慾望像鮮血一般平白地灑在陌生的土地上。你個人，不冒任何風險；你知道我的不安、猶豫和懷疑；你知道我從何處來、要往何處去；你知道這些路徑，你知道這個時間，你知道你的計劃；我自己，我什麼也不知道，況且我個人冒著所有的危險。在你面前，我好像是站在那些喬裝改扮成女人再僞裝成男人的人妖面前，到頭來，再沒有誰搞得淸楚性器在那裏。

因爲你的手搭在我身上就好比強盜的手搭在受害者身上一樣，或者像是法律之手加諸強盜身上一般，還有從我受苦的那一刻起，我不知道，不知道自己的命運爲何。不知道自己是法官還是共犯，不知道自己爲了什麼受苦，不知道你會對我造成什麼傷害讓我很痛苦，而不知道血會從那裏流出來，讓我痛苦不堪。也許實際上你一點也不奇怪，不過卻很奸詐；也許你不過是一名喬裝的司法職員就比如是爲了圍捕強盜，法律扮成強盜形象冒出來一樣；也許你，到頭來，比我還要守法。那麼這一切全屬意外而且徒勞無功，我既沒說什麼也不想要什麼，因爲我不知道你是誰，因爲我是一個不懂這裏言語的外國人，我既不懂這裏的風俗人情，也不知道在這裏什麼不宜或者是習俗如此。搞不清楚反面或正面，我好像著了迷、失了神地行動，這就好像我跟你要了一樣東西，好像我跟你要求一件世界上最壞的東西，因爲如此要求我才會犯罪。一種慾望彷彿在你腳邊的鮮血一樣流出我的體外，一種我不知情也不承認的慾望，這個慾望只有你一個人知道，而且你會加以評斷。

如果情形如此，如果你以一名奸詐之徒令人起疑心，爲了造勢，不管情形如何，我都是有罪的事實。你想辦法要逼我做出贊成或反對你的舉動，如果情形是這樣，那麼至少承認說我既還沒有贊成，也還沒有反對你，別人沒有什麼理由可以責備我，況且我一直到此刻爲止都還是誠實以對。爲我證明我並不喜歡站在你喊住我的暗地裏，爲我證明我不會停在這裏要不是你把手擱在我身上的話；證明說是我喊了光線過來，我沒有趁暗地裏溜進來像小偷那樣，我意懷不軌並非心甘情願，而是人在這裏當場被撞見，我還大喊大叫。好像一個睡在床上的孩子，當小燈泡萬一突然滅掉了會大喊大叫一樣。

商人：假使你以爲我對你有動粗的意圖——而且你可能是對的——既不要太早給這個動粗的意圖，也不要隨便給它起個分類名稱。你生來就認爲人的性器藏匿在一處明確的所在，而且會一直待在那裏不動，你小心翼翼地抱持這種想法；但是，我知道。我個人——雖然我出世的方式跟你一模一樣——我知道人的性器，在捱過等待及遺忘的時間，熬過孤孤單單靜坐的時間以後，會緩緩地從一地移到另一地去，絕對不會藏在一處明確的所在，而會是在別人不會翻找之處讓人見到；沒有一具性器，在一個人孤孤單單學著坐下來安靜休息的時間過後，像任何另外一具性器，就像男性性器不像女性的一樣；我知道像這種事情絕對不可能僞裝，倒是一種事物輕微的猶豫，彷彿交替的季節，本身既不是喬裝成冬季的夏天，也不是化妝成夏季的冬天。

不過一項假設不值得教人驚慌；一個人是應該管住自己的想像力，就比方管住自己可愛的未婚妻一樣；假使看著自己的未婚妻四處遊蕩不是壞事，由著她失去禮儀的分寸則愚蠢之至。我不奸詐，但是好奇；我剛才把手搭在你的手臂上是基於純粹的好奇；因爲我想知道，如果有一層肌膚貌似一層被拔過毛的雞皮，那麼這層肌膚的溫度是相當於一隻活母雞的熱度，還是一隻死母雞的冰冷。而現在，我知道答案了。你人不舒服，這麼說不怕冒犯你，因爲你就好比一隻羽毛活生生被拔了一半的母雞被凍到了一樣，又好像一隻染到雞瘟的母雞。

說得更明確一點，是染上了掉羽毛的瘟疫；再說，小的時候，我在養雞場追在母雞後面跑是想摸摸看，純粹基於的好奇心，母雞的體溫是死掉了還是活著的溫度。今天我剛才摸到了你，我在你身上感覺到死亡的冰冷，不過我也感覺得到冰冷的痛苦，一種好像只有活人才能感受得到的痛苦。這就是為什麼剛才我把上衣遞給你讓你蓋在肩膀上，因為我自己沒被冷到。再說我從來也沒被冷到過，以至於因為不知道這種被冷到的痛苦而吃盡苦頭。我以前做過唯一的一個夢，在我小時候——不是夢到了開放的鏡頭，而是夢到了增蓋的監獄，就像小孩子在他第一座監獄中看到有鐵柵欄的時候。譬如一些人，生為奴隸，卻夢到自己是主子——那時候我個人做的夢是想了解雪花和冰雹是怎麼回事，了解那種讓你受苦的冰冷感覺。

假使我只借給你我的上衣，這並不表示說我不明白你不只是上半身怕冷，這樣說不怕冒犯你，而是你這個人從頭到腳都怕冷而且也許甚至怕到有點超出這個範圍以外；對我來說，我總是認為應該遞一件衣服在怕冷的人身上怕冷部位，自己則冒著赤身裸體的危險，自己從頭到腳脫除衣服甚至也許脫到有點超出這個範圍以外；不過我的母親，她可不是個小氣鬼，倒是一個很講禮數的人。她告訴我說，假使讓給別人自己的襯衫或者上衣，或是隨便任何遮住上半身的衣物是值得稱許的話，要讓給人家自己的鞋子就一定得花時間考慮考慮，還有在任何情況下出讓自己的長褲皆不成體統。

然而，同樣地我知道——我沒辦法解釋，不過卻十分肯定——你跟我還有其他人，我們一起被擺在上面的大地，這塊大地本身又被平衡地放在一頭公牛的牛角上面。上天並且也插了一手在支撐這種情勢，同樣地不完全了解爲什麼但卻毫不猶豫。我盡力保持體面，避開不得體的事情，就好像一個孩子甚至在了解自由落體定律之前，應該避免在屋頂邊緣向前探身一樣。譬如小孩子相信別人禁止他在屋頂邊緣探身是爲了阻止他飛走，很久以來我相信別人禁止男生把自己的褲子讓給別人穿是爲了防止他暴露自己熱烈的情意或是溫呑的感覺。不過今天我更解人事，更能體會自己不明白的事情。在此時此地我待了這麼久，看到這麼多的行人經過，我看著他們並且偶而也把手擱在他們的手臂上。我擱了這麼多次，可是自己什麼也不明瞭並且什麼也不想明瞭。不過，我也沒有因此就不想再看著對方，或者不再想辦法把我的手擱到人家的手臂上——因爲要趕上一個路過的人要比在雞寮裏面逮到一隻母雞來得容易——我很清楚需要隱瞞的熱情或溫存，兩者本身沒有什麼不得體的，我也很清楚任何人都會不問原因地照章行事。

況且，這麼說也不怕冒犯你，我希望用我的上衣蓋住你的肩膀，讓你的外表對我顯得比較熟悉。太過陌生會讓我靦腆，看見你剛才朝我走過來，我自問爲什麼一個沒病的人穿得像一隻得了雞瘟的母雞一樣，羽毛掉了一大半還繼續在雞寮裏面散步，身上只剩下幾根意外保住的羽毛；再說，由於靦腆，我原來只要能搔搔頭皮然後閃到一邊去避開你就滿意了。要不是我注意到在你盯著我看的眼神中，有一種炯炯的神采，嚴格來說，是一種有所慾求的目光，而這個目光分散了我對你身著奇裝異服的注意力。

顧客：你期望從我這裏得到什麼呢？每一個我本來以爲是要揍人的手勢最後卻都變成了一種愛撫；理當挨揍卻被撫愛才讓人不安。我堅持你最起碼要懷疑，萬一你要我停留下來的話；因爲你偶然聲稱要賣給我一件東西，爲什麼你沒有先懷疑我是不是有能力付賬呢？我的口袋，也許空空如也；你一開始就要求我把錢攤在櫃台上可以說得過去，這就好像平常大家對付任何可疑顧客的做法。你沒有這樣要求我：冒著被愚弄的危險，你有什麼樂趣可言呢？我不是來這裏找溫柔的；溫柔瑣瑣碎碎，化整爲零地進攻，把力量像一具躺在診療室的屍體一樣剁成碎塊。我需要自己的完整性；敵意，起碼可以保持我個人的完整。生氣啊！否則，我從何處汲取力量呢？生氣啊！我們就會比較接近我們談的生意，由此還可以確定我們雙方談的是同一宗生意。因爲，即使我了解從何處得到我的樂趣，但我卻不了解你從何處得到你的。

商人：假使我有一剎那懷疑到你根本沒錢買你到這裏來找的東西，你剛才走近來的時候我就會閃到一邊去。俗氣的商人要求顧客提供財力證明，不過精品店則推測狀況，因此什麼也不要求，也絕對不會自貶身價去核對支票的總金額是否正確無誤，或者顧客的簽名是否一致。有的物品要賣出去，也有的待買進來。這就好像既沒有人會問買方是否有能力支付，也沒有人會問決定買或不買要花多少時間。因此我有耐心，因爲在知道對方會折回原路的情況下，沒有人會冒犯那位走開的人。一個人若遭到侮辱不可能再折回原路，不過卻可能由於對方的盛情而折回來，因此寧可因爲對方的慇勤而打擾到人卻絕不輕易侮辱人。這就是爲什麼我還沒有生氣的理由，因爲我有時間不生氣，也有時間生氣，再說我也許會在眼前這一段時間過去以後再生氣。

顧客：那麼要是——做個假設——我承認自己傲慢待人——沒品味，那只是因爲由於一項我還沒猜到的企圖——因爲我沒有猜謎的天份——你走近來的時候懇求我傲慢一點，那麼又是誰把我攔在這裏呢？要是基於假設，我告訴你是一種疑惑把我攔在此地，因爲我不能確定自己是否了解你的企圖，還是要是我對你的企圖感到興趣呢？在這個陌生的時刻以及陌生的地點，還有你走近我的陌生感覺讓我有可能走向你。以這種一般保持不可磨滅的走動方式靠近你，只要一個相反的動作沒有強加在其上。假使只是由於惰性讓我走近你呢？我自己並不願意往低處走，倒是基於這種吸引王公貴族去小酒館跟人鬼混的引力。或者對一個偷偷爬下地窖去的孩子來說，他在整個暗處裏被一件看起來極小的孤單物件所吸引，因此他對留在陰影裏面的東西就顯得無動於衷：我會走向你，一邊心安理得地測量血管中血流的柔弱速度，因爲我在考慮是否要刺激血流，或者完全聽任這個柔弱的速律枯竭而止；也許慢慢地，可是卻充滿著信心，不帶任何可以明確表達的慾念，隨時準備心滿意足地接受別人向我提議的東西。因爲，不管別人向我提議什麼，這都會像是田地裏長期任其荒蕪的犁溝，任何種子掉到上面都不再有所區別了；我調整自己的心理準備心滿意足地接受一切。在彼此感到陌生的情況下我們接近對方，從老遠我就相信你會走近我，從老遠我覺得你在看著我；那麼，我就會走近你、看著你，站得離你很近，對你有——太多的期望——太多的期望，不是要你來猜，因爲我自己也不知道，我自己不知道從何猜起。不過我對你有所期待，我期盼這種有所慾求的感覺，我盼望知道一個慾念、目標、價碼以及滿足之道。

商人：這沒什麼好丟臉的，假使一個人晚上忘了白天可以想起來的事情，夜晚是遺忘、困惑和慾望被燃起、加熱、化成蒸氣的時刻。然而白天會拾起慾望的熱氣彷彿床鋪上方飄浮的大片雲彩，夜裏沒想到隔天可能下雨，那可就不聰明。因此假使基於假設，你告訴我暫時沒有可以明確表達的慾念，由於疲勞或者因爲遺忘或者由於慾望過多竟然記不得了，而相反的假設就是我告訴你，不要再累壞自己而去改向另外一個人借他的慾念。一個慾念會飛走但是卻不會憑空而出；然而一個人的上衣讓給另外一個人穿同樣保暖，但慾望比起上衣要來得容易借。因爲不惜任何代價我都得賣掉，同時不惜任何代價你都得買進。那麼，你就爲你自己以外其他的人購買——不管是那一個拖拖拉拉落在後面的慾望，這時只要你撿起來事情就結了。舉個例子來說，那位早晨靠近你在你的被單裏醒過來的人心滿意足，一位嬌小的未婚妻醒過來的時候可能想要一件你還沒有的東西，你會很樂於給她這件東西，你會很高興擁有這麼一件東西因爲你已經從我這兒買了過去。這是生意人的運氣有這麼多不同的人用這麼多不同的方式跟這麼多的東西訂了這麼多次的親，因爲某些人的回憶被其他人的回憶所替換之故。何況這件你要跟我購買的商品對其它任何人都會用得上假使——基於假設——你個人用不著的話。

顧客：按理一個男人遇見另外一個男人最後總是免不了把手搭在對方肩上跟他說起女人；按理對女人的回憶是一名疲憊的戰士最後的一著；照道理是如此，照你的道理；我可不吃這一套。我不想在沒有女人、或是在憶及缺席、或者是在隨意回想的情形下，我們兩人達成和解。回憶使我倒盡胃口，不在場的人亦然；與經過消化的食物相較，我偏愛別人尙未碰過的菜色。我不要一種隨便源自何處的和平；我不要達成和解。

然而狗的目光只含有一種假設：所有，在它身邊活動的，都理所當然地是狗。因此你聲稱我們，你跟我，立於其上的世界位於一頭公牛牛角的尖端又同時爲上天之手所托住；我卻卻認爲，我個人，我們的世界被置於三條鯨魚的背部上下沈浮不定；我認爲旣沒有上天也沒有平衡均勢可言，有的只是三隻蠢獸的任性。我們的世界因此並不相同，而我們的古怪混在我們的本質之中就好比葡萄混在酒裏一樣。不對，我的腳，在你面前，沒有落在跟你一樣的地方；我承受的地心引力與你不同；我不是從同一個女人生出來的。因爲我醒過來的時間不是白天，我睡覺的地方不在被窩。

商人：不要生氣，小兄弟，不要生氣。我不過是個可憐的生意人，只認得這小塊地盤而等在這裏賣東西，只知道母親教導他的東西；何況既然他的母親什麼都不知道，幾乎什麼都不懂，我一樣什麼也不知道，幾乎什麼都不懂。不過一個好的售貨員會想辦法說說買主想聽的話，而爲了要猜到這番中聽的話，賣方得先舔一舔這番話語好認出中聽的味道來。你個人的味道我過去一點也不熟悉，我們的確不是出於同一名母親。不過爲了能夠走近你，我假設你也的確和我一樣出於一位母親，假設你的母親爲你生了一堆小弟弟就像吃完一頓大餐之後突然打嗝打個沒完沒了一樣，再假設總之我們兩人相近之處在於皆非非凡之輩，這是我們兩個人的特色。我也緊抓住這點不放，最起碼我們彼此之間就有個共通點，因爲人是可以在沙漠中長期遊歷只要有個落腳點。不過要是我弄錯了，要是你不是出於一位母親，而且沒有人爲你生小弟弟，你也沒有一位可愛的未婚妻早上跟你在你的被窩裏醒過來，小兄弟，那就請你多多包涵。

兩個人交錯而過除了動手以外沒有別的選擇，那就看是要跟敵人一樣拚個你死我活，或者跟朋友一樣和氣過招。假使他們最後選擇在人跡罕至的此刻，提及不在場的人，提及過往或者夢境，或是缺憾，這是因爲誰也不會直接面對太多陌生的事情。在神秘之前，爲了強迫輪到神秘的時候自行揭露神秘，一個人最好完全開放自己，揭露自己。回憶是一個赤身裸體的人留在身上的秘密武器，一種強迫眞誠做爲回報的最後眞誠；一種最終的赤裸。既非光榮之士亦非含混之人，我靠自己的本事賺錢，不過由於你對我是不認識的，況且每過一瞬間就更不認識，那麼，就譬如我脫下來遞給你的上衣，就譬如我對你伸出的雙手沒有武裝一樣，假使我是狗而你是人，或者我是人而你是其他非人的東西，就算我出於某個家族而你出於另一族，我的東西，至少，我供你見識了，我讓你碰了，讓你觸摸試探我同時習慣我，好像一個人爲了證明自己並未私藏武器聽任別人搜身一樣。

這就是爲何我向你提議：小心、嚴肅、安然、友愛地看著我，因爲有熟悉這一層庇護才能做最好的生意。我沒有騙你的意思，也不要求你不願給的任何東西。唯一值得卯上勁去爭取的友誼並不意謂著非得要有所行動不成，而是不要行動；我向你建議稍安勿躁，要有無限的耐性，還有要接受朋友不問是非的道理。因爲在不相識的人中間沒有公道可言，在相識的人裏則談不上友誼，同理沒有一座橋少得了峽谷。我的母親一直告訴我說：知道要下雨的時候拒絕一把雨傘可不聰明。

顧客：我寧可你奸詐也不要你友善。友誼比出賣還不大方。假使我需要的是情感，我就會對你明言，會向你詢問價目，然後付清價碼。不過情感只能與其類似的東西交換；這是一宗以僞幣進行的假冒生意，一宗窮人仿冒的生意。有人用一袋米換一袋米嗎？你什麼也沒的拿出來，這就是爲什麼你把你的情感扔在櫃台上，這樣做比方那些不法生意用劣貨賺取佣金一樣，所以事後貨品不佳就沒得抱怨了。我個人，我沒有情感報答你；這種貨幣，我沒有，也沒想到要帶在身上，你可以搜我的身。那麼所以，把你的手擺在你的口袋裏，把你的母親留在你家裏，把你的回憶存留起來以備寂寞之需，這是最微不足道的事情。

我從來都不要這個你努力——偷偷摸摸地——在我們之間經營的熟悉感覺。我不要你的手搭在我的手臂上，不要你的上衣，不要冒險跟你混在一起讓人分不出來。因爲你要知道，假使你剛才對我的服裝感到驚訝，同時你也不認爲有必要隱藏你的驚訝，那麼看到你人走近我的時候我個人的驚訝至少不亞於你的。不過，在陌生的地域上，陌生人習慣掩飾他的驚奇，因爲對他而言所有的怪事到頭來都變成是地方習俗，再說人一定得將就這些怪事就像將就天氣或地方菜色一樣。可是假使我帶你去我的族人中間，假使你是，你這人，這個被迫隱藏自己驚奇的陌生人，我們則是這群自由表露驚奇的本地人，有人會用手指著你把你圍起來，有人一定會以爲你是市集上的旋轉木馬，別人還會問我說要去那裏買票才能爬上去玩。

你不是來這裏談生意的。你倒是在這裏鬼混跟人要錢來的，接下來就動手搶比方戰爭接在談判以後爆發一樣。你不是來這裏滿足慾望的。因爲慾望，我剛才是有，在我們週圍掉得滿地都是，任別人隨隨便便踩在地上；大的、小的、複雜的、簡單的慾望，你只要彎下身去就能撿起一大把；不過你卻任其滾到陰溝裏面，因爲即使是小的，即使是簡單的慾望，你也沒的拿出來。你很窮，況且你在這裏不是基於品味倒是因爲貧窮、需要以及無知的緣故。我既不會佯裝購買聖人肖像，也不會在街角假裝要付錢買一把和弦很糟的吉他。我會樂善好施如果有心的話，否則我照商品的定價付錢。儘管如此乞丐可以行乞，讓他們有膽子伸出手去，至於小偷則可以行竊。

我既不想，我個人，侮辱你也不想取悅你；我既不想當好人，也不想當壞人，既不打人，也不想被打，既不想勾引人，也不要你費盡心思來勾引我。我要當個零蛋。我畏懼眞誠，缺乏與人稱兄道弟的職志，還有與激烈的拳頭相較，我害怕猛烈的友誼。讓我們當兩個圓滾滾的零蛋，彼此皆穿不透對方，暫時並置在一塊兒滾動，雙方按照自己的方向滾進。在這兒，我們單獨在此，在無法界定的此時與此刻的無邊寂寞裏，此時與此地根本無法界定因理的數字在我們之前出現給我們一個意義，讓我們當兩個簡單、孤獨又驕傲的零蛋。

商人：不過現在太遲了：帳一開始查就得算清楚然後結帳。從一個不願出讓的人身邊偸走東西無可爭議，因爲他爲了一己孤獨的樂趣把東西小心翼翼地藏在保險箱裏，但是碰到所有東西都待賣出、所有東西都待買入的時候去行竊那就不入流了。何況負債假使暫時說來還算正經——這只不過是合理地延長償還期限，施捨與人以及無功受祿則皆不正經。我們在此相遇是為了要談生意而不是為了打架，所以如此的結果不對，因為有一方是輸家而一方是贏家。你不能像小偷一樣口袋裝得鼓鼓地離開這裏，你忘了守候在路上的狗會咬你的屁股。

因為人來了這裏，身處動怒的人與獸的敵意之間，你並不是為了要找任何明確的東西，因為基於一個我不曉得的晦澀理由你想被人揍得鼻青眼腫，你就得，在轉身之前，付錢，還有要掏空你的口袋，假使你不想欠別人任何東西，也不想給別人任何東西的話。小心生意人：一名被偷的生意人要比被搶的商人來得容易猜疑；小心生意人：他的話聽起來好像尊重又溫存，好像謙虛為懷、充滿愛意，這只是表象而已。

顧客：因此什麼東西是你輸了而我沒有贏到的呢？因為我白花力氣在回憶中翻找，我自己，我什麼也沒有贏到。我很樂意付錢購買東西；不過像晚風、陰暗、以及我們之間的空無我可不願意付錢。假使你丟了東西，假使遇見我以後你的財富變得比以前更輕薄，那麼我們兩個人都少掉的東西上那裏去了呢？拿來給我看。沒有，我什麼也沒享受到，不成，我什麼也不付。

商人：如果你想知道從一開始就記在你帳上的帳目，並且得在轉身之前先付帳，我就會告訴你帳目是期待，還有耐性。還有商人向顧客對自家商品的吹嘘、還有銷售的希望，尤其是希望這一項，因爲滿懷希望，使每一個露出要求眼光走近對方的人先就已經負了債。從銷售的承諾可以推斷購買的承諾，而不守承諾的一方得付違約金。

顧客：我們不是，你跟我，單獨在野外迷路的人。如果我從這邊喊，往這堵牆的方向喊，往那上面，朝天空叫，你會看到有燈光亮起，有腳步走近，有人會來救急。要是獨自怨恨某人令你感到沉重，有伴的時候就變成是一種樂趣。與其抨擊女人，或是你抨擊男人，那是因爲你懼怕女人大聲呼叫，你同時假設每一個男人都認爲呼救不體面；你指望尊嚴、虛榮、男性的沉默；我送你這種尊嚴。如果你對我心存不軌，我會喊人，我會呼叫，我會喊救命，我會讓你聽到所有喊救命的方法，因爲每種方法我都知道。

商人：假使不是基於羞辱阻止你逃走的話，爲什麼你不逃掉呢？逃走是一種格鬥的巧妙方式；你是個巧妙的人；你應該逃走。你就像那些坐在茶館裏體態豐滿的太太。她們溜過桌子之間的時候把咖啡壺翻倒：你晃著你的屁股，在你身後散步彷彿有一種心懷內疚的罪惡感，並且爲了讓人相信你沒有屁股，你還四處轉身。不過你白費功夫，還是會有人咬你的後面。

顧客：我不屬於先行攻擊的那一族群。我要求一點時間。也許這樣會好一點，到頭來，與其互咬對方還不如找對方的碴。我要求一點時間。我不要像一條心不在焉的狗一樣遭到意外。跟我來；我們找伴去，因爲孤獨讓我們疲憊。

商人：我遞給你的這件上衣你不肯接，所以現在，你就得彎下身去撿起來。

顧客：假使我仍然朝某樣東西吐口水，我是一般性地吐，並且只吐在衣服上；還有假使是朝你的方向吐，這可不是衝著你來的。所以剛剛你不必爲了躲掉這口口水而移動半步；再說，假使因爲癖好，基於變態心理或者基於考量，你想在臉上接個正著而動了一下的話，儘管如此事實卻沒變：我剛才只是透過這一小塊破布，多少表現了我的鄙視，可是一小塊破布不會找人算帳。不行，我不會在你面前彎腰，這不可能，我的身體沒有江湖藝人的柔軟度。有些動作是人做不到的，比方說舔自己的屁股。我不會爲自己沒有的慾望付錢。

商人：任人侮辱自己的衣服不體面。因爲假使這個世界眞正的不平在於出生機緣的不公平、時空機緣的不公平，眞正的公平，則是自己的衣服。因它比本人還更具象徵意義，衣服是身家之物中最神聖的：本人倒不至於吃到苦頭；人的衣服是公平與不平互成均勢的平衡點，這個平衡點並不因任人隨意破壞。這就是爲何應該以人的外衣來判斷一個人，而不是以他的五官、手臂，或者是皮膚。如果唾棄出身是人之常理，那麼唾棄人的叛逆就很危險。

顧客：好，我向你提議平等。丟在塵土中的一件上衣，我就付你一件丟在塵土中的上衣價錢。讓我們雙方平等，同等地驕傲，一樣地無能爲力，同樣地解除武裝，相同地忍受冷、熱之苦。你的半裸，你的半屈辱，我就以我的半裸、半屈辱支付。我們尚餘另外一半，這完全足夠讓我們仍然還敢看著對方，同時讓我們忘記雙方由於疏忽、由於冒險、由於期待、由於分心、由於意外而遺失的那些東西。至於我還是一直提心弔膽，好像一個已經清償欠款的債務人一樣還是覺得惴惴不安。

商人：爲什麼，你抽象、捉摸不到地要求的東西，在深夜的這個時刻，爲什麼你會向另外一個人要求，爲什麼不跟我要呢？

顧客：要當心顧客：他看起來像是在找一件東西，不過心中想的卻是另外一件，可是售貨員不疑有他，所以最後還是得到了慾求之物。

商人：假使你逃走，我會跟著你；假使你被我揍得倒下去，我會留在你身邊等你清醒過來；再說，假使你決定不要醒過來，我會等在你身旁、在你的睡夢中、在你的無意識裏，甚至在更遠一點的地方等著你。不過，我不希望跟你動手。

顧客：我不怕動手，不過我怕自己不認識的規則。

商人：沒有規則；只有策略；只有武器。

顧客：碰碰我看，你辦不到；狠狠揍我幾拳瞧瞧：血如果流出來，好，會是我們雙方的血，接著無可避免地，血將我們結合在一起，彷彿兩個印第安人，在營火邊，在猛獸之間滴血爲盟。愛不存在，愛不存在。不能，除了原來的傷口，你什麼也傷不了，因爲一個人先死掉，然後再找死因，最後才碰上死亡。出於意外，在從一道光到另一道光，風險重重的行程之中，然後說：一切不過就是這麼一回事。

商人：拜託，在吵吵鬧鬧的深夜裏，你眞的一次也沒說過你想望我，而我或許沒聽見？

顧客：我什麼也沒說；我什麼也沒說。而你，你什麼也沒對我，在深夜，在如此深邃的黑暗中，為了適應這種黑暗得花太多時間，你對我是否曾經有所提議而我卻沒猜到呢？

商人：沒有。

顧客：那麼，用什麼武器呢？

達巴達巴

屋子內院。
晚上11點鐘。
攝氏四十度。

人物

瑪伊慕娜：姊姊。
小阿佈：弟弟。
哈力・戴維生：摩托車。

瑪伊慕娜：妳爲什麼不出門去？晚上，這個時候所有像妳這樣年紀的男生都已經穿上襯衫站在街頭，長褲的褶痕燙得筆直，人家正圍著女生兜圈子。達巴達巴城裏男男女女都在外頭，達巴達巴城裏男男女女都穿戴整齊，男生盯梢女生而且女生也花了一整天時間梳頭，而我的弟弟兩手沾滿機油在搞他的機車。眞是丟臉，人家還以爲我不會熨襯衫。

如果早上，妳不拆開妳機車的馬達到了晚上才把它裝回去，如果妳把妳的襯衫拿給我洗，把妳的外套交給我燙，把妳長褲的扣子遞給我縫，晚上其他男生來喊妳的時候我就不會沒面子：「他在那裏？小阿佈，他人在那裏？妳弟弟，我們的玩伴，他可以跟我們出門嗎？」多麼丟臉，我沒臉見人。他在那裏，在院子裏，跟幾條狗和老太婆，還有母雞混在一起，手上拿著一塊髒兮兮的抹布。把妳亂七八糟的頭髮洗一洗，要不然小心我打妳耳光；頭髮捲一捲、編起來，頭髮剃一剃；把襯衫拿過來；不要再讓我丟臉。到了晚上，隔壁女生來的時候，她們全都在裝模做樣，尤其是法杜瑪達，她們問說：「那妳弟弟人呢？他到底在那裏呢？我們的寶貝？小阿佈他人在那裏？」我自己，我拿什麼回覆人家呢？「他人埋在馬達的機油裏？他聞起來有老機車的味道？他長褲的扣子丟了？」眞是丟臉。

丟掉這塊抹布，把頭從這部機車的底下伸出來。妳以爲女生會肯坐上去？人家可是花了一整個下午的時間在梳頭。這車子甚至不是用來給妳騎出門的，車子把妳留下來。我自己，還有一個在老太婆圈裏混的弟弟，我看起來會是什麼樣子？大家都在外面的時候，他滿身油污，一頭埋在機車裏。在晚上這個時刻熱到這般地步，妳這時候應該正在林子裏喝啤酒的，妳這時候應該正圍著這些裝模作樣的隔壁女生打轉的，有這樣的弟弟我看起來會成什麼樣子？妳是這個院子裏的恥辱。

身爲姊姊的我應該爲弟弟負責。我教過妳洗澡，我自己把妳洗得夠乾淨，小黑鬼，替妳抹乾淨，給妳洗身子，把妳浸到澡盆裏面。現在妳的兩隻手卻油亮得發光還有畜牲的味道；只消看妳一眼就把我的裙子弄髒了，我當妳的姊姊當夠了，我要打妳耳光。時間到了，天眞是熱，告訴我妳的襯衫在那裏，讓我替妳梳頭，我還會替妳噴「夜巴黎」香水。頭抬起來，小阿佈。一個弟弟不出門的姊姊是鄰居的笑柄；一個弟弟不是男子漢的姊姊不是女人。出去，我的羞恥和屈辱，跑到達巴達巴的街上去，讓我有點面子；去喝啤酒同時搞個女生。

小阿佈：我不要走在達巴達巴的街上，街上到處都是狗屎；我不要去林子裏喝啤酒，那裏的啤酒連冰也不冰而且摻假。

我不喜歡隔壁的女生，她們聞起來有母雞的味道，我不喜歡她們的穿戴，我比較喜歡早上她們做飯時候的樣子。再說，一到了晚上，我就不再喜歡我的玩伴。我喜歡我的摩托車和油膩膩的手，加上髒兮兮的抹布；我喜歡老舊的院子還有老人和山羊；一隻山羊有山羊的味道，我不要聞到有母雞的味道，我要聞我自己的氣味，我要選擇我的骯髒並且留在院子裏面。不要去吵我的玩伴，忘掉隔壁的女生。妳不要待在那裏，我不需要妳。不要這樣子看著我，好像妳就要給我洗澡或者打我耳光的樣子；我不再是個小黑鬼，我夠大了，我不會跳到妳的背上。瑪伊慕娜，滾開；天這麼熱，搞得我想殺人。

瑪伊慕娜：妳以為妳是什麼人，小無賴？妳自信滿滿能夠對抗得了本性？我不問妳喜歡什麼，我不問妳想要什麼。就算是石頭也彼此交配，妳逃不掉的。就算妳不想，還是出門去，要不然我打妳耳光。

妳待在那裏，煙抽得像一個受人盤問的妓女。誰教妳一個人抽煙的？一個男人可以在林子裏抽煙，邊喝啤酒邊摸女生，可是獨自抽煙的男人是個自甘墮落的壞種；眞丟臉。人家要以為是我把妳帶壞的，人家要以為我不懂得教妳做人，人家要以為我沒有盡到做姊姊的責任。

可是，妳小的時候，我有好多個晚上，打妳耳光教妳一切，把妳準備好，跟妳解釋女人是怎麼回事，妳那時候看起來像聽懂了。妳七歲的時候，我為妳在妳的作業本上畫這個圖，為了讓妳第一次的時候不至於太驚訝，我甚至任妳摸我；我清楚地跟妳說明：「就在這裏，就是這個樣子，裏面這樣，外面這樣，沒別的。這事簡單，男人、女人、生命，其他一切，什麼別的再好學不過，再沒什麼別的好知道了。」妳那時候看起來像是聽懂；眞丟臉，妳什麼也沒搞懂。所以在妳原來應該出去摸隔壁女生的時候，妳跟老頭留在院子裏摸這輛機車。

我應該多揍妳幾下，我應該要懷疑到才對。我應該要猜到妳是個壞種。在男生去偷看女生洗澡的年紀，妳這傢伙，我記得很清楚，妳寧可爬上卡車的後面去聞廢氣的味道，然後妳咳著嗽回到家來，頭開始痛，好像一個美國人一樣吞一大堆藥下去。所以我現在就有得哭了：太遲了。妳跟妳的毛病待在妳的角落裏，妳丟下我和我的恥辱待在我的角落。

話雖然這麼說妳卻是這樣地好看，小阿佈，我居然會想到要哭。如果讓我動手，小鬼，我會把妳打扮得這樣好看，隔壁的女生一比之下看起來就顯得灰頭灰臉，尤其是法杜瑪達。如果妳由著我替妳綁辮子，如果我用面霜把妳的皮膚塗黑，如果妳讓我替妳噴「夜巴黎」香水，還有熨妳的襯衫，縫妳長褲的扣子，擦妳的皮鞋，小阿佈，我在達巴達巴街上會覺得這樣地驕傲。丟掉這塊油污的破布，我的眼淚快掉下來了。

妳有什麼理由對隔壁的女生不滿呢？沒錯她們人不是很漂亮，妳是可以希望找到更好的人選；可是她們花了，這麼多時間，在梳頭、灑香水、試裝扮，法杜瑪達尤其是；這會子她們人在這裏，這些騷包，在大門前面打轉等著妳出門去。在沒找到更好的人以前，她們比得過別的女生，要是妳不喜歡隔壁女生，那好，跟妳的同伴去喝啤酒然後，找婊子去。不過天很熱，時間晚了，妳得趕緊出門；達巴達巴所有的人都在外頭，妳沒有權利把我關在我的羞辱裏。

小阿佈：瑪伊慕娜，姊姊，妳老早就已經不值多少了，可是很快地，妳連一塊錢都不值得。妳是什麼人？妳憑什麼來告訴我應該做什麼？應該去碰什麼人？應該圍著誰打轉？妳人老了而且嫁不出去。在妳的年紀，妳早該結了婚，侍候一個老頭吃飯並且替別的小黑鬼擦屁股而不是替我擦。在妳的年紀妳老早應該交配了，妳卻什麼也沒搞上，還要教訓我。

很快地妳就會被達巴達巴的夜晚消磨殆盡，甚至任何有大腦的男人都不會再要妳。不要再年輕了，妳還要花多少時間看起來不再年輕呢？一個男生有個年輕的姊姊看起來會是什麼德性呢？何況姊姊年紀還很輕，也不打算服老？妳自己去找個愛人去，讓我自己變老。在這個時刻，與其把自己噴灑打扮得像個寡婦，妳應該在妳的男人家中，一個既有錢又夠老的先生家中，燙他的襯衫、縫他的長褲。

可是妳倒寧願花一整天的時間把自己梳理得像位小姐。一個女生告訴她的弟弟去喝啤酒，在林子中的啤酒摻假，還要他去找婊子，這樣的姊姊值什麼呢？男生可以做這些事，女生可是沒有權利談起。說起妳的言語和妳的寂寞，瑪伊慕娜，妳眞是丟人。

瑪伊慕娜（她蹲下去哭。）：我不要情人，我不要先生。情人，好像太陽一樣，越是發熱，就越把妳的周圍曬成荒漠。我不要像一株植物獨自在砂石荒漠裏長得油油亮亮。

小阿佈：那麼妳爲什麼要煩我呢？瑪伊慕娜？還有妳爲什麼要我去做甚至妳自己也不願意做的事呢？妳看得很清楚出門沒什麼用，踩在狗屎滿地的達巴達巴街上走沒什麼用。

瑪伊慕娜：那人生呢，小阿佈？所有我教過妳的東西，女人、男人、情愛、還有其他的一切？妳既不算還小，也還沒變老，小阿佈；沒有人反抗得了本性。眞沒面子：隔壁的女生在取笑我們，妳的同伴也在敲門。

小阿佈：隨我自己老去安安靜靜地在我的角落裏抽煙；妳自己，去做妳要做的事。

瑪伊慕娜：少了女人，小阿佈，誰替妳熨襯衫呢？妳老掉牙的時候，誰替妳做飯呢？

小阿佈：妳替我做飯，可是我不要人家熨我的襯衫。

瑪伊慕娜：這塊破布給我，小傻瓜；這部機車髒死了，我跟妳一起摸摸擦擦。

侯貝多・如戈

「唸完第二句經文之後，你會看到日輪往外開展並且還吊掛著陽物——風的源頭；而且假使你把臉轉到東方，日輪會跟著移動，假使你把臉轉到西方，它會跟著你動。」

——古波斯太陽神密特拉禮拜儀式，爲〈巴黎莊嚴魔法紙莎草紙文稿〉（le Grand Papyrus Magique de Paris）的一部份。心理學家容格於B.B.C.的最後一次訪談中曾引述此段文字❶。

---

❶ 容格（Carl Jung）在《心靈的化身與其象徵》（*Métamorphoses de l'âme et ses symboles*）一書中，交代了此段文字出於他的一名病患的幻象，只不過：（1）該名病患實際上說的是「管子」（tube）而非「陽物」（phallus）；（2）是容格本人把病人的幻象參照密特拉（Mithra）的崇拜儀式加以解讀。容格是這樣說的：「因爲你彷彿會看到日輪垂下一根管子……假使以陽物來解釋這根管子，這個太陽懸掛一根管子的出奇視象，在密特拉崇拜儀式一流的宗教經文中會造成一種奇怪的感受：這根管子是風的源始出處。乍看之下，這個標記（attribute）的意思令人抓不住要旨。然而我們試想一下，風如同太陽，具孕育與創造的能力……這個視象是我從一名精神病患處觀察到的。他把太陽看成是「勃起的陽物」（membrum erector）。當他把頭這邊那邊動一下，太陽的陰莖亦往這邊那邊偏一下：風就這麼吹起來了」（Paris, Georg Editeur, 1989：190）。

人物表

侯貝多・如戈
他的母親
小女生
她的姊姊
她的哥哥
她的父親
她的母親
一位老先生
一位打扮優雅的太太
保鏢

一名不耐煩的打手
一個嚇壞的妓女
一位憂鬱的警探
一位警探
一名警察
獄警甲
獄警乙
警察甲
警察乙
幾個男人、女人、妓女、保鏢。數名犯人以及獄警的聲音。

I「越獄」

監獄的巡邏道，在屋頂邊緣上。

監獄的屋頂，一直向上延伸到屋脊。

時間是獄警偶而會爲幻覺所欺的時刻，因爲寂靜以及盯著暗處看得太累的結果。

獄警甲：你聽到什麼了嗎？

獄警乙：沒有，什麼也沒聽到。

獄警甲：你從來是什麼也聽不到。

獄警乙：那你，你聽到什麼了嗎？

獄警甲：沒有，不過我覺得好像聽到了什麼。

獄警乙：你是聽到了還是沒聽到？

獄警甲：我不是從耳朵聽到的，不過我有個念頭好像聽到了什麼似地。

獄警乙：念頭？不用耳朵？

獄警甲：你這個人，你從來沒有任何念頭，這就是爲什麼你從來什麼也聽不到、什麼也看不到。

獄警乙：我什麼也聽不到是因爲沒東西可聽，我什麼也看不到是因爲沒東西可看。我們在這裏沒用，這就是我們最後總是吵起來的原因。沒用，一點用也沒有；步槍用不上，警鈴也沒響，我們的眼睛睜得大大的，可是這個時候大家都把眼睛閉上。把眼睛睜開又不看著任何東西我覺得沒用，豎著耳朵又不監聽任何東西也沒啥用處，可是這個時候我們的耳朵本來應該傾聽我們內在世界的聲音，我們的眼睛也應該凝視我們的心靈景緻。你相不相信內在的世界？

獄警甲：我相信我們在這裏不會沒用的，就是爲了防止越獄。

獄警乙：可是這裏沒有越獄的事情。不可能。這座監獄太現代化。就算是個小號的犯人也逃不出去。就算是個小到跟老鼠一樣小的犯人。假使犯人逃過大的柵欄，在後頭，還有更精細的柵欄，細得好像漏勺一樣，而更精細的還在後頭，細得跟篩子一樣。要穿過這重重柵欄除非得變成液體才有辦法。可是一隻拿刀子刺死人的手，一隻把人勒死的手臂不可能是液態的。正好相反，這隻手跟這隻手臂應該變得沉甸甸的才對而且礙手礙腳。你怎麼會相信有人會有殺人或勒死人的念頭，先有念頭，然後才動手？

獄警甲：就是劣根。

獄警乙：在監獄裏做了六年，我老是打量著殺人犯，看看他們跟我不一樣的地方到底是在那裏。我只不過是個管理員，沒本事殺人也沒本事扼死人，甚至也沒本事有這種念頭。我想過，我找過，甚至在他們洗澡的時候盯著他們看，因爲人家跟我說殺人的本能是安頓在屌上頭。這東西我已經見識過六百個以上，那結論呢？這六百個中間沒有半點共通的地方；這東西有大的、有小的、有細的、有非常小的、有圓的、有尖的、有超大的，但在這中間得不出半點結論。

獄警甲：就是劣根，我跟你說。你沒看到嗎？

（侯貝多・如戈出現，走在屋脊上。）

獄警乙：沒，什麼也沒看到。

獄警甲：我也沒看到，不過我有個念頭看到了什麼。

獄警乙：我看到一個傢伙走在屋頂上，八成是因爲我們睡得不夠所以看花了眼。

獄警甲：一個傢伙在屋頂上能搞什麼鬼呢？你說的對。人是有必要偶而閉上眼睛注視我們內在的世界。

獄警乙：我甚至會說這個可能是侯貝多・如戈，那個今天下午才因爲謀殺生父的罪嫌被關進來的傢伙。一頭猛獸，一頭野獸。

獄警甲：侯貝多・如戈。從沒聽說過。

獄警乙：你可是看到了什麼，在那裏？還是單單我一個人看到？

（如戈一直往前走，安安穩穩地，在屋頂上。）

獄警甲：我有個念頭看到了什麼。不過那是什麼呢？

（如戈快要溜到煙囪後面去了。）

獄警乙：那是個犯人在越獄。

（如戈不見蹤影。）

獄警甲：他媽的，你說中了：這是越獄。

（槍聲、探照燈、警鈴大作。）

Ⅱ「弒母」

如戈的母親身著睡衣站在緊閉的大門前面。

母親：侯貝多，我手放在電話上頭，我要拿起聽筒叫警察來。

侯貝多：替我開門。

母親：門兒都沒有。

侯貝多：只要我踢一腳，門就會倒下來，你明知道的，不要裝傻。

母親：好，踢啊，有毛病，神經病。踢啊，那你就會把左鄰右舍吵醒。你出了監牢沒人護著你了，因爲鄰居們要是看到你，他們會把你私刑了斷：這裏可不准任何人謀殺自己的爸爸。就算是狗，在這一帶，都會斜著眼睛看你。

（侯貝多撞門。）

母親：你怎麼逃出來的？這算那門子監獄？

侯貝多：要把我關起來絕對只是幾個鐘頭的事情而已，門兒都沒有。開門吧；你只不過是讓一個慢郎中失掉耐性而已。開門，要不然我拆了這間破屋子。

母親：你來這裏做什麼？你那有需要回家？我不想再見到你，我不想再見到你。你不再是我的兒子，這層關係完了。在我眼裏，你不比一隻討人厭的蒼蠅來得重要。

（侯貝多撞破門。）

母親：侯貝多，不要走近我。

侯貝多：我來找我的制服。

母親：你的什麼？

侯貝多：我的制服：我的卡其襯衫還有野戰長褲。

母親：那些髒死人的軍服。爲什麼你會需要這些髒兮兮的制服呢？侯貝多，你瘋了。你還在搖籃裏的時候我們早該料到才對，應該再順便把你丟到垃圾桶裏去。

侯貝多：去拿來，快點，快拿來給我。

母親：我給你錢。你要的是錢。你拿去買所有你想穿的衣服。

侯貝多：我不要錢。我要的是我的制服。

母親：不行，不行。我要去喊鄰居來。

侯貝多：我要我的制服。

母親：不要喊，侯貝多，不要叫，你嚇到我了；不要喊，你會把左鄰右舍吵起來。我沒法子給你制服，辦不到；衣服髒了，髒得一塌糊塗，你不能就這樣穿著出去。給我洗衣服的時間，把衣服晾乾，把衣服燙平。

侯貝多：我自己洗。我去自助洗衣店洗。
母親：老哥，你胡說什麼。你當眞瘋了。
侯貝多：我愛上那裏去。安靜、寧靜，還有女人在那裏。
母親：我管你的。我不想給你制服穿。侯貝多，不要靠過來。我還在爲你父親守喪，是不是該輪到我，你要把我殺了呢？
侯貝多：媽，不要怕。我一直是好聲好氣的溫柔對待你。你爲什麼會怕我呢？你爲什麼不把我的制服給我？我需要，媽，我有需要。
母親：侯貝多，不用對我好聲好氣。你要我怎麼忘記你殺了你爸爸呢？你把他從窗戶扔出去，就像扔掉一根香煙一樣？可是現在，你卻好聲好氣地對我說話。我不能忘記是你殺了你爸爸，你的好聲好氣會讓我忘得一乾二淨，侯貝多。
侯貝多：媽，忘了吧！把我的制服給我，還有我的卡其襯衫跟長褲；就算髒了，就算皺了，都拿來給我。然後我就離開，我發誓。
母親：是我，侯貝多。是我把你生出來的嗎？你是從我身體生出來的嗎？要是我沒在這裏把你生出來，要是我沒有眼睜睜地見到你出生，眼睜睜地看著你一直看到別人把你放進搖籃裏；要是我沒有從搖籃開始，一直盯著你看時刻不放，而且留神注意你身體的每個變化，以至我甚至看不出有任何變化，以至我現在一下子看到你人站在那裏，長得跟那個在這張床上從我身體生出來的人一模一樣，我會相信站在面前的人不是我的兒子。話雖然這麼說，侯貝多，我認得出你。我認得出你的身體、你的身材、你頭髮的顏色、你眼睛的顏色、你雙手的樣子。這雙有力的大手過去一向只用來愛撫你媽媽的頸子、只用來緊握你爸爸的手，但現在你爸爸人已經給你殺了。爲什麼這個孩子，25年來這麼聽話，一下子卻發瘋了呢？侯貝多，你爲什麼走岔了路？誰在這條這麼筆直的馬路上擺了一截木頭把你絆倒，害你摔下萬丈深淵呢？侯貝多，侯貝多，一輛掉到谷底摔得粉碎的車子，是誰也不肯修理的。一節出軌的火車，誰也不會再想辦法放回鐵軌上頭去。人家才不管這節車廂，人家把火車忘了。我不記得你，侯貝多，我記不得你了。

侯貝多：把我忘了以前，快告訴我制服放在那裏。

母親：就在那邊，在籃子裏。衣服髒了而且皺巴巴的。（侯貝多把制服翻找出來。）好了，現在滾蛋，這是你對我發過誓的。

侯貝多：對，我發過誓。

（他走近母親身旁，愛撫她，吻她，緊抱她；她呻吟著。他放手，然後母親倒在地上，被勒死。侯貝多脱掉衣服，穿上制服然後離開。）

Ⅲ「在桌子底下」

廚房裏面。

一張桌子，上面鋪著一塊拖到地面的桌布。

小女生的姊姊進來。

她走向窗邊，打開一點窗户。

姊姊：進來，不要弄出聲音，鞋子脫掉；坐下來把嘴巴閉上。（小女生從窗户跨進來。）就這樣，在晚上這麼晚的時刻，我發現你蹲在牆腳。你哥哥正開著車子跑遍全城，我跟你打包票，他再看到你的時候，小心你的屁股痛，因為他擔心得不得了。你媽守在窗戶旁邊守了幾個小時還一邊亂猜亂想，什麼被太保流氓集體強暴到分屍命案，屍體丟在森林後來才被人發現，那性變態的把你逼到地下室的可能性就更不用說了，什麼都想到了。而你爸爸老早認定不會再看到你所以借酒澆愁，他人現在醉倒在沙發上絕望地打呼。說到我，我在我們這附近像瘋子一樣到處轉然後我在那邊看到你，就這麼樣蹲在牆腳。可是你只要穿過院子走過來就可以讓我們安下心來。做了這一切你會得到的好處就是被你哥哥打一頓屁股，而且我很希望他把你打到流血。（過一會兒。）不過我看你是打定主意不跟我說話。你決定默不做聲。沈默。沈默。別人在我身邊急得團團轉不過我就是不開口。嘴巴縫起來。你哥哥打你屁股的時候再來看看你的嘴巴是不是還縫起來。看你什麼時候打開嘴巴跟我解釋爲什麼，你只得到許可在外面待到半夜，爲什麼這麼晚才回來？因爲，要是你再不開口，我要發狂了，我會胡思亂想，跟媽媽一樣。小麻雀，開口跟你的姊姊說話，我什麼都聽得進去，我還會保護你，我發誓，不讓你挨你哥哥的揍。（過一陣子。你碰到了一件常常發生在小女生身上的小事情，你遇到了一個男生，他跟其他男生一樣沒大腦，笨手笨腳，冒犯你了？這種事情我知道，小燕雀，我過去也是小女生，去過那些傻瓜男生會去的慶祝晚會。就算你被人親了嘴，這有什麼大不了的呢？你還會被其他傻瓜親嘴親上幾千幾百次，不管你想不想要；你還會讓別人摸你的屁股，小可憐，不管你願不願意。因爲男生是傻瓜，他們曉得做的唯一一件事情就是摸小女生的屁股。他們喜歡來這一套。我不知道這會有什麼樂趣；再說，我倒是相信他們得不到半點樂子。他們習慣如此。不能不來這一套。他們天生就沒腦筋。不過這一切沒什麼好大驚小怪的。重要的是你沒被人偷走不該提早被人偷走的東西。我當然清楚你會等你的時辰來了，我們會挑選，我們大家一起——你媽、你爸、你哥哥、我自己，再說你也算在內——一個你可以託付終身的人。要不然就是有人對你動粗，可是這種事，誰敢呢？對一個像你一樣的小女生，這麼純潔，這麼處女？告訴我還沒有人對你動粗。說，說還沒有人偷走你的這樣東西，不是嗎，這樣不該被人偷走的東西。說。回話啊，要不然我生氣了。（聲響。）快藏到桌子底下去，我打賭你哥哥人回來了。

（小女生消失在桌子下面。

爸爸進來，穿著睡衣，半醒半睡。他穿過廚房，消失了幾秒鐘，又穿過一次廚房回去他的房間。）

你是個小女生，你是個小處女，你是你姊姊、你哥哥、你爸爸還有你媽媽的小處女。不要跟我說這件可怕的事情。住嘴。我瘋了。你完了，還有我們所有人，跟你一道完了。

（哥哥大喇喇地走進來，姊姊飛快跑到他身邊。）

姊姊：不要喊，不要激動。她現在不在家可是人已經找到了。她人找到了可是不在家。冷靜一點，要不然我會發狂。我不要一下子碰到所有倒霉的事，要是你叫的話，我就自殺。

哥哥：她人在那裏？她人在那裏？

姊姊：在女同學家。她在女同學家過夜，睡在同學的床上，被子很暖，人很安全，不會出任何事的，絕不可能。我們家出意外了。不要叫，求求你，因爲事情過後，你可能後悔，可能掉眼淚。

哥哥：什麼都不能讓我掉眼淚，除了一樁可能發生在我妹妹身上的可怕意外例外。我是這麼盡心地看著她，只有今天晚上她逃出我的視線。她只逃掉我幾個小時的時間，我卻白費功夫年復一年地監護她。意外得要花更長的時間才能把人擊倒才對。

姊姊：意外不管時間不時間。意外想來就來，一來就把所有一切一下子全部改頭換面。意外一剎那就毀掉一件人家保存多年的寶物。（她順手拿起一件東西把它摔到地上去。）可是誰也不能把碎片再黏回去。就算大喊大叫，誰也沒這本事再把碎片黏回去。

（爸爸進來，他像第一次那樣穿越廚房後消失。）

哥哥：幫幫忙，姊姊，幫幫忙。你比我堅強得多，我可經不起打擊。

姊姊：沒有人經得起打擊。

哥哥：替我分擔一點。

姊姊：我已經忍無可忍。

哥哥：我要喝一杯去。（他出去。）

（爸爸回來。）

爸爸：孩子，你在哭？我肯定聽到有人在哭。

（姊姊站起來。）

姊姊：沒有。我在哼歌。（她出去。）

爸爸：有道理。哼哼曲子可以避邪。（他出去。）

（一陣子過後，小女生從桌子底下鑽出來，走向窗户，打開一點，讓如戈進來。）

小女生：鞋子脫掉。你叫什麼名字？

如戈：隨便你叫。你呢？

小女生：我嘛，我不再有名字。人家老是用各種小動物來喊我，什麼小雞、燕雀、痲雀、雲雀、椋鳥、鴿子、夜鶯。我倒寧願人家叫我老鼠、響尾蛇或者乳豬。你是做什麼的，在人生當中？

如戈：在人生當中？

小女生：是啊，在人生當中：你的工作、你的職業、你怎麼賺錢的、還有所有這些大家都會做的事情啊？

如戈：我不做大家做的事情。

小女生：所以正好，告訴我你是做什麼的。

如戈：我是密探。你知道密探是什麼嗎？

小女生：我知道什麼是秘密。

如戈：就是一個警探，再加上秘密身份，他到處旅行，他走遍全球，他有武器。

小女生：你有武器？

如戈：那還用說。

小女生：拿出來看。

如戈：不行。

小女生：那就是說，你沒有武器。

如戈：你看。（他掏出一把匕首。）

小女生：這玩意兒，這不算武器。

如戈：用這玩意，妳可以殺人跟其他任何武器一樣管用。

小女生：除了殺人，他還做什麼，一個秘密警探？

如戈：旅行，到非洲去。你知道非洲嗎？

小女生：我很熟。

如戈：我知道在非洲的山上，一些角落有這麼高所以雪下不完。沒有人知道非洲會下雪。我自己，我在這個世界上最愛的景緻是：非洲的雪花落在結冰的湖上。

小女生：我想去非洲看雪。我想在結冰的湖上溜冰。

如戈：還有白犀牛橫越湖面，在雪中。

小女生：你叫什麼名字？告訴我你的名字。

如戈：我絕不說我的名字。

小女生：爲什麼？我要知道你的名字。

如戈：這是個秘密。

小女生：我知道保密。告訴我你的名字。

如戈：我忘了。

小女生：騙人。

如戈：安德烈阿思。

小女生：不對。

如戈：安潔羅。

小女生：不要開我玩笑要不然我要叫了。這些名字都不對。

如戈：你怎麼知道呢？你根本就不知道我的名字？

小女生：不可能，我馬上認得出來。

如戈：我不能說。

小女生：就算不能告訴別人，好歹對我說吧！

如戈：不行，我可能會碰到意外。

小女生：不要緊，還是告訴我吧！

如戈：要是我跟你講了，我會死。

小女生：就算你必須死，還是告訴我。

如戈：侯貝多。

小女生：侯貝多什麼？

如戈：你知道這個就夠了。

小女生：侯貝多什麼？要是你不講，我會大叫，那我哥哥，人在氣頭上，會把你殺了。

如戈：你說你知道什麼是秘密。你眞的知道嗎？

小女生：我唯一就只知道這種事。告訴我你的名字，告訴我你的名字。

如戈：如戈。

小女生：侯貝多．如戈。我絕對忘不了這個名字。躲到桌子底下去；有人來了。

（媽媽進來。）

媽媽：小夜鶯，你一個人說話？

小女生：沒有，我哼哼歌避邪。

媽媽：有道理。（看到被摔成碎片的東西：）正好，我老早就想清掉這個鬼東西。

（她走出去。

小女生藏到桌子底下和如戈碰頭。）

小女生的聲音：你，我的人，你把我的貞操拿走了，你要好好保管。現在，再沒有人可以跟我拿走這個東西了。這是你的一直到你人生的最後一天，就算你把我忘了或者死了。你已經被我打上標記就好像打過一場架以後留下來的傷疤。我自己，我不可能忘記，因爲我沒有另外一個給別人了；完了，生米已經煮成熟飯，一直到我人生的終點。這東西已經給了人而且是你拿到的。

Ⅳ「便衣警探的憂鬱」

妓院「小支加哥」的櫃台。

便衣警探：老闆娘，我覺得悶。我覺得一顆心很沈卻不知道是爲了什麼。我常常發悶，不過，這一回，是有點兒問題。平常我悶悶不樂，想哭或者想死，我都找出這種狀況的原因；我會把當天晚上跟前一天發生的所有事情都徹底想一遍，而且每一回末了我都可以找得出一件芝麻綠豆的小事來。這件小事，在當時，對我沒有發生任何作用，後來卻跟要命的細菌一樣，住在我的心坎上四處亂鑽折磨人。那麼，我就找出了那一件搞得我這麼痛苦不安的芝麻綠豆小事來。很開心，那個細菌就像一隻虱子一樣被指甲捻碎，然後一切又同歸正軌。但是今天我已經找過了；我還回溯到三天以前，一次順著想另一次倒著想，就這樣我又回到了現在，不知道苦惱從那裏來，人還是一樣覺得悶，心還是一樣的沈。

老鴇：探長，你在死人堆裏，還有色情圈裏混得太久了。

便衣警探：死人也不過就這麼幾個。不過拉皮條的，沒錯，是過多了。最好是死人多一點，拉皮條的少一點。

老鴇：我嘛，我比較喜歡拉皮條的；他們照顧我的生意，本人也活蹦亂跳的。

便衣警探：老闆娘，我得走了。永別了。

（如戈從房間走出來，把門鎖上。）

老鴇：探長，永遠不要說永別。

（便衣警探出去，如戈尾隨。隔了幾分鐘，一個被嚇壞的妓女進來。）

妓女：太太、太太，魔鬼剛剛橫掃過「小支加哥」。這一區整個亂成一團，妓女再不坐檯，保鏢一張嘴張得大大地呆在那裏，客人跑光了，所有一切整個停擺了，整個全愣在那裏。太太，你供魔鬼住在你這裏。這個剛來這裏的小伙子不開口，不回答女人的問題，每個人都在問他是不是有個聲音、有個屌；這個小伙子，雖然這樣，眼光是這麼溫柔；這個美男子，態度堅決地——再說大家談了很多，在我們女人之間——這個人跟著探長後面走出去。大家注意看著他，我們，我們，我們女的大家開著玩笑，大家猜啊猜的。他跟在探長的後面走，探長好像陷入深思裏面；他跟在探長後面走活像探長的影子一樣；然後影子又像中午的太陽越縮越小，他就越走越靠近探長彎曲的背後，接下來很快地，他從衣服的口袋裏掏出一把刀子插進那個可憐的探長的背上。探長停下來。他沒有回身。他輕輕地搖頭晃腦，好像他的沈思剛剛才找到解答似的。然後他全身搖晃，倒在地上；凶手和受害者全都還來不及，看對方一眼。這個小伙子眼睛盯著探長的手槍；他彎下身，拿起手槍，放到自己的口袋裏，然後揚長而去，從容自在，像魔鬼一樣從容自在地走了開，太太。因爲沒有人動，所有人，動也動不了，看著他走開。他在人群裏不見了。太太，住在你屋簷底下的是個魔鬼。

老鴇：不管怎樣，殺了警察，這個小子，他完了。

V「老哥」

廚房。

小女生頂著牆站，嚇壞了。

哥哥：不要怕，小雞。我不會打你。妳姊姊是個白癡，她憑什麼咬定我會修理妳呢？現在妳是個女人了；我從來沒有修理過女人。我很喜歡女人；我偏愛女人。女人比妹妹要好處理得多。有個妹妹，麻煩得要命。妹妹要人無時無刻地看著，一雙眼睛得盯在她身上。爲了保護妹妹的什麼呢？她的童貞？妹妹的童貞要守到什麼時候呢？我花在看著妳的時間全白費了。我後悔白花那些時間。我很後悔盯著妳看的每一天、每一個小時，全都白費功夫。從還是小女生的時候，女生就該變成女人，這麼一來當哥哥的就輕鬆多了，再不會有什麼東西需要看著，他可以把時間花在別的事情上頭。我自己，我很高興知道妳自己被一個傢伙弄上床了；因爲我現在就安心了。妳走妳的路，我過我的橋，我不再把妳像個鐵球一樣拖在我的後面走。現在陪我去喝一杯倒是眞的。妳應該學會，從現在起不要再低著眼睛，不要臉紅，勇敢正眼看著男生。以前那一套，全過去了。臉皮要厚，頭抬起來，看著男人，眼睛盯著他們看，男人喜歡這一套。正經端莊再也不管用了。盡情享受，小老妹，馬上展開行動。在大自然裏放開自己，到「小支加哥」跟妓女鬼混，下海當妓女去：妳會賺大錢所以也就不會再是任何人的負擔了。搞不好我還會在一些色情酒吧碰到妳，我會跟妳打個小手勢，我們會是酒吧裏的好兄妹；這樣一來比較不麻煩也比較好玩。小雞，不要再浪費妳的時間低著眼睛、夾緊兩腿走路，這一套再也不管用了。不管怎樣，現在，婚姻大事吹了。過去爲了把妳嫁出去所以得看著妳我沒有話說。妳羞人答答地低著眼睛直到結婚的那一天也沒話說，可是現在婚姻泡湯了，所以剩下的一切也全泡湯了。就這麼一下子，像這樣，一切全泡湯了：婚姻、家庭、妳爸爸、妳媽媽、妳老姊；說到我，我才不在乎。妳爸爸痛苦地打著鼾，妳媽掉眼淚掉個不停；最好隨他們哭、隨他們打鼾，自己離家出走去。妳可以生孩子：沒人管得著。妳可以不生孩子，也沒人管妳。妳可以做妳想做的事。我不再看著妳了，何況妳也不再是個小女生。歲數對妳不再有任何意義；妳可以是15或是50歲，結果是一樣的；妳是個女人而且誰都不在乎。

Ⅵ「地下鐵」

一張小公告的末端有行標題：「通緝啓事」，公告中間有張如戈的肖像，未具名；在地鐵關門時間過後，一位老先生和如戈並肩坐在地鐵車站的板凳上面。

老先生：我是個老人，在合理的時間以外耽擱了一陣子。我本來很高興可以趕上最後一班地鐵，忽然，在這麼多通道跟樓梯中間，在這個迷宮的交叉口，我再也認不出我的月台。雖然這麼常出入這個車站，所以我一直以爲自己對這個車站很熟悉就像自個兒家廚房一樣。可是我不知道這個車站藏著，在我每天走的淸楚明白的路線後面，一個陰暗的隧道世界，一個不明方向的世界，我是寧可不要知道這個世界，不過因爲糊里糊塗心不在焉走岔了路，我被逼著去知道另一個世界。就這樣子燈光忽然滅了，只剩下這些小的白色路燈照明，我原來甚至還不知道有這種路燈。所以我就往前走，直直地，在一個陌生的世界裏，越快越好，這樣說並沒有太大意義對一個我這樣老的人來說。在無止無盡的電動扶梯盡頭我以爲看到了出口，啪嚓一聲，巨大的柵欄檔住入口。我就這樣子待在這裏，處在一個對我這把年紀的人來說完全超乎想像的狀況裏，因爲心不在焉走路慢了半拍而受到處罰，爲了等待我自己不太知道的什麼，而且我也不太想知道是爲了什麼，因爲這種新鮮事在我這把年紀肯定是不容易接受的。

大概因爲明天清晨，對，一定是爲了明天清晨我等在這個車站，這個以前跟我家廚房一樣熟悉的車站，現在卻讓我害怕起來。我一定是在等平常的燈光再亮起來然後第一班地鐵進站。不過我心裏不安，因爲不知道在一次這樣古怪的奇遇以後，怎樣再重新面對白天的光線，由我來看這座車站絕對不會再跟以前一樣，我不能再忽視這裏的這些小小的白色路燈，以前這種東西是沒有的；還有，一夜沒睡，我不知道人生會怎麼改變，我從來沒有通宵不眠過，一切應該岔開來，白天不應當再接續著黑夜像以前那樣。跟所有這一切有關的事情都讓我很不安。不過你年紀輕輕，依我看來腿很敏捷，而且腦袋很靈光，沒錯，我看得出來你的眼光清澈，既不混濁也不愚蠢像我這個老頭子的這樣，你不可能中了圈套被這些通道跟這些拉下來的柵欄困在這裏；不會，就算柵欄關了，一位像你頭腦一樣靈光的年青人會穿過這些柵欄就像一滴水穿過漏勺一樣。你晚上在這裏上班嗎？

如戈：先生，我是一個正常而且講理的人。我從來沒有引起別人注意過。你會注意到我嗎？要是我沒有在你身邊坐下來？我一直認爲要安安穩穩的過日子最好的辦法就是變得跟玻璃一樣透明，就好像是一隻石頭上面的變色龍，可以穿牆而過，本身既沒有顏色也沒有味道；別人的眼光穿透你的身體看到你身後站的人，好像你人不在那裏似的。要想變得透明可不是一件簡單的事；這是一種技能；隱身是一個古老、非常古老的夢。我不是英雄。英雄都是罪犯。沒有英雄的衣服不浸泡在鮮血裏的，鮮血卻是世界上唯一沒辦法不被看出來的東西。血是世界上最易被看得出來的東西。當萬物同歸於盡、世界末日的薄霧籠罩地球的那一天，英雄血跡斑斑的衣服一定還會流傳下去。我個人唸過書，是個好學生。一個人有習慣當好學生就不會開倒車，我在大學註過冊。在巴黎大學索邦❷的長凳子上面，還保留著我的位子，夾在其他好學生中間我並不引人注意。我跟你保証一定要是個好學生，不引人注目而且看不出來，才能進到索邦裏頭去。這可不是一所那種郊區的大學，那裏面只有無賴跟自封英雄的傢伙在混。我唸的大學走廊上很安靜，上面有聽不到腳步聲的影子穿過。明天起我要回去修語言學，明天是上語言學的日子。我會去上課，隱身在一群隱形人裏面，在日常生活的濃霧裏面安安靜靜地上課並且專心聽講。先生，事情的進展並沒法改變。我好像一節安安靜靜穿過田野的火車，什麼都沒辦法讓車子出軌。我又好比是頭沒入河底淤泥的河馬，走的很慢，而且什麼都沒辦法再改變已定的路線和節奏。

老先生：年青人，每個人總有可能出軌。沒錯，現在我知道隨便任何人也都可能隨時隨地出軌。我這個老人，向來相信自己很懂得人生和世界，就像對自己家裏廚房一樣地清楚。嘩啦一聲，我這會兒就在世界以外，在這個不是時候的時候，在這種奇怪的光線下面。我尤其擔心

❷ 索邦（Sorbonne）是法國巴黎第四大學的簡稱。此大學的文科以古典文學研究著稱於世，也是所有巴黎大學中最富盛名者。

的是，當正常的燈光再亮起來的時候會出什麼事，還有第一班地鐵快要進站了，跟我一樣平凡的人會擁入這個車站；而我卻要經過這個不眠之夜一夜，我才得走出去，且要穿過那道最後終於打開的柵欄，然後看到白天。還有我現在一點也不知道可能會發生的狀況，不知道自己再看到這個世界的態度會是怎樣，不知道這個世界看得見我或是看不見。因爲，我不再知道白天是什麼、黑夜是什麼，更不再知道如何是好。我要回到我的廚房找時間，因爲所有這一切讓我很害怕，年青人。

如戈：你是有理由害怕，沒錯。

老先生：你說話有點口吃，但很輕微；我很喜歡人家這麼說話。我放心了？這裏吵起來的時候，拜託幫個忙。幫幫忙，陪我這個走失的老頭子，一直走到出口的地方去；或許，甚至走到出口以外的地方去。

（月台的電燈重新亮起。

如戈幫這個老先生起身並陪著出去。

第一班火車進站。）

Ⅶ「姊妹倆」

在廚房裏。

小女生拿著一個袋子。

姊姊進來。

姊姊：我不准妳走。

小女生：妳沒什麼好准不准我的。從今以後我比你大。

姊姊：妳在胡說什麼？妳是一隻棲息在樹枝上的小麻雀。而我，我是妳姊姊。

小女生：妳自己，妳是一個老「處女」。人生，妳一點都不懂，妳把自己管得好好的，把自己保護得好好的。我自己，我長了年紀，我被人家強暴，我完了，現在就讓我一個人做決定吧！

姊姊：妳不是我的小妹妹嗎？以前妳不是什麼話都對我說的？

小女生：妳不是一個什麼都不懂的老小姐嗎？知道我的經驗以後，妳不該閉嘴嗎？

姊姊：什麼經驗妳說？不幸的經驗不管用。這種經驗只有越快忘了越好。只有幸福的經驗才有點用。妳永遠都會記得妳跟妳的爸媽、妳的哥哥還有妳的姊姊共度的美好安寧夜晚；一直到妳年老，這些事妳都還會記得。至於剛剛打擊我們的不幸，妳很快就會忘了，小小鳥，在妳姊姊、妳哥哥還有妳爸媽的注視下。

小女生：我會忘記的是我的爸媽、我的哥哥還有我的姊姊，而且我老早把他們忘了；可是我的不幸我卻忘不了。

姊姊：小燕子，妳哥哥會保護妳；他會比任何人都還要愛護妳，因爲他一向就比疼任何人更疼妳。他一個人等於妳所需要的所有男人。

小女生：我不要被人家愛。

姊姊：不要這樣講。人生就只有這事還有一點價值。

小女生：妳怎麼敢這麼說？妳從來沒有過半個男人。妳從來沒有被人愛過。妳這輩子一直是單獨一個人，而且過得很不快樂。

姊姊：我從來沒有不快樂過，除了因爲妳的不幸讓我不快樂。

小女生：不對，我知道妳很不快樂。我常常逮到妳在窗簾後面哭。

姊姊：我哭是沒有原因的。定期定時地，爲了在事發以前先哭。不過現在，妳再也看不到我哭了；我比以前更提早哭。爲什麼妳要走呢？

小女生：我要找到他。

姊姊：妳找不到他的。

小女生：我找得到他。

姊姊：不可能。妳知道妳哥哥已經找了好幾天好幾夜，就爲了要替妳報仇。

小女生：可是，我不要報仇，我相信那我就會找得到他的。

姊姊：那妳要做什麼，妳找到他的時候？

小女生：我會跟他說一點事情。

姊姊：什麼事情？

小女生：一點事情。

姊姊：妳想在那兒會找到他？

小女生：在「小支加哥」。

姊姊：天眞的鴿子，妳爲什麼要自甘墮落？不要，不要把我丟下，不要把我一個人丟下不管。我不要一個人留下來跟妳哥哥和妳的爸媽在一起。我不要一個人留在這個屋子。妳不在，我的人生再也沒有任何價值，任何東西對我來說再也沒有任何意義。不要把我丟下，求求妳，不要把我丟下。我恨妳的哥哥，還有妳的爸媽和這個屋子；我只愛妳一個，鴿子，鴿子；我這一輩子只有妳一個人。

（爸爸進來，很生氣。）

爸爸：妳媽把啤酒藏起來了。我要像以前一樣揍人。爲什麼我有一天停了手呢？我的手是會酸，可是我應該要強迫自己，做做練習，找別人來代替我打。我應該像以前那樣繼續揍人：每天按時定時修理妳媽。你們看，我以前隨隨便便的，而現在她卻把我的啤酒給藏了起來，而且我很肯定你們是她的共謀。（他看桌子下面。）還有五瓶。要是酒沒找到的話我每個人就揍你們五次。

（他出去。）

姊姊：我的斑鳩身在「小支加哥」！妳一定不會快樂，妳一定會很不快樂。

（母親進來。）

媽媽：妳爸爸還是喝得爛醉。他啤酒一杯接著一杯的灌。妳們搞什麼鬼，妳們兩個爲何對這個老瘋顛這麼好？妳們讓我一個人跟這個酒鬼打架吧！妳們什麼都不要管，由著他用酒精毀了我們。妳們兩個蠢蛋話說個不停，說個不停。妳們只顧著妳們兩個人的芝麻綠豆的蠢事，把我一個人留下來應付這個酒鬼。這是什麼這個袋子？

姊姊：她要去女同學家過夜。

媽媽：她的同學，她的同學⋯這個同學誰是？女孩子家，女孩子家是怎麼回事？她有必要去同學家睡覺嗎？人家的床比這裏的舒服嗎？晚上那裏比這裏黑嗎？要是妳們的歲數還數得出來，而且我也還有力氣的話，我就把妳們兩個修理一頓。

（她出去。）

姊姊：我不要妳不快樂。
小女生：我不快樂同時又快樂。我吃了很多苦，可是苦中有樂。
姊姊：可是我會死，要是妳把我丟下的話。
（小女生拿起她的袋子走出廚房。）

Ⅷ「就在臨死之前」

一家酒吧。一間公共電話亭。
如戈被人從窗户推出去，玻璃打碎的聲音震天響。
酒吧裏面有人叫喊。一群人擠在門邊。

如戈：「就是因此我被塑造成運動員。
今日你的震怒成全了我。
喔大海，我站在神聖的底座上無比巨大
你洶湧的波濤無法侵蝕我的雙腳。
赤裸、堅強，前額沉入濃霧深淵。」
妓女甲：冷得要死。這傢伙找死。

一個傢伙：不用替他擔心。他在出汗，一定是在裏面很熱。

如戈：「籠罩在聲響、冰雹和泡沫裏
　以及在黑天黑地的狂風中，
　我朝陰暗的天空伸出雙臂。」❸

一個傢伙：這小子，他喝醉了。

一個傢伙：不可能。他什麼也沒喝。

妓女：他不正常，就這麼回事。不要惹他。

一個傢伙：不要惹他？他鬧了我們好幾個鐘頭，我們不該招惹他？他再找我一次麻煩，我就打爛他的腦袋。

妓女：（走近如戈幫他起身。）：不要再找人打架了。小鬼，不要再找人打架。你漂亮的臉孔已經受傷了。你難道希望女人不再回過頭來看漂亮的你？臉孔，是脆弱的寶貝。每個人都相信自己的臉可以擁有一輩子，可是只要一下子，這張臉就可能被一個大笨蛋打得稀爛，可是這

---

❸本場戲如戈所引的兩段詩文出自雨果的長篇詩作《世紀傳奇》（*La légende des siècles*）第十二章「世界七大奇觀」（Les sept merveilles du monde）之第六節，原詩爲位於愛琴海上羅德島（Rhodes）的巨大太陽石像的吶喊。

個笨蛋的臉就算被打壞了，自己也沒什麼好損失的。寶貝，你個人可是損失慘重。一張臉被打壞，那你這一生就毀了，就好比尾巴被人家割了一樣。事前你想不到這上頭，不過我跟你打包票事後你就會想到了。不要這樣看著我，要不然我要哭了；你是那種只要看上一眼就會讓人想哭的人。

（如戈走近一個保鏢身邊揍了他一拳。）

妓女：又來了。

保鏢：不要惹我。小子，不要惹我。

（如戈揍了他第二拳。保鏢回敬一拳。兩個人打了起來。）

妓女：我要報警，他會把他殺了。

一個傢伙：報什麼警。

一個傢伙：反正，他已經倒在地上了。

（如戈站起來追上正走開的保鏢。他緊抓住對方，猛打對方的臉。）

妓女：不要回手，不要惹他，他早就站不起來了。

如戈：打啊，沒膽，洩氣了，沒種！

（保鏢把如戈拋到半空中。）

保鏢：要再一次，我就把你像隻蚊子一樣給壓得粉碎。

（如戈再站起來，又上來找打。）

妓女（對保鏢說）：不要碰他，不要碰他，不要打他。

（保鏢一拳把如戈打昏過去。）

一個傢伙：這傢伙，他把他毀了。

妓女：這容易。他說的沒錯你是個孬種。

保鏢：被同一條狗咬傷兩回的人是個傻瓜。

（他們走進酒吧。

如戈站起來，走到電話亭。

他拿起話筒，撥號碼，等著。）

如戈：我要走了。我得馬上上路。這裏太熱，在這他媽的城裏。我要去非洲，在雪中的非洲。我得走了因爲我快死了。反正，誰也不關心誰。沒有的事！男人需要女人而且女人也需要男人。不過說到愛情，男女之間沒有愛情。跟女人在一起，我自己，因爲可憐她們所以跟她們上床。我寧願再世爲狗，那樣就比較不會不快樂。當一條在馬路上晃的狗，一條翻垃圾找東西吃的狗；誰也不會注意到我。我情願當一條土黃色的狗，滿身滿臉長滿疥瘡，別人一看到就躲得遠遠的一點也不注意，我寧願翻一輩子的垃圾。我相信沒什麼好說了，沒有什麼可說的。不應該再教人讀書認字。學校應該關門，然後擴建墳場。反正，一年、百年，都是一樣的；遲早，每個人都會死，每個人的結局都一樣。因爲這樣鳥兒樂得唱歌，鳥兒大笑特笑❹。

妓女（在酒吧門邊）：我老早跟你們說了這人是個瘋子。他對著不通話的電話在說話。

（如戈放下話筒，背頂著電話亭坐下來，保鏢靠近他。）

保鏢：小子你在想什麼？

如戈：我在想螃蟹、蝸牛和金龜子的永生。

保鏢：你知道，我這個人，我不喜歡打架。不過你找我麻煩找成這樣子，小子，誰也沒這本事一

❹ 這一段話是根據殺人犯Roberto Succo在獄中的錄音改寫的，原文是：「是或不是……這點，這就是問題所在。我相信……沒什麼好說了，沒有什麼可說的……不過……當一個人相信某件事情的時候，一個人更加確信某件事情的時候，那就得找件另外的事情。另外一件可以讓人相信的事情。而這麼做，是爲了讓人可以繼續活下去，爲了能……瞧瞧。對了，瞧瞧……會發生的事情。再說時間，時間並不存在。時間，是在我們的腦袋裏，存在我們思考的方式中。反正，一年，百年，都是一樣的……遲早，每個人都會一死。每個人都一樣。而這一點……這一點逗得鳥兒唱歌，鳥兒會唱。這點會引得蜜蜂唱歌。這會逗得鳥兒唱歌。」（P. Froment, *Je te tue, histoire vraie de Roberto Succo assassin sans raison*, Paris, Gallimard, 1991：225.）

聲不吭地忍下去。你爲什麼這麼想找人打架呢？你簡直就是找死。

如戈：我不想死。

保鏢：每個人都一樣，小子。

如戈：這不是理由。

保鏢：也許是。

如戈：問題是，說到啤酒，啤酒不是用買的；只能用租的。我得去尿尿。

保鏢：去啊，免得太遲了。

如戈：眞的嗎？連狗也斜著眼睛看我？

保鏢：狗是絕對不會斜眼睛看著人。狗是你唯一可以相信的生物。狗要不就喜歡你，要不就不喜歡你，不過絕對不會評斷你的好壞。再說，有這麼一天大家都不理你的時候，小子，總是會有一隻在那裏晃來晃去的狗，走過來舔你的腳掌。

如戈：（Morte villana, di pietà nemica
di dolor madre antica,
giudicio incontastabile gravoso,
di te blasmar la lingua s'affatica.）❺

保鏢：你得去尿尿。

如戈：太遲了。

（黎明。如戈入睡。）

Ⅸ「大利拉」❻

警察局。有位探長和一名警察坐鎮。

---

❺「死亡你如同歹人，惡意盈胸，
遠古的傷痛之母，
無法上訴的判決，
數說你讓我舌敝唇焦。」

義大利引文出於但丁詩篇《新生》（*Vita nuova*）的第八章第二首獻詩的第一段，但原作的第四與第五詩行則省略未引。這原是首悼亡情詩。

❻大利拉（Dalila）爲舊約聖經的人物，她色誘大力士參孫（Samson）。在意亂情迷之際，參孫洩露了他的力量來源出於頭髮。大利拉於是將參孫哄睡，支使僕人替參孫剔頭，參孫因此力量盡失，於是束手就擒。

小女生進來，後面跟著她哥哥。

後者待在大門的陰影裏。

小女生走向如戈的肖像，一手指著肖像。

小女生：我認得他。

警察：妳認得什麼？

小女生：這個男的，我很熟。

探長：他是誰？

小女生：一名秘密警探，一個朋友。

探長：那個傢伙是誰？站在妳後面的那位？

小女生：我哥哥，是他陪我來的。是他叫我來見你們的，因爲我在路上認出這張相片。

探長：妳知道人家在找他？

小女生：知道；我也一樣在找他。

探長：妳說，他是妳的一個朋友？

小女生：一個朋友，沒錯，一個朋友。

探長：一名謀殺警察的殺人犯。依法妳是要被扣押，並且依共謀、私藏武器和藏匿人犯罪名被起訴。

小女生：是我哥哥要我來跟你們說我認識他的。我什麼也沒隱藏，我不檢舉任何人，但我認識他就是了。

探長：跟妳哥哥說，要他出去一下。

警察：你沒聽到嗎？出去，就是你。

（哥哥走出去。）

探長：妳知道他的什麼呢？

小女生：什麼都知道。

探長：是法國人嗎？還是個外國人？

小女生：他講話有一個非常輕微、非常可愛的外國腔調。

探長：日耳曼的嗎？

小女生：我不知道日耳曼是什麼意思。

探長：所以，他跟妳說他是秘密警探。奇怪！原則上，一名秘密警探應該保持秘密的身份才對。

小女生：我跟他說我會替他保密，不管發生什麼事。

警察：好！如果所有的秘密都照這樣子守住的話，我們的事情就好辦了。

小女生：他跟我說他就要去非洲執行任務。在山裏面，在終年積雪的地區。

探長：在肯亞工作的德國警探。

警察：這麼看來，我們的推斷相差不遠。

探長：警官，你們料得很準。（對小女生）現在，告訴我們他的姓名。妳知道他叫什麼？妳一定知道因爲他是妳的朋友。

小女生：我知道。

警察：請說。

小女生：我知道，而且還很清楚。

警察：小女孩，妳在開我們的玩笑。妳想挨耳光子嗎？

小女生：我不想挨耳光子。我知道他叫什麼，只是一時說不出來而已。

探長：就像這樣子說，你說不出來？

小女生：就在那裏了，在舌尖上。

警察：在舌尖，在舌尖上。妳找耳光子打。想挨拳頭？妳要人家扯妳的頭髮嗎？我們有專門設備的房間，就在這裏。

小女生：不要，不要，就在那裏了；名字就快想出來了。

探長：至少告訴我們，他名叫什麼？妳一定想得起來，妳一定在他的耳邊輕輕舔過他的名字。

警察：一個名字，說出一個名字。不管是那一個，否則我就把妳拖去行刑室。

小女生：安德烈阿思。

探長（對警察）：記下來：安德烈阿思。（對小女生）你很確定嗎？

小女生：不確定。

警察：我把她宰了。

探長：說出這個該死的名字，否則小心我塞個東西到妳的嘴巴裏面。快，要不然我讓你一輩子忘不了。

小女生：安潔羅。

探長：一個西班牙人。

警察：也可能是一個義大利人、巴西人、葡萄牙人、墨西哥人：我甚至認識一個柏林人叫做胡里歐。

探長：你倒是見多識廣。（對小女生）我可是生氣了。

小女生：我感覺得到這個名字，就在嘴唇旁邊。

警察：妳要別人在妳嘴唇上面拍一下，讓妳把名字說出來嗎？

小女生：安潔羅，安潔羅，溫文❼，或者跟這個很接近的名字。

---

❼ 原文「Dolce」為「溫柔」之意。

探長：溫文？溫柔？

小女生：溫柔，對。他跟我說他的名字跟一個外國字很像，意思是溫柔，或者是甜蜜。（她哭起來）他是這麼溫柔，這麼親切。

探長：我猜，有很多字有甜蜜的意思。

警察：Azucarado, zuccherato, sweetened, gezuckert, ocukrzony❽。

探長：這些我都知道。

小女生：如戈，如戈。侯貝多・如戈。

探長：妳確定嗎？

小女生：確定。我很確定。

警察：如戈。如果的如？

小女生：如果的如，沒錯。侯貝多？

探長：帶她去做筆錄。

小女生：我哥哥呢？

❽這些不同語言的外文單字都有「甜」的意思。而如戈（Zucco）字音令人聯想到義大利文的Zucchero，爲「糖」、「甜的」意思。所以下文小女生才會因此想起如戈的名姓。

探長：妳哥哥？那一個哥哥？妳要一個哥哥做什麼？我們隨時候教。

X「人質」

公園裏，大白天。

一位穿著優雅的太太坐在一條長凳子上。

如戈進來。

太太：坐到我身邊來，跟我說話。我沒事做；咱們聊聊。我討厭公園。你看起來畏畏縮縮，是我嚇到你了嗎？

如戈：我才不畏縮。

太太：話是這麼說，可是你的雙手抖個不停，活像個男生站在他的第一個女生前面。你有張漂亮的臉孔，你是個漂亮的男生。你喜歡女人嗎？你簡直太漂亮了，你準不喜歡女人。

如戈：我很喜歡女人。眞的，非常喜歡。

太太：你一定是喜歡那一種年方十八的小女生。

如戈：我喜歡所有的女人。

太太：不錯。你兇過女人嗎？

如戈：從來沒有的事。

太太：可是曾經有過這種想望？你一定有過對女人動粗的想望，沒有嗎？這種想望，所有的男人遲早都會有；男人都一樣。

如戈：我不會。我溫柔又和氣。

太太：你這個傢伙怪怪的。

如戈：你是坐計程車來的？

太太：才不是。我受不了計程車司機。

如戈：那麼，你開車來的。

太太：當然。我不是走路來的；我住在城的另一頭。

如戈：什麼牌子呢？妳的車子？

太太：你猜我或許有部Porsche 吧？不對，我只有一輛小小的破車子。我先生是個吝嗇鬼。

如戈：什麼牌子？

太太：Mercedes。

如戈：那一型？

太太：280SE。

如戈：這可不是一輛破車子。

太太：或許不是。不過我先生算起來還是個吝嗇鬼沒錯。

如戈：那是誰，那個傢伙？他一直在看著妳？

太太：我兒子。

如戈：妳兒子？他不小。

太太：正好十四歲，我可不是個老太婆。

如戈：他看起來比他的實際年紀還大。他運動嗎？

太太：他可是只搞這個。我給他錢去城裏所有的健身房、網球場、曲棍球場、高爾夫球場上課。

還有，他總是想得出辦法一定要我陪他去運動運動，他是個流鼻涕的小鬼。

如戈：以年紀來說他很壯。把妳車子的鑰匙給我。

太太：沒問題，沒問題。你或許也想要這部車子。

如戈：對，我要這部車。

太太：去開啊。

如戈：給我鑰匙。

太太：你很煩。

如戈：給我鑰匙。（他掏出手槍放在膝蓋上。）

太太：你瘋了。這種東西可玩不得。

如戈：喊妳的兒子過來。

太太：免談。

如戈（用手槍威脅她）：喊妳的兒子過來。

太太：你發神經。（對她的兒子喊滾蛋：）！回家去。你自己想法子應付吧！

（兒子走近母親，「太太」起身，如戈把手槍頂在她的脖子上。）

太太：開槍啊，傻瓜。我不會給你鑰匙，就算因爲你沒當我是個白癡。我先生當我是個白癡，我兒子當我是個白癡，佣人當我是個白癡——你儘管扣板機好了，這樣就會少了一個白癡。可是我不會給你鑰匙的。算你活該，因爲這輛車子很棒，座椅是眞皮的，還有上好的胡桃木儀表板。不要再鬧下去了。看：這些傻瓜會靠過來，他們議論紛紛，他們會報警。看：他們已經在舔嘴唇了，這種事情他們最喜歡了。我受不了這種人的評論。開槍啊！我不要聽他們說話，我不聽。

如戈（對孩子）：不要過來。

一個男人：看他發抖的樣子。

如戈：不要過來，老天！趴在地下。

一個女人：是這個孩子讓他害怕。

如戈：好，現在把雙手放在身體兩邊。過來！

一個女人：可是兩手放在身體兩邊，他要人家怎麼爬過去？

一個男人：辦得到，他辦得到。要是我，我就辦得到。

如戈：慢慢來！雙手擺到背後去。頭不要抬起來。停！（孩子動了一下。）一動也不准動，否則我把你媽殺了。

一個男人：他眞的會這麼做。

一個女人：那還用說。他就要動手了。可憐的小傢伙！

如戈：你發誓不再動？

孩子：我發誓。

如戈：頭靠在地上。慢慢把頭換到另一邊去。轉啊，我不要你看得見我們。

孩子：可是你爲什麼怕我呢？我什麼都不會。我只是個孩子，我不要我媽被人殺死。你沒有理由怕我：你比我力氣大。

如戈：對，我比你力氣大。

孩子：那，你爲什麼怕我呢？我又能對你怎麼樣呢？我還很小。

如戈：你不是這麼小，而且我也不怕你。

孩子：你怕我，你發抖，你在發抖。我聽到你在發抖。

一個男人：警察來了。
一個女人：現在，他可有理由發抖了。
一個男人：熱鬧來了，熱鬧來了。
如戈（對孩子）：閉上眼睛。
孩子：我已經閉上眼睛了，我的眼睛是閉著的。我的天，你可眞是個膽小鬼。
如戈：把嘴巴也一起閉上。
孩子：好，我什麼全閉上。你眞是個膽小鬼！你嚇唬的是一個女人。你用槍威脅的是一個女人。
如戈：什麼牌子，你媽的車子？
孩子：很可能是Porsche。
如戈：閉嘴！不要說了。嘴巴閉上！眼睛閉上，裝死。
孩子：我不知道怎麼裝死。
如戈：你馬上就會知道。我要殺了你媽，你就會看到怎麼裝死。
一個女人：可憐的孩子。
孩子：我裝死，我裝死。
一個男人：警察不動了。
一個女人：他們嚇死了。

一個男人：才不是。這是策略運用。他們知道自己在做什麼，他們知道別人不知道的方法。他們一定知道自己在做什麼，信我的話準沒錯。那傢伙完了！

一個男人：那個女的也一樣，跑不掉了。

一個男人：要煎蛋餅可不能不打蛋。

一個女人：可是不要碰那到孩子，千萬可不要碰那小孩。天啊！

（如戈推著「太太」走到孩子身邊，手槍一直抵在她的脖子上。然後，他把一隻腳踩在孩子頭上。）

一個女人：喔，我的天，小孩子的眼界開得太早，今天的孩子眞不幸。

一個男人：我們也一樣，我們做小孩的時候也老早就開了眼界。

一個女人：因爲你也一樣被一個瘋子威脅過？

一個男人：還有戰爭，這位太太，你忘了戰爭？

一個女人：是嗎？因爲德國人把腳擱在你的頭上，然後威脅你媽？

一個男人：比這個還慘，這位太太，比這個還糟。

一個女人：不管怎樣，你現在活蹦亂跳，老風流！

一個男人：這位太太，你說話不入流。

一個女人：我，我只想到孩子，我只想到孩子。

一個男人：說到底，不要再吵你們家孩子的故事了。脖子上被一把槍抵住的是那個女的。

一個女人：對，不過卻是那個孩子遭殃。

一個女人：這位先生，你倒說說看，這就是你說的警方的特別技術？你剛才談到技術。他們留在另外一頭。他們嚇死了。

一個男人：我剛才是說這是策略的一部份。

一個男人：策略見鬼了！

數名警察（從老遠）：放下武器。

一個女人：好。

一個女人：我們有救了。

一個男人：高招。

一個男人：他們在搞花招，我跟你們說。

一個女人：我，我可只看到這個傢伙正在搞他的花招。

一個男人：我說，這一招老早就搞定了。

一個女人：可憐的孩子。

一個男人：這位太太，我要打你一巴掌要是你再繼續說起這個孩子的話。

一個男人：你們眞的相信現在是吵架的時候嗎？要有一點尊嚴嘛。我們是一齣悲劇的見証人。我們正在面對死亡。

數名警察（老遠）：我們命令你放下武器。你被包圍了。（圍觀的路人縱聲大笑。）

如戈：跟她說要她給我車子的鑰匙。那是一輛Porsche。

太太：白癡。

一個女人：給他鑰匙，給他鑰匙。

太太：免談。他只有自己拿了。

一個男人：親愛的女士，他會炸掉妳的臉。

太太：好極了。那我就可以省掉看到你們的嘴臉。好極了。

一個女人：這個女人眞可怕。

一個男人：她不是個好人。這年頭兇悍的壞人還眞不少。

一個女人：強，拿鑰匙給他。這裏難道沒有一個男人爲他翻口袋拿鑰匙嗎？

一個女人：你們，站在那邊的，你們當小孩子的時候吃了那麼多苦頭，你們的頭一腳被德國人踩住，你們的媽媽受到德國人的威脅，展現你們的雄風啊，至少展現你們還有點男性本色啊，就算不明顯，就算不管用。

一個男人：太太，你應該吃一巴掌。碰到我這個見過世面的人算你運氣好。

這個女人：搜她的口袋啊，把鑰匙找出來，然後再賞她一巴掌。

（這個男人發抖地走近「太太」身邊，伸出手在她的口袋裏翻找，然後掏出鑰匙。）

太太：白癡。

這個男人（勝利狀）：你們看到了？你們看到了？把Porsche 開過來。（「太太」笑。）

一個女人：她在笑。她還笑得出來，可是她的兒子眼看著就要死了。

一個女人：眞可怕。

一個男人：瘋子。

一個男人：把鑰匙交給警察。讓他們處理車子。至少，我希望他們至少會開車。

（這個男人跑著回來。）

一個男人：不是Porsche。那是一輛Mercedes。

一個男人：什麼型的？

一個男人：280SE，我相信。很漂亮。

一個男人：Mercedes，好車子。

一個女人：可是把車子開過來啊，管它什麼牌子。他會把所有人給殺了。

如戈：我要一輛Porsche。我說過了。

一個女人：叫警察去找一輛Porsche 來。不要討價還價，這人可是個瘋子，這是個瘋子。不替他找一輛Porsche 來不行。

一個男人：這種事，至少警察知道要怎麼辦。

一個男人：走著瞧。他們還是閃在旁邊。

（**大家走向警察。**）

一個男人：看看我們自己，我們其他老百姓。我們比他們更勇敢。

一個女人（**對孩子**）：小可憐，那隻討厭的腳有沒有讓你不舒服？

如戈：住嘴。我不要別人跟他講話。我不要他開口。你，給我閉上眼睛。不准動。

一個男人：那你呢，這位太太？你感覺怎樣？

太太：還好，謝謝，還好。可是我想我會更加這麼樣舒服的，要是你們閉上嘴巴回去你們各人家的廚房，回去擦你們家小鬼的屁股。

一個女人：她嘴硬。很硬。

一個警察（**在人群的另一頭**）：這就是車子的鑰匙。這是一輛Porsche。車子在這裏。你從這裏可以看得到。（**對大家**）：把鑰匙傳給他。

一個男人：你們自己給他啊。你們的職業，就是要殺人。

一個條子：我們有我們的理由。

一個女人：理由見鬼了。

一個男人：我自己，我不碰這串鑰匙。這可不是我的工作，我是一家之主。

如戈：我要斃了這個女的，然後往自己腦袋開一槍。我的命我一點也不在乎。我跟你們賭咒我沒什麼好在乎的。這枝槍裝了六顆子彈。我先斃了你們五個人然後再斃了我自己。

一個女人：他要動手了。他要動手了。走！

一個警察：不要動。你們會把他惹火了。

一個男人：是你們什麼事也不做把我們惹火了。

一個男人：不要讓他們爲難。讓他們行動。他們一定是有個計劃。

一個警察：不要動。（他把鑰匙放在地上然後撿起一根棍子，把鑰匙穿過衆人的大腿推到如戈的雙腳前面。如戈慢慢彎下腰，撿起鑰匙，放進口袋裏。）

如戈：我帶這個女人一道走。你們讓開。

一個女人：孩子得救了。謝天謝地。

一個男人：那這個女人呢？這個女人怎麼辦呢？

如戈：你們讓開。

（所有人讓開。一手拿著手槍，如戈彎下身去，從頭髮抓起孩子的頭，往他的脖子射了一槍。尖叫聲四起，衆人做鳥獸散。如戈一手拿著手槍頂著女人的咽喉走向汽車，公園裏面的人幾乎全跑光了。）

XI「交易」

「小支加哥」旅館的服務台。

老鴇坐著，小女生等在一邊。

小女生：我好醜。

老鴇：小鴨子，不要胡說。

小女生：我好胖，雙下巴，兩個肚子，乳房跟個足球一樣，說到臀部，幸虧是長在後面，所以看不到。可是我很肯定我的一定長得像兩塊火腿，每走一步火腿就左右搖晃。

老鴇：小傻瓜，不要說了。

小女生：我一定是長這個樣子，一定；走在路上，我看到跟在後頭走的狗，一隻一隻舌頭吐在外面，口水一滴一滴從嘴巴流下來。要是我讓牠們動手的話，這幾條狗就會像光顧肉攤子一樣跳上來啃我。

老鴇：小火雞，可是你想說什麼呀？你漂亮、你圓圓的、你豐滿、你有身材。你以爲男人會喜歡乾樹枝，一握在手中就怕會折斷的乾樹枝嗎？男人喜歡身材，小東西，他們喜歡握在手中飽滿的身材。

小女生：我想要瘦一點。我想變成一根一碰就怕會折斷的乾樹枝。

老鴇：哼，我可不想。再說，你今天圓圓胖胖的，明天可能就瘦下來。女人會變，在一生當中。女人沒有必要爲這個煩惱。我跟你一樣還是個小女生的時候，好瘦、好瘦，別人幾乎都可以看透我，皮包骨。乳房連個影子也沒有。我跟男生一樣扁。我很氣，因爲那時候我不喜歡男生。我夢想變得圓圓的，我夢想有個漂亮的胸部。我就裝了一個我自己用厚紙板做的胸部。不過男生一眼就看穿了，每次經過我面前，他們就用力用手肘撞我的奶子，把奶子撞扁。幾次過後，我就在胸部擺根針，這可把他們刺得哇哇叫，我說眞的。然後，你看，全身開始圓起來，豐滿起來，我挺高興。我跟你打包票，小鬼：你今天圓圓的，明天可能就瘦下來。

小女生：不管怎樣。我今天好醜，好胖，也不快樂。

（哥哥進來跟一個拉皮條的談話。他們沒看小女生。）

皮條客（不耐煩地）：太貴了。

哥哥：這樣東西沒有價碼。

皮條客：任何東西都有個價碼，你要的太高了。

哥哥：一樣東西要是可以定一個價碼，那也就是說這件東西不值什麼錢。換句話說價碼可以商量、降低或者抬高。我個人，我是抽象地定了一個價錢因爲這樣東西沒有價。就像畢卡索的畫：你幾時聽說過有人嫌貴的？你什麼時侯看過賣畫的打折拍賣畢卡索的畫？在這些情況下所定的價錢是一個抽象的概念。

皮條客：在這中間，由我的口袋跑到你的口袋裏的是一個抽象概念，我的口袋空空，我可不認爲是這麼樣地抽象。

哥哥：像這種空虛是塡得滿的。你很快就塡得滿，我的話錯不了，你很快就會忘記你付的價錢，這比你在這裏討價還價所花的時間還要短。我個人，我可不討價還價。你買走，要不然就放著。你做了今年最好賺的一筆生意，要不然就繼續過你苦哈哈的日子去。

皮條客：不要發火，不要發火。我要考慮考慮。

哥哥：考慮，考慮，可是不要花太多時間。我得送我妹妹回家。

皮條客：好，我買了。

哥哥（**對小女生**）：小母雞，你的鼻子發亮。你要記得補一些粉。（**小女生出去。兩個男人看著她離去。**）如何，我的畢卡索？

皮條客：我還是嫌貴。

哥哥：她會替你賺錢賺到你忘了她的價碼。

（**付錢。**）

皮條客：她什麼時候來呢？

哥哥：不要發火，不要發火；還有的是時間。

皮條客：才怪，沒時間了。你錢已經拿到手了，現在我要人。

哥哥：人是你的，人是你的，就好比她人老早以前就是你的一樣。

皮條客：現在錢到了手，你開始後悔。

哥哥：我一點也不後悔，沒有的事。我在想。

皮條客：你想什麼呢？現在可不是想的時候。你說，什麼時候？

哥哥：明天，後天。

皮條客：爲什麼不今天呢？

哥哥：對，爲什麼不今天呢？今天晚上。

皮條客：爲什麼不馬上呢？

哥哥：你生氣，你生氣了。（這時聽到小女生的腳步聲。）馬上，一言爲定。（哥哥逃到另一個房間去藏起來。）

（小女生入。）

小女生：我哥哥呢？

皮條客：他要我負責照顧妳。

小女生：我要知道我哥哥人在那裏。

皮條客：來，跟我一道走。

小女生：我不要跟你一道走。

老鴇：傻火雞，快聽話。妳哥哥的命令一定得聽。

（小女生跟皮條客下。哥哥走出房間，坐在老鴇的對面。）

哥哥：不是我要她來這裏的，老闆娘，我發誓。是她自己堅持的，是她自己要來這一帶工作的。她不知道在找那一個我不認識的傢伙，還非要把人找到不可。她很肯定在這裏找得到人。我自己，我可不要她這樣子。我看管她，絕對沒有其他哥哥像我這樣看管妹妹的。我的小雞，我的小寶貝，我從來沒有疼過任何人像這樣疼她。沒辦法，家門不幸。是她要來這裏的，我只不過是順著她。我從來不能不順著我妹妹。是不幸，找上了我們一家人緊追著我們不放。

（哭。）

老鴇：你可眞是令人噁心。

XII「火車站」

在火車站。

如戈：侯貝多・如戈

太太：你怎麼一直重覆這個名字呢？

如戈：因爲我怕忘記。

太太：沒有人會把自己的名字給忘了。這八成是最後一件人會忘記的事。

如戈：不對，不對；我就會忘記。在腦袋裏我看到自己的名字拼寫出來，越寫越不好，越來越不清楚，好像被擦掉了一樣；要讀出名字，我得靠得更近才行。我怕重新面對自己的時候不知道自己叫什麼。

太太：我不會忘記。我當你的記憶。

如戈（過一陣子）：我愛女人。我太愛女人了。

太太：女人再怎麼愛都不夠。

如戈：我愛女人，我愛女人，所有的女人。女人不夠多。

太太：那麼，你愛我了。

如戈：當然，因爲你是個女人。

太太：你爲什麼帶我到這裏來呢？

如戈：因爲我要搭火車。

太太：那Porsche 呢？你爲什麼不開Porsche 呢？

如戈：我不要別人注意我。火車上，誰也不看誰。

太太：那是要我跟你一起搭車囉？

如戈：不行。

太太：爲什麼不行？我沒有任何理由不跟你一道搭車。打從第一眼，你就不讓我討厭。我要跟你一道上車。再說，你心裏正是這麼想的，要不然你老早把我殺了或者乾脆丟在荒郊野外。

如戈：我需要你給我錢搭火車。我沒錢。我媽應該給我錢的，可是忘了。

太太：媽媽老忘了給錢。你打算上那兒去呢？

如戈：威尼斯。

太太：威尼斯？好奇怪的念頭。

如戈：妳知道威尼斯？

太太：當然。每個人都知道威尼斯。

如戈：我是在那裏出生的。

太太：妙。我一直以爲沒有人生在威尼斯，所有人卻都死在那裏。在那裏出生的嬰兒大概灰頭灰臉全身纏在蜘蛛絲裏。不管如何，法國把你淸乾淨了。我看不到灰塵的痕跡。法國是上好的淸潔劑。好得很！

如戈：我得離開，無論如何；我得離開。我不要被逮到，我不要人家把我關起來。處在這些人中間讓我發毛。

太太：發毛？要像個大男人。你有武器：你只要從口袋掏出來就會把人嚇跑。

如戈：因爲我是個男人所以會發毛。

太太：我可不會。你要我見識的所有場面，我都沒發毛而且我從來沒發過毛。

如戈：這正因爲妳不是男人的關係。

太太：你讓人搞不懂，搞不懂。

如戈：如果被逮到，我會被關起來。如果被關起來，我會發瘋。我反正瘋了，現在到處都有警察，到處都是人。我早就被關在人群中間。不要去看這些人，千萬不要看。

太太：我看起來像是要告發你的人嗎？傻瓜。要告發，我老早就去了。可是這些蠢貨讓我噁心。你倒是對我胃口。

如戈：看這些瘋子。瞧他們不懷好意的樣子。這些人都是殺手。我從來沒有一下子看到過這麼多殺手。他們的腦袋只要收到一個最小的信號就會彼此殺來殺去。我在想爲什麼這個信號不響，在那裏，就是現在，在他們腦袋裏。因爲他們每個人都已經準備好要殺人，他們就好像關在實驗室籠子裏的老鼠。他們想殺人，從他們的臉上可以看得出來，從他們走路的方式看得出來；我看到他們緊握在口袋裏的拳頭。我這人，我一眼就認得出殺手；他們的衣服沾滿鮮血。這裏，到處都有殺手；要保持鎮靜，不要輕舉妄動；不要看他們的眼睛。不要讓他們看到我們；要隱形。要不然，要是有人看他們眼睛的話，要是他們發覺有人在看他們，要是他們開始觀察然後看到我們，他們腦袋裏的信號會開始啓動，他們就會殺人，他們會殺人。

一有人開始動手，大家就會動手殺來殺去。現在大家只不過是在等腦袋收到信號而已。

太太：夠了。不要發神經。我去買兩張車票。可是冷靜一點，不然我們會引起別人注意。（過一陣子）：你爲什麼殺了他？

如戈：殺了誰啊？

太太：我的兒子，傻瓜。

如戈：因爲那是個流鼻涕的小鬼。

太太：誰跟你說的？

如戈：妳自己。妳說這是一個還在流鼻涕的小鬼。妳說他把妳當成白癡看。

太太：要是我自己，我倒喜歡被當成一個白癡看呢？我倒喜歡拖著兩條鼻涕的小鬼呢？要是我喜歡拖著兩條鼻涕的小鬼更勝於一切？更勝於大傻瓜呢？要是我什麼都討厭，除了拖著兩條鼻涕的小鬼呢？

如戈：那就應該說出來。

太太：我說了，傻瓜，我說了。

如戈：妳不應該不給我鑰匙。妳們不應該取笑我。我不想殺他，可是因爲Porsche 那個事件發生在前，後來一切就自自然然地按邏輯發生了。

太太：亂講。沒有什麼是自自然然按邏輯發生的；一切都不合邏輯。被你的武器抵住的人是我。

爲什麼是他的腦袋被你炸得鮮血四濺？

如戈：要是被炸掉的是妳的腦袋，妳的一樣也會鮮血四濺。

太太：可是那樣我就看不到我的腦袋了，傻瓜，我就看不到我的腦袋。我的血，我才不管，它不屬於我。可是我兒子的血，那是我自己輸到他該死的血管裏的，那是我的東西，血是屬於我的，別人不能隨便把我的東西四處亂灑，在公園裏，在一堆傻瓜的腳邊。我什麼也沒了，現在，隨便什麼人都可以踩在原來屬於我的唯一一件東西上面。明天早上園丁會清洗得乾乾淨淨。我還剩下什麼呢？現在，我還剩下什麼？

（如戈站起。）

如戈：我要走了。

太太：我跟你一道走。

如戈：不行。

太太：你連搭火車的錢也沒有。你連給你錢的時間也不給我。你不給別人幫你忙的時間。你就好像一把不時闔上的小刀被主人好好地收在口袋裏。

如戈：我不需要別人幫我。

太太：每一個人都需要別人幫忙。

如戈：不要哭。妳有一張一個女人要哭出來的臉。我討厭這種事情。

太太：你跟我說你喜歡女人，所有的女人；就算是我。

如戈：要是她們不擺出來一副快要哭出來的表情的話。

太太：我跟你發誓我不哭。

（她哭了。如戈走開。）

太太：你叫什麼名字呢，傻瓜？你說得出來嗎，現在？誰會爲你記住呢？你的名字你已經忘了，我很篤定。我是唯一一個，在這個時候，還記得你的名字的人。你不帶走你的記憶就要走了。

（如戈出去。太太依然坐著，看著火車。）

XIII「奧菲莉亞」❾

一樣的地點；晚上。

❾ 奧菲莉亞是莎劇《哈姆雷特》的女主角，爲哈姆雷特的戀人。但哈姆雷特在意外的情形下刺死她的父親，自此，奧菲莉亞即逐漸發瘋，最後溺死。在原作第三幕第一景，哈姆雷特在知道隔牆有耳的情勢下，裝瘋賣傻，向奧菲莉亞聲稱自己已不再愛她，並勸她入修道院以永保貞潔。

車站空無一人。下雨聲清晰可聞。

姊姊進來。

姊姊：我的鴿子在那裏？她被拖去什麼下流的地方？她被人關在那個可恥的籠子裏面？她被什麼變態和邪惡的動物圍在身邊？我要把妳找回來，我的斑鳩，我會一直找妳找到死爲止。（停一陣子。）雄性是世界上令人反胃的動物中最令人反胃的。雄性動物有一股讓我反胃的氣味。一隻陰溝裏的老鼠，一頭爛泥巴裏的豬，一股池塘裏死屍腐爛的氣味。（停一陣子。）雄性很髒，男人不洗澡，他們任自己分泌的髒東西跟噁心的體液積在身上，自己也不去蹤這些髒東西，好像這些是什麼寶貝似的。男人聞不到彼此的臭味因爲他們每個人都有同樣的氣味。就因爲這樣男人之間彼此常常來往，而且也常常找妓女，因爲妓女爲了賺錢，可以忍受這種氣味。我把她洗得這麼仔細，這個小女生。晚餐以前洗得這麼徹底，早上洗得這麼徹底，背部跟雙手用刷子刷，連指甲的下面也刷到了，每天洗頭，剪指甲，每天用熱水和肥皂從頭到腳全部洗乾淨。我把她保持得好像鴿子一樣地純白，我梳理她的頭髮好像梳理一隻斑鳩的羽毛。我用一個永遠乾乾淨淨的籠子保護她、守著她，讓她接觸到這個世界的骯髒、接觸到雄性的骯髒的時候，不會弄髒她毫無瑕疵的純白，她自己不會被該死的雄性氣味薰臭。後來是她的哥哥，這隻老鼠裏面的老鼠，這頭發臭的小豬，這個墮落的雄性把她搞髒了再把她拖到爛泥巴裏，抓著她的頭髮把她拖到糞堆裏去。我老早應該把這隻老鼠殺了，我老早應該把他毒死，我老早應該阻止他在我的斑鳩的鳥籠周圍打轉。我早就該在我的寶貝鳥籠四周裝上帶刺的鐵絲網。我應該一腳踩死這隻老鼠然後丟到油鍋裏面炸。（停一陣子。）所有一切都髒死了，在這裏，這整個城很髒而且住滿了雄性。下雨吧，再下，讓雨水稍微洗一下我那隻站在糞堆上面的小斑鳩。

XIV「逮捕歸案」

「小支加哥」一帶。

兩名警察。小女生夾在幾個妓女中間。

警察甲：你有看到什麼人嗎？

警察乙：愚蠢。我們的工作愚蠢。人一直站定在這裏好像兩塊停車告示板。還不如回去算了。

警察甲：這是很正常的。他是在這裏殺了警察的。

警察乙：正是因爲這樣。這裏是他唯一不會回來的地方。

警察甲：一個凶手總是會回去他犯案的地方。

警察乙：他會回來這裏？你憑什麼要他回來呢？他什麼也沒留下來，連個皮箱也沒，什麼都沒有。他又不是傻瓜，不像我們是兩塊完全沒用的停車告示板。

警察甲：他會回來。

警察乙：就這段時間，我們本來可以跟酒吧的老闆娘乾一杯啦，進去跟小姐們聊聊天啦，在四周圍散散步，在這些安靜、平靜的人當中走動走動；「小支加哥」是全城最平靜的地區。

警察甲：灰燼底下有把火。

警察乙：一把火？什麼火？你這人，你在那裏看到火？就是這些小姐也都很安靜、平靜跟一般老百姓一樣；嫖客在這附近逛好像是在公園散步一樣，保鏢在附近巡邏就好比書商在檢查是不是所有的書刊都在架上，有沒有人偷了書。你在那裏看到火？這傢伙不會回來這裏了，我跟你打賭，我跟你賭一杯老闆娘的酒。

警察甲：殺掉他爸爸以後他可是回家去過了。

警察乙：這是因爲他在家裏還有事情要處理。

警察甲：他回家有什麼事要處理？

警察乙：殺他母親。他一下了手後就沒再回去了。因爲這裏再沒有便衣警察可殺，他不會再回來了。我覺得自己像個白癡；我覺得我的手臂跟兩腿都生了根、長了葉子。我覺得整個人陷到混凝土裏面去。上老闆娘那兒乾一杯吧！這裏一切安安靜靜；每個人都安安穩穩地在散步。你見到有人看起來像是個凶手嗎？

警察甲：一個凶手從來看起來都不像是個凶手。一名凶手最初在所有其他像你、像我的人中間安安穩穩地散步。

警察甲：他一定是瘋了。

警察乙：按定義來說凶手是個瘋子。

警察甲：不一定，不一定。有好幾次我自己也差點想殺人，我也一樣。

警察乙：那也就是說，有好幾次你大概快發狂了。

警察甲：說不定，說不定。

警察乙：錯不了，一定是。

（侯貝多進來。）

警察乙：可是我絕對不會，就算發了瘋，就算是殺了人，我絕對不會再回去自己犯案的地方安安穩穩地散步。

警察甲：看那傢伙。

警察乙：那一個？

警察甲：那個在散步的，安安穩穩地，就在那裏。

警察乙：每個人都安安穩穩地在散步，在這兒。「小支加哥」成了一座公園，連小孩子也可以在這裏玩球。

警察甲：那個穿著軍服的傢伙。

警察乙：我看到了。

警察甲：他沒有讓你想起任何人嗎？

警察乙：好像是，好像是。

警察甲：簡直像是他。

警察乙：不可能。

小女生（看到侯貝多）：侯貝多。（她跑向他，吻他。）

警察甲：就是他。

警察乙：再沒有什麼好懷疑的。

小女生：我到處找你，侯貝多，我到處找你，我把你出賣了，我一直哭、一直哭，哭到變成大海中間一座好小好小的島，最後的一波海浪正要把我淹沒。我吃了苦頭，吃了這麼多的苦，我吃的苦頭塡得滿地球的深坑，火山也會滿得溢出來。侯貝多，我要留在你身邊；我要監聽你每一次的心跳、你胸腔的每一口氣；耳朵靠在你身上，我聽得到你身體齒輪轉動的聲音，我會監視你的身體就好像工人監察他的機器一樣。我會替你保守你所有的機密，我當你的秘密皮箱；我要當那口你存放機密的箱子。我會當心你的手臂，我會保養你的手臂不讓它生銹。你會是我的警探，和我的秘密。那我在你的旅途中，我是你的皮箱、你的挑伕和你的愛情。

警察甲（走近侯貝多）：你是誰？

侯貝多：我是個殺了父親、母親、警探跟孩子的凶手。我是個殺手。

（一群警察一擁而上。）

XV「侯貝多逐日」

監獄屋頂頂端，正午時分。

整場戲只看得見如戈一個人爬到屋頂上面去，其他人只聞其聲。獄警跟犯人的聲音夾在一起。

一個聲音：侯貝多・如戈逃掉了。

一個聲音：又來了。

一個聲音：可是誰看著他呢？

一個聲音：誰負責的？

一個聲音：我們像呆子一樣。

一個聲音：你是像呆子，沒錯。（哄堂大笑。）

一個聲音：安靜。

一個聲音：他有共謀。

一個聲音：不對，就是因爲沒有共謀，他總是有辦法溜掉。

一個聲音：自己一個人。

一個聲音：自己一個人，像個英雄。

一個聲音：要找人就去走廊的隱蔽角落去找。

一個聲音：他一定是躲在什麼地方。

一個聲音：他一定是縮在一個小房間裏面，混身抖個不停。

一個聲音：可是讓他發抖的人卻不是你。

一個聲音：如戈才不會發抖，你們算那根蔥。

一個聲音：在如戈眼裏，所有人都是蔥。

一個聲音：他跑不遠的。

一個聲音：這是一所現代監獄。沒有人有本事逃得出去。

一個聲音：不可能。

一個聲音：絕不可能。

一個聲音：如戈完了。

一個聲音：如戈可能完了，不過，就目前來看，他人正爬上屋頂而且你們根本不被放在他的眼裏。

（光著上身赤著雙腳，如戈爬到屋頂的頂端。）

一個聲音：你在那上面做什麼？

一個聲音：馬上給我下來。（巨大笑聲。）

一個聲音：如戈，你完了。（巨大笑聲。）

一個聲音：如戈，如戈，告訴我們你怎麼在監獄待不到一個小時的時間就逃掉了？

一個聲音：你怎麼逃的？

一個聲音：你從那裏逃的？拉我們一把。

如戈：往高的地方走。不要穿過牆壁去找出口，因爲，牆壁以外，還有其他牆壁，監獄總是在的。要逃要從屋頂跑，往太陽的方向逃。絕對沒有人會在太陽跟地面之間築一道牆。

一個聲音：那獄警呢？

如戈：獄警不算數。只要不看著他們就是了。反正，我一隻手就可以抓起他們五個人，一下子把他們打垮。

一個聲音：你那來的力氣呢？如戈？你的力氣從那裏來？

如戈：我往前走的時候向前衝，眼睛不看著障礙，就因爲不去看，障礙就自動在我面前倒了。孤單又強壯，我是頭河馬。

一個聲音：如戈，可是你爸爸，還有你媽。一個人不應該碰自己的爸、媽。

如戈：殺掉自己的爸、媽是正常的。

一個聲音：如戈，可是一個孩子；沒有人會對小孩子下手。一個人殺他的敵人，一個人殺能夠自衛的人。可是沒人會下得了手殺一個孩子。

如戈：我沒有敵人，也不攻擊別人。我沒存壞心眼想要去壓死其他動物，只是因爲沒看到才會一腳踩了上去。

一個聲音：你有沒有錢呢？藏起來的錢？

如戈：我沒錢，那兒也沒有。我不需要錢。

一個聲音：如戈，你是條好漢。

一個聲音：是歌利亞⑩。

一個聲音：是聖經裏面的大力士參孫⑪。

一個聲音：誰是參孫？

一個聲音：馬賽的一個小混混。

一個聲音：我在監獄認識的。一頭野獸如假包換。他可以同時揍扁十個人。

⑩ 歌利亞（Goliath）是舊約聖經中的巨人，最後爲大衛王所制服。

⑪ 參孫是舊約聖經中的大力士，爲當時對抗腓力士人（les philistins）的象徵人物。參見注釋⑥。

一個聲音：吹牛。

一個聲音：就憑赤手空拳。

一個聲音：錯了，憑著有力的下頷。再說他也不是馬賽人。

一個聲音：他跟一個女的發生關係。

一個聲音：一個跟頭髮有關的故事。大利拉⓬。我知道。

一個聲音：到頭來總是有個女的把我們賣了。

一個聲音：如果沒有女人我們就自由了。

（太陽往上升，閃閃發光，十分耀眼。忽然刮起一陣大風。）

如戈：看太陽。（院子裏完全靜下來。）你們什麼都沒看到嗎？你們沒看到太陽怎麼從這一頭移到另一頭嗎？

一個聲音：我們什麼也看不到。

一個聲音：太陽曬得我們眼睛很痛。太陽亮得使我們眼花撩亂。

如戈：有東西從太陽發出來，看。這是太陽的性器；風就是從這裏來的。

一個聲音：什麼？太陽有性？

⓬ 見注釋❻。

一個聲音：閉嘴！

如戈：搖一下頭：你們會看到它跟著你們一起轉動。

一個聲音：什麼在動？我自己，我什麼也沒看到在動。

一個聲音：在那上面，你怎麼能要什麼東西動一下呢？所有在那上面的東西，從開天闢地起就固定住了，而且釘得很牢，拴得很緊。

如戈：那是風的來源。

一個聲音：我們什麼都看不到了。光線太強。

如戈：把頭轉向東方，它就會往東方移動；同時，要是你把臉轉向西方，它會跟著你動。

（吹起一陣暴風。如戈搖搖晃晃。）

一個聲音：他瘋了。他會摔下來。

一個聲音：如戈，不要動；你會傷到你的臉。

一個聲音：他瘋了。

一個聲音：他會摔下來。

（太陽升高，亮得讓人眼花撩亂，彷彿原子彈爆炸一樣地亮。然後什麼都看不到了。）

一個聲音（尖叫）：他摔下來了。

「強迫欲念有個名稱」
——論戈爾德思之《在棉花田的孤寂》

一九九五年法國劇壇最轟動的演出是薛侯（Patrice Chéreau）二度自導自演的戈爾德思（Bernard-Marie Koltès, 1948-89）名作——《在棉花田的孤寂》❶。在法國全面叫好又叫座聲中，此戲巡迴全歐演出亦贏得無數掌聲，這就叫人不得不佩服導演的功力了。因爲與其說是個劇

❶ *Dans la solitude des champs de coton*，此戲由巴黎的Odéon戲院製做，假郊區的Manufacture des oeillets場地演出，由薛侯與Pascal Greggory分飾「商人」與「顧客」兩角。首演則是一九八七年一月二十七日於Théâtre des Amandiers de Nanterre戲院，由Issaach de Bankolé（「商人」）與Laurent Malet（「顧客」）擔綱。同年秋天此戲要再度重演時，Bankolé於演出前兩星期突然病倒，薛侯來不及找人替代，乃親自出馬扮演「商人」一角。

本，《在棉花田的孤寂》比較接近一場哲學論辯，劇情薄弱，角色心理著墨不多，且語言結構複雜，語意難以捉摸。導演能消化大段大段的法語論述，並且毫不減損原作的豐富喻意，讓聽不懂法語的觀眾亦能有所領悟，進而欣賞演技與演出，薛侯確是廿世紀劇場的重量級人物。

此劇劇情十分簡單：一名「商人」於華燈初上時分，在僻靜的街角，向一路過的「顧客」搭訕，試著進行交易。但耐人尋味的是，交易的內容從頭到尾始終未曾曝光，以至於顧客感嘆道：「你是這個生意人擁有這麼神秘的商品竟然拒絕透露商品爲何，況且我也沒有任何方法猜得出來，我自己則是這名買主心中有種慾望如此的神秘，居然連有所欲求亦不知情」❷（26）。一個半小時過後，生意未成交，兩人眼看著要大打出手，幕落。

到底，作者賣的是什麼東西呢？以新古典主義文體行文，全文句型複雜，意象繁富，語意婉轉。加上以仿哲學對話文體書寫，劇情以抽象論述發展，對話辯証的邏輯替代角色言行動機的分析，矛盾譬喻（oxymore）與似非而是的用語富詭辯色彩，這些書寫策略大大增加詮釋的困難程度。同時此劇的創作視野，也因此由可能的情欲交易情節，擴展至哲學辯爭層次，議題則由慾望、孤獨、交易，及於暴力與爭鬥等現代人生的重大命題（teorema，按Pier-Paolo Pasolini之

---

❷ Bernard-Marie Koltès, *Dans la solitude des champs de coton*, Paris, Minuit, 1986：26. 以下出於此劇之引文，皆直接於正文中標明頁數。

解）。然而，反諷的語調與滑稽詭異的比喻有時又讓人懷疑作者嚴肅的寫作宏圖。就書寫而言，全劇實爲一後設文本，藉言語決鬥的對話形式指陳溝通的困境與吊詭之處。

一、變動的角色身份

儘管抽象的論述看似不帶任何感情，《在棉花田的孤寂》其實具備所有戲劇化劇情引人入勝之特質，那就是扮演角色。從劇首唯一的劇本指示爲「交易」（deal）下了一個暗示不法勾當的定義之後，「商人」（Dealer）劈頭的第一句台詞不是自我介紹，而是分派角色（distribution）：「如果你走到外面來，在此時此地，這是因爲你希望得到一件你沒有的東西，而這件東西，我個人，可以提供給你」（9）。當下，說話者以交易商自居，並將聽話者置於有所欲求的買主（Client）身份。我們要知道，「商人」與「顧客」在文中皆未如此直呼對方，而且兩位主角的社會身份亦非編劇之重點所在。遭人在「從一道光到另一道光風險重重的行程上」半路攔截（60），顧客先是懷疑對方是個「會踏壞石板路面的野人」（27），繼則懷疑對話者是名怪盜（32）、喬裝的司法職員（33）、奸詐之徒（34）、疲憊的戰士（45）、乞丐（51）、小偷（34，51，53）等等，使他飽嘗卡夫卡式荒謬審判的痛苦。因此劇情是在一連串假設下進展的，雙方互相猜測對方的下一步動作，同時也在自度己身的心意趨向，真真假假，說話者其實有時亦不甚明白自己的內在渴求與外在波動的情勢。變動不居的身份轉換是本文言談情境戲劇化的先決條件。由此觀點視之，此劇大打出手的結局是一系列誤會錯解下難以避免的「下場」（Chéreau & Stratz, 1995）。

商人與顧客外表上看來一大一小，一喜歡回憶，還會提及童年庭訓，但成長過程受到壓抑，且心態封閉；另一位則是亡命之徒，反覆無常，拒絕談及家庭瑣事，童年生活亦似陰影幢幢❸。兩人的宇宙觀亦大相逕庭，一認爲世界位於一頭公牛頭角的尖端，且爲上天之手所托住，世界尚有均勢可言（37-38）；另一方則咬定，「我們的世界被置於三條鯨魚的背部，上下沈浮不定」，上天純屬虛構，只不過是「三隻蠢獸的任性」（46）。此外根據作者的想法，這兩人還有一重大差異：一黑一白❹。因此波動不定的雙邊關係增加全文心理懸疑的氣氛，並透露雙方溝通的瓶頸。

二、既凹陷又凸出的欲求與欲求之物

❸「好像一個睡在床上的孩子，小燈泡萬一突然滅掉了會大喊大叫一樣」（34）。又，依作者自白，商人與顧客的創作雛形，前者來自於玩blues的樂手，性格迷人地溫和，從不生氣，後者則如倫敦東區的punk，攻擊性強，行爲無法預料，叫人害怕（Koltès & Godard, 1986）。

慾望無疑是整齣戲的主題。單單在開場對話，商人就以不同的形式說了十一次「慾望」，而

❹ 戈爾德思認定商人是個黑人角色，據說是由於一黑一白兩個大男人相互交接，比較不易爲人「誤讀」爲同志尋歡的戲劇狀況。因此他對薛侯，一個白人，出飾「商人」一角一直難以釋懷。商人與顧客在此劇中的天生對立狀況，只要一名黑人與一名白人演員往舞台上一站，立刻看得出來，毋需多言。這就比如貓與狗無可理喻天生敵對的狀態（Koltès, “Home”, 1991：122-23）。因此戈爾德思向來堅持「商人」是個黑人。在劇本裏是有一些蛛絲馬跡令人如此聯想：如顧客問道：「不過天色要暗到什麼地步，你人看起來才比較不暗呢？」（14）；「晦澀陰暗」（l'obscurité）一詞被顧客用來形容商人的本質（25），語意雙關；面容白皙的顧客在商人眼中則宛如被拔過毛的母雞（36）；不同人種有不同的氣味，因此顧客「個人的味道」不爲商人所熟悉（47）；而且一如黑人的思考模式，商人強調「應該以人的外衣來判斷一個人」（58），換句話說，應該以人的成就，而非以其膚色或者身世，來評價一個人（Chéreau & Stratz, 1995）。不過，上述論點皆爲需要經過詮釋的間接証據，因此薛侯是有理由以白人身份出任此角，此舉亦凸顯此劇所論爲普遍之人生狀況。需要費這麼多功夫來討論角色的膚色問題，這是因爲戈爾德思向來認爲黑人角色即使位居他的劇本世界的邊緣，也仍然是全劇的靈魂人物（Koltès, 1990：123-24）。擅自以白人演員出飾他的黑人角色總會搞得他火冒三丈，甚至不惜以禁演做爲威脅，參見（Der Autor hat dit totale Freiheit！）Auszüge aus einer kuriosen Diskussion mit Frankreichs erfolgreichstem Dramatiker der achtziger Jahre, *Theater Heute*, May 1990：5-8。

顧客也說了七次，在第一次回覆中。有所欲求讓這兩個男人「在無法界定的此時與此刻的無邊寂寞裏」碰在一起（52）。商人佔了地利，先行出擊，顧客爲了自保也不甘示弱，一一釘準對手的論點，嘴硬地加以否認（Verneinung），甚至援引生物物種分類、重力定律、地理形勢、氣候狀況等自然規律來加強自己的論述，輕易不透露自身心理起伏的曲線（Chéreau & Stratz, 1995）。就這個視角來看，劇一開始即存在於雙方的敵意亦是自保的手段之一，以免溫情湧現，先行輸了陣勢。

那麼，這究竟是一種什麼可怕的慾望呢？從全劇多次出現的性比喻來看，同志情誼是呼之欲出的潛在主題，這也是薛侯一九九五年演出的出發點。商人一開頭就表明他擁有的貨色是個「必須隨便找個對象擺脫的重擔」（9）。在確定對方炯炯的眼神有「閃動的慾望」之後，商人「幾乎是深情地」走向買主（10）——「這名買主還保持一陣子自己神秘的身份就好像一個長大後要被調教成妓女的小處女一樣」（11），然後商人提醒他的顧客：買、賣「雙方皆有欲求與欲求之物，同時既凹陷又凸出」，比起「雌、雄之別更爲公平」。甚至，商人直呼顧客爲「憂鬱的處女」，在向對方保証「塡滿體內的盆地，鏟平體內的丘壑之後」，二人可以「心滿意足」地分道揚鑣（12）。輪到顧客反駁，他直斥對方揹負的重擔「肉眼可見」（14）。他的欲念，「就算有」，要是說出來，會讓對方「臉孔發燙」，「尖叫一聲把雙手收回」，還會逼人「逃之夭夭」（15）。

作者從開場雙方交鋒的對白即暗示愛欲交易的可能性，以至於顧客稍後會承認在猜到這層意思後，「體內的童貞突然覺得受到侵犯」（19-20），「自己像一棵樹被一陣無來由的大風吹得東倒西歪甚且連根拔起」（27）。在下文中作者更用了不少透露性欲的象徵，例如讓人發癢的電梯（16）、突破夜色的光線（15）、等著被解凍的冰鎮火苗（16）、跳到母馬身上的公馬（21）、不宜出借的長褲（37）等等。「娼妓」（18）、「妓院」（18）、「皮條客」（26）、「性器」（32，35）更是公然提及，這些字眼暗指全劇不法交易的背景。性別不確定的情欲讓顧客「好像站在那些喬裝改扮成女人再又僞裝成男人的人妖面前，到頭來，沒有人再搞得清楚性器在那裏」（32）。商人則接著明白表示：人的性器在經過長期的等待之後，「絕對不會藏在一處明確的所在，而會是在別人不會翻找之處讓人見到」，「就好像交替的季節本身」界於兩個季節之間，這種事僞裝不了（35）。這番說明意在証實顧客的假設，然而安撫之意在先，因此商人緊接著說：「不過一項假設不值得教人驚慌」（35）。

三、發言強勢的爭奪

在富麗的詞藻底下，商人與其顧客其實皆按「默契」行動，雙方皆聽得懂對方的「雙關語」（7），兩人才可能談得下去。然而兩人卻都不肯明白道破，深怕如此一來立即屈居下方，雙方言談關係自始即捲入強勢爭奪戰中。然而經過十六度口舌交鋒，雙方都在對方注意觀察的眼神下，無意中暴露了己身的缺憾，也逐漸意識到「他者」的存在。商人雖然始終保持出擊者的姿勢，且以自信與自傲的供貨者自居，可是若非己身有所不足，換句話說，有所欲求，何嘗需要苦苦推銷「只有結合慾望的外在形式才可能存在」的貨物（26）？眞正有所渴求者恐怕是商人自己，卻把責任推給對方。最後，商人也意識到自己的匱乏，他的確是「什麼也沒的拿出來」（50）。

從顧客的角度出發，他從頭到尾嚴陣以待，拒不承認「有任何慾望也沒有什麼慾望可以推荐」（15），並且舉出各色公理或原理來掩護自己的「心慌意亂」（19）。同時，他也逐漸嚐到慾望「荒蕪」的苦楚，因此「期盼這種有所欲求的感覺」（43）。在堅拒的過程中，顧客的欲念漸被挑起，如同露出唇角的口水卻硬生生地給呑回去，狼狽的模樣盡入觀者眼裏（29）。顧客責備對方玩弄他的愛欲，挑起之後，不收拾善後人就揚長而去，譬如「一個怪賊晚上潛入果園裏面去搖晃果樹，水果卻也不撿起來人就走了」（32）❺。稍後有意無意地，顧客甚至透露有一種自己不知情也不承認的慾望，像鮮血一樣流出他的體外（33）。

❺ 按薛侯的詮釋，原來顧客於此時下意識地等著被人硬上，因期望落空，而覺得受到冷落（Chéreau & Stratz, 1995）。

可怪的是，每每在節骨眼，商人似乎不敢承接對方殷切的盼望，馬上縮回自己設定的商人角色，強調買賣的必要而不想言及其它，只再三表示「因爲不惜任何代價我都得賣掉，而且不惜任何代價你都得買進」（44,53）。以至於顧客態度轉強，明言沒有情感回報對方，因爲「情感只能與其類似的東西交換」，「這是一宗以僞幣進行的假冒生意，一宗窮人仿冒的生意」（49-50）。言下之意，情感的交換太便宜了。顧客最後得的結論是沒有愛這回事，而且只有「血將我們結合在一起」（60），未來式的語態宣佈可能即將爆發的武力衝突（Chéreau & Stratz, 1995）。

四、不可告白的秘密與孤獨的況味

假設上述詮釋站得住腳的話，爲何作者要費這麼多手腳包裝呢？這個問題觸及戈爾德思作品結構的特色以及創作的心路歷程。就結構而言，戈爾德思的每部作品皆有未給答案的秘密。此劇更是神秘到家，交易是開宗明義挑明的主題，其性質與內容卻隱而未言。這種去除中心（décentrement）的情節結構自然與作者不信任心理詮釋的態度有關，所以戈爾德思向來只交待劇情的進展，而不解釋原因。

然而若試圖透過角色心理動機的解釋來推測創作的心路歷程，《在棉花田的孤寂》可能另有

隱情。正如作者在一次訪問中所表白，同性戀的確不是驅使他創作的原動力❼。可是戈爾德思一

---

❻ 如《黑人與狗的爭鬥》以一具屍體爲佈局焦點，卻沒有人清楚黑人堅持要這具屍體的眞正目的何在？同理，在以系列殺手爲主題的《侯貝多．如戈》一劇，沒有人知道主角爲什麼要殺人？有關戈爾德思劇本的秘密構局及其可能之意義，見Christophe Triau, *Bernard-Marie Koltès : Une dramaturgie du secret*（Mémoire de maîtrise, Université Paris III, 1993）。正因爲不落言詮，此種創作方式必然造成下文所述之去除中心的情節結構，有關此重要論點，見François Regnault,（Passage de Koltès）, in *Nanterre Amandiers : Les années Chéreau* 1982-1990（Paris, Imprimerie Nationale, 1990 : 324-29）。此外，若從作者的視角來看，戈爾德思認爲編劇者只應交待劇情過程，但不要強作解人。就像在日常生活中，偶然望向窗外，我們只會注意路人的動作，卻不會一直揣測別人的行爲動機，因爲我們猜測的答案「很可能無啥出奇而且不周全，最後落得錯誤百出，充滿偏見」。所以編劇，重要的是要看：角色有行動意願後，如何行事？行動過後，引發何種反應？這些動作與反應，對主角的內心有何啓示？對主角週圍的角色有何影響？（Koltès, "Un hangar à l'ouest", in *Roberto Zucco, suivi de Tabataba*, 1990 : 115-16）

❼ 作者曾於訪談中明白表示：「我個人的同性戀不是我能恃以寫作的堅固磐石。我的慾望是我創作的基礎，當然囉，但不是在同性戀慾望這個特別層面上」（Koltès & Prique, 1983）。遍觀戈爾德思的著作，唯有在作者自認的第一部成熟劇作《夜晚就在森林前面》中，曾公然提及雞姦者（pédé, Koltès, 1988 : 33），其餘均不見此主題明白地書寫。

碰觸這個題目，與惹內（Jean Genet）大聲擊節的態度完全相反，戈爾德思總是萬分保密，而且不惜使用種種障眼手段（去除中心的佈局方式、古典語彙與文體等等），以期讀者只能意會，不能言傳，甚至比普魯斯特（Proust）拐彎抹角的寫法還要隱密❽，絕無欲蓋彌彰之虞。因爲這個讓顧客發燒的目標，這只能對著大樹告白，或者是面對監獄的牆壁，「或者是在棉花田裏散步的孤寂，赤身裸體，於深夜時分」（31），這種難以啓齒的慾望，與人的性器「熬過孤孤單單靜坐的時間以後」會緩緩移位有關（35），一種難以告白的深沈孤獨之感乃油然而生。對惹內而言，這層深度孤寂心態肇因於「秘密的創傷」，人之特異來自於此，且凡人皆如此❾。在戈爾德

❽ 正因爲隱密，所以讓人疑疑惑惑，不敢肯定同性戀是否爲本劇的主題之一。以薛侯如此熟悉戈爾德思劇本的人也要等到去年，距首演（1987）已過八年，才敢正面處理這個主題。不過，要強調的是，慾望對戈爾德思來說絕對不等同於同性戀，本文的第五部分將述及此問題。再者，妄自從作品去揣測作者的創作心境確是不合時宜的分析手段，但《在棉花田的孤寂》是一齣如此抽象的「戲」，若要扮演令人可信的角色，心理分析必不可免。本劇心理起伏曲線既不明顯，薛侯動腦筋從作者創作的心路歷程去尋找可能的詮釋線索亦情有可原。然而，這只是一條可能的詮釋途徑，而非絕對的意義，因此同志情誼亦只是薛侯演戲的面相之一而已。

❾ 見Jean Genet，（Le secret de Rembrandt），（L'atelier d'Alberto Giacometti）（*Oeuvres complètes*, vol. V., Paris, Gallimard, 1979：34 & 52-53）；（Ce qui est resté d'un Rembrandt déchiré en petits carrés bien réguliers, et foutu aux chiotes）（*Oeuvres complètes*, vol.IV, Paris, Gallimard, 1968：19-31）。

思文中，同性戀這個主題表面上看不出來，卻隱隱約約宛如創傷一樣秘密地藏在冠冕堂皇的文字底下，劇情進展的心理動力即來自這個不可告白的孤獨慾望（Triau, 1994：55-60）。戈爾德思嚴密保護他內心的隱私，將它視爲重要的秘密看待，不輕易示人，因此文字只記表面論述而已，角色的深層心態有待挖掘。

撇開可能的愛欲糾纏，「在棉花田的孤寂」其實亦是現代孤寂心靈的寫照。全劇發生在偏僻荒涼的街角，白日將盡，夜色漸次入侵，四處只見高樓大廈，人跡絕蹤。兩位主角位居社會邊緣的身份亦流露隔絕的氣息，而且是因爲「無邊的寂寞」才讓這兩個男人相互接近（52），一發不可收拾的話語，恐亦是極端寂寞之餘的反應。更重要的是，這個「在棉花田的孤寂」的超絕意象帶出一般生命體獨對宇宙的寂寥之感。此戲的兩位主角皆非以個人實體或社會代表人物面目登場，而毋寧是以哲學論述的擬人化身份發言。此種抽象化戲劇角色的手段使全文跳出鋪敘小我個人孤單的範疇，而擴及觀照視野遠較深廣的一般孤獨命題。更何況兩位主角亦以巨人之姿發言，其個人個性或生平在文中只餘蛛絲馬跡可察，但發言力道卻可上天入地，並及於宇宙萬物，威力驚人。商人與顧客之所以相遇後極力攻防，恐怕正因對方所言皆中心坎。兩人心中其實早已洶湧澎湃，相遇前即如同兩艘大船，在各自的暴風海域上勉力前行。甫一相碰，那衝撞的猛烈遠超雙方馬達的威力（Koltès, 1995）❿。更震撼人心的是，戈爾德思的世界沒有救贖，沒有其它出

❿ 這原是戈爾德思於一九九〇年四月七日在寫給Hubert Gignoux的信上針對少作《苦澀》（*Les amertumes*）所發之意見，其實亦頗能狀述戈爾德思戲劇主角的特質。

路，無邊的孤寂之感乃更形尖銳（Lanteri, 1994b：314）。由此觀之，此劇結局的生死殊戰乃爲無法避免的衝突。

五、「強迫欲念有個名稱」

以哲學論述觀點視之，商人與其顧客據特定議題進行辯論，一正一反，雙方論點實爲一體之兩面，缺一不可，以求對立消弭（Aufhebung），達成共識。這其中，慾望無疑是焦點議題。如同商人所自白，他並非「來這裏給人樂子，倒是來填滿欲念的深淵，來喚起欲念，強迫欲念有個名稱，把欲念拖下地面來，給它一個形狀和重量」（29）。悲哀的是，顧客的心田長期荒蕪，連「有所欲求的感覺」亦僅能依稀彷彿地在下意識掠過，而難以捉摸得到。不明確的欲念或荒蕪的慾望正是現代人的窘境。所以，雙方得就欲念的生成辯論起，將之歸類，再賦予實體，希望能夠因此具體得到滿足，藉此填補心靈深處模糊但堅持的渴求，「慾望的念頭、目標、價碼與滿足之道」因此條列在雙方辯論的議程上（43）。

據此，兩位主角的慾望，一方面接近弗洛依德所講的下意識慾望，此種慾望與童年消除不掉的記憶緊密相關，另一方面，拉岡對慾望更深入的分析拓寬我們觀照的視角。拉岡把慾望界定於「需索」（besoin）與「欲求」（demande）二者之間的差距。對拉岡而言，「需索」鎖定特定目標因此容易解決，「欲求」主要是訴諸他人，尤其是愛的需渴更是基本欲求。慾望則並非一種需索，因爲慾望的目標不見得爲一實體物，而是對目標起了幻想（fantasme）。慾望亦非僅僅是一種欲求，因爲慾望會強要對方加以接受與承認。界於需索與欲求之間，拉岡的慾望既實又虛，頗能道出心靈想望難以明言之處，愛欲更是拉岡慾望的基本訴求（Lacan，1957-58）。

六、「一宗以僞幣進行的假冒生意」

這場生死攸關的辯論是在開場白所提示的不法交易下展開的。「交易」向來是戈爾德思最慣用的佈局策略⓫，在此劇中更是挑明的情節主幹。然而實際買賣並未成交（賣方攞不出貨物，買

⓫《黑人與狗的爭鬥》圍繞著無法達成協議的屍體交易打轉，《侯貝多・如戈》全戲即爲一連串的交易，其第十一場戲即稱之爲「交易」；不只是小女生被賣入妓院爲一筆交易，如戈以其名姓換取小女生的處女膜亦是交易（第三場），貴婦人在公園中以汽車抵孩子的性命，如戈則以孩子脅迫警察（第十場）等等，皆爲交易動作。將人視爲交易法碼，固然令人不寒而慄，這卻也是資本主義社會的強勢心態。值得注意的是，戈爾德思喜以交易關係處理所有的人際關係，因爲他認爲這樣處理比較接近實情（Koltès & Hotte，1988：107）。

主想不出需求！），倒是雙方你來我往做了一場言語的交換／交易（échange），以言易言，怪不得買方最後要忿而指控說這是「一宗以僞幣進行的假冒生意」（49）。

以買、賣關係來看待人際關係是消費社會的應接邏輯。而談生意，自然是因爲慾望，或不明慾望在作祟之故，這是作者佈局高明之處。商人與顧客藉交易機緣接近對方，以商業語彙、策略與應對大談現代人生議題，所以一位可以儘管推銷，另一位正巧有理由百般拒斥，兩方皆有立論的根基與反駁的空間，現代哲學的辯証可以奠基於此商業交易／語言交換的邏輯上，可見語言如李歐塔所言，在後工業時期已被轉換成商品了。此劇哲學對話所夾帶的重商訊息，則充份透露資本主義滲透語言的結果（Lyotard, 1984 : 82）。

雙方爾虞我詐的交接心態更顯示詭辯的色彩：商人最後明言要注意生意人有禮貌的「表象」（54），顧客最後亦不諱言自己心口不一（59）。在交易的關係中，「施捨與人以及無功受祿皆不正經」（53），因其均違反買、賣的原則。而在戈爾德思的世界中，交易一旦進行，即使無法成交，也有商談的帳目要付（54-55），這是個不買不行的消費世界。

七、人、獸野蠻相爭的暴力背景

爲什麼不買不行呢？因爲暴力是雙方所恃亦所懼之後盾。綜觀全劇，雙方情感或許曖昧不明，但是敵意，以及繼之而起的恐懼，恐懼挨對方的拳頭，卻再三明白表示，且雙方皆然。這是都市叢林生存競爭的必然結果。全文不下36回使用動物意象以經營嚴酷的存活氛圍，且人、獸相爭的比喻，如音樂的主導動機（leitmotif）一般，貫穿全文⑫。其它涉及暴力的譬喻，如踩碎紙條的靴子（22）、即將出手的耳光（23）、擊中頭部的瓦片（24,25）、通電的柵欄（25）、神秘的武器（30）、可能流出的鮮血（32）等等，隨著劇情的急轉直下，越來越不加掩飾，因爲「兩個人交錯而過除了動手以外沒有別的選擇」（47）。最後在確定毫無轉圜的境況下，顧客明

⑫ 我們以本劇劇首商人第一回合台詞爲例：商人的首句台詞即點明，兩人相遇的時刻爲「人類與動物野蠻相爭的時刻」。在第二句話，人、獸相爭的比喻越來越兇猛；商人一開始再次重覆使用人、獸相爭的比喻，然後說到自己走近買主，「把動物跟人類留在底下的路上拉扯各自綁住的皮帶，雙方齜牙裂嘴野蠻地向對方示威」。把顧客的欲望比擬爲秘密包裹以後，第四句話又再次提到因爲有所欲求讓人或獸走到外面來，「不顧不滿的動物跟人類野蠻地嗥叫」。下一句話的公道觀念亦以人、獸對立做比喻。商人第一回說話的結論，除第三度回響「在這個人與獸低沈嗥叫時分」的動機以外，並明白說到生意若成交，「在不滿天生爲人與天生爲獸的人與獸之間我們心滿意足」。類似的說話策略在下文一再使用，因爲商人算準了人、獸之爭這個古典比喻可大可小的可能威力，希望在對方心目中造成不同程度的心理威脅，希冀此舉有助於交易的談判（Lanteri, 1994b：146）。

白問題：「那麼，用什麼武器呢？」（61）這個暴力充斥的戲劇世界讓人聯想到「消費社會」的日常生活實景（Baudrillard, 1970：278-88）。

再者，上述的獸類意象與暴力語意，方便兩個口舌爭逐者，以語言替代武力，先行較勁。因此雙方辯詞組織即有決鬥的架勢：進攻、反擊、閃躲、聲東擊西等動作歷歷在目，毫不含糊（Saada, 1994：88）。戈爾德思著墨的是從文鬥到武鬥以前的劇烈衝突過程，肉搏的場面則隱而未寫，決鬥的可能性因此更顯懸疑，但文鬥的激烈亦不在話下。

八、華麗眩目的後設文本

最後卻最引人注目的是，《在棉花田的孤寂》爲後設書寫的傑作。全文結構宛如一書寫自省的過程，自我反思並反射語意生產的策略與歷程。譬如巴洛克式的屋頂雕飾，精心琢磨的長句華麗眩目，完美的形式與高超的寫作技藝教人忽略難以掌握的內容。以至於這場交易辯爭的目的似乎只在於言語組織的高下之分，著眼於無懈可擊的造句、對比的命題、黑格爾式的辯証邏輯，以及整齊對稱的立體意象，「對話」只是種欺人耳目的假象（trompe-l'oeil）。書寫策略站在寫作的第一陣線上，精緻耀眼，奪人耳目，但亦如同巴洛克式眩麗的螺紋雕飾花樣，靠前去欣賞即頓失所指涉的幻象（Pavis, 1990：100）。矛盾的修飾比喻，以及似非而是的論調，更助長曖昧語意的滋生蔓延。全劇完全未對外指涉，未涉及任何特定的歷史與社會時空，因此形成一封閉的文本，自成一體，自我觀照，帶著後現代的外觀。全文書寫爲一尋找語意的行程（Ibid.）。

以戲劇溝通觀點視之，商人與顧客雖然聲稱難與對方溝通，實則二人不僅心領神會（否則對話不可能談得下去），且樂於大費口舌，充份「逞口舌之快」（否則毋需長篇大論）。只不過這個溝通層次亦在後設階段，例如開場白所指出的，買、賣雙方得「藉著默契、暗號或雙關話」進行接洽，因此心生懷疑、誤會或者故意曲解的狀況也就難以避免。直抒胸臆既不可能，溝通的暗礁必然漸次浮現，雙層溝通有其語意曖昧的陷阱。全文對語言溝通的目標、手段與情境有另番反省，與「荒謬劇場」以降凌虐語言的做法大異其趣⑬。

⑬ 戈爾德思一向認爲劇作家的第一要務在於「打造語言」（fabriquer du language），意即遣詞造句務必再三琢磨，使其盡善盡美，至於一般關心的劇作想像力是否豐富的問題，相較之下倒還在其次（Koltès & Han, 1983：34）。因此在作者其他較易讀的劇本中，戈爾德思較接近日常生活的對白看似平凡、通俗，甚且極端顯而易見，其實是既文又白，充份呈現書寫琢磨過的痕跡。再者，他認爲眞正的戲劇對白是一場辯論，性質類似哲學的辯論，只不過過程迂迴進行（détourné），角色通常未直接回答問題，雖然答覆是深受對手言語刺激的結果。（此法自然是上文所述「去除中心」的佈局手段之一。）而且他偏愛獨白，《夜晚就在森林前面》全文就是一個長達63頁的句子！因此寫「對白」時，其實是兩段獨白併置一處後的衝突（Koltès & Guibert, 1994：18）。

以上僅就《在棉花田的孤寂》一劇做初步分析，進一步的分析需要更長的論述篇幅。以《在棉花田的孤寂》如此艱深難讀的劇本都能同時吸引衆多的觀衆與讀者，足證現代戲劇創作的空間其實甚廣。重點在於劇作家要能有所突破，不管是就情節佈局、角色塑造、文字處理、場景安排任何一方面而言。創作原不必拘泥於既定的寫作窠臼之內。更重要的是，寫作觸角要挖得夠深且廣，如此方能準確地抓住當代人生的重大議題並加以深刻地反省。至於實際搬演的困難則交由舞台工作者去煩惱，劇本創作不宜受制於舞台搬演的成規。放眼當代戲劇表演的里程之作，大半都是向不可能挑戰後的成績，薛侯所導之戲即爲佳例。

不同凡響的戲劇世界——

以《黑人與狗的爭鬥》開幕戲論戈爾德思之寫作技巧

「說到底，戈爾德思是唯一一位讓我感到興趣的新劇作家。」

——海納・謬勒（Heiner Müller & O. Ortolani, 1994：12）

戈爾德思以不流俗的寫作手段傳遞他個人的人生與世界觀。舉凡劇情佈局、角色塑造、場景安排與對白書寫各方面，戈爾德思皆能有所突破，另闢編劇蹊徑，並且對當代人生的觀照夠尖銳、夠深刻，這嶄新的創作局面，使他的創作在在展現不同凡響的魅力。我們已在前文勾勒出戈爾德思戲劇世界的全貌，此文則以《黑人與狗的爭鬥》開幕戲爲題材，分析作者在編劇技巧上的新獻。

※從戲劇語言下手

要在「話劇」的範疇有所突破，最根本之道，當然是從戲劇語言下手，因爲文字是劇作家創作的唯一工具，戈爾德思自然深明此理。「重要的是」，他在論及編劇時說到，「在於人們說的話所產生的效用……在戲院裏，這是最根本的要點」❶（Bataille，1988：27）。言下之意，藉由言語所引發的戲劇動作，意即一言一語同時對說話者與聽話者所產生的作用與反應，遠比由於佈局而激發的實際身體動作來得重要。正因爲對口語（gesprochene Sprache）感到興趣，他方才提筆編劇。一落筆，與其是在交代故事，倒不如說是在琢磨角色說話的方式（Sprechweisen）。他把角色的話語當成是佈局的一種元素（Handlungs element）運用（Koltès & Merschmeier，1983：10）。由於每個人說話都有獨特的方式，一旦戈爾德思琢磨出角色講話的方式，戲劇人物於焉誕生，他這才眞正開始編劇情，先分別設想個別角色可能的命運，據此寫下成篇累頁的臺詞❷，最後才想辦法把這些個別的命運兜在一起組織成一齣劇本

❶ （L'important，c'est ce qui se passe dans ce que disent les gens……Au théâtre，c'est l'essentiel……）

❷ 有興趣的讀者可參閱《黑人與狗的爭鬥》一劇後面所收錄的「筆記」（（Carnets de *combat de nègre et de chiens*）F，109-26），其中收有許多作者最後未放入定稿中的角色臺詞。

（Stratz & Benhamou, 1994：22）。因此，是角色的話語激發戲劇狀況的發生，而非由劇情進展先行決定台詞的內容（Bataille, 1988：26-27），因此片段短景跳接的劇本結構是可以逆料的書寫形式。

舉個令人難以置信的例子，在《黑人與狗的爭鬥》一劇中，黑人索屍這條劇情主線，是到了劇本近乎完稿的階段，才添加進來的情節骨幹（Koltès & Guibert, 1994：17）！薛侯說得好，假使我們認定「劇本」（drama）就是「動作」（action）的話❸，《黑人與狗的爭鬥》一劇稱爲「劇本」有點勉強，因爲此劇主要的戲劇動作——索屍，在全劇的第二句台詞即因還不出屍體，而無法有所進展，直到最末了，才以無言的黑人抗暴行動畫面作結束。然而此劇的「動作」正在於其話語（parole）的活動上，這是一種活動的、被撕裂的、斷裂的與做作的話語，一種不停想隱藏恐懼而說的話，遠兜遠繞地說出口，以避免去面對心底連想都不敢想的暗藏念頭（Chéreau, 1983）。證諸此劇三個白人所說的話，薛侯確是一語中的；此戲角色的言語已然具動作的實質。如本劇最需要說謊的伽爾（Cal），他面對奧恩（Horn）露骨地訴說他對狗的溺愛，其實想說的是自己對女人的渴望。再說到伽爾面對黑人的態度，劇中這具失蹤的黑人屍體，其實無所不在地存在他的心底，變成一種揮之不去又難以面對的焦慮代替品，因此屍體的處置才

❸ “Drama”（劇本）一字在希臘原文即爲「動作」（action）之意。

會如此大費周章，彷彿一場夢魘。所以戈爾德思會承認自己的對白並不「寫實」（réalist），好像閒話家常般地眞實，可是欲「具體實在」（concret），因爲實際地把角色的思維程序訴諸言語（Koltès & Guibert, 1994：18）。

※凸顯語言論述策略的對白

基於上述的書寫方式，戈爾德思「龐大的文本」（texte énorme）以文字稠密著稱（Müller & Ortolani, 1994：12）。維納韋爾（Michel Vinaver）即指出，在戈爾德思的字句之間，形式與內容合而爲一，各式情感、念頭、轉瞬即逝的衝動、大可擴及宇宙的主題，以獨特的方式發展，故事、人物、時空全由對白的字裏行間透露出來❹，思緒與未來或發生衝突或合而爲一。人類的所有狀況以及靈魂的所有活動，構成「當下」這個必要的時刻，這就是戲劇的現在式，這就是「戲劇」❺。

簡言之，戈爾德思的戲劇言語先於一切，先於佈局、人物塑造、劇作思想、音樂與演出❻。這並不是說作者的寫作動機不會由一段故事（如《返回沙漠》❼）、一種情境（《達巴達巴》與

❹而非反之而行，預先設定好故事、人物與劇情時空，再由此出發書寫對話的內容。

《夜晚就在森林前面》）、一名人物（《侯貝多・如戈》）、一個狀況（《黑人與狗的爭鬥》）、一處地點（《西邊碼頭》）、一種思想（《在棉花田的孤寂》）而挑起，而是說其繼之的書寫過程，可說是完全受到角色對白的摹寫而左右；角色的話語決定故事進展的方向、透露其思維脈絡與基本個性，戲劇空間濃縮並引伸戲劇情境的意涵，壓縮的戲劇時間帶出劇情的張力，

---

❺（Ce qui se passe, dans la matière même du texte koltésien vu au microscope, c'est un incessant phénomène explosif, d'ordre poétique, par lequel l'action progresse, indépendamment de toute causalité. C'est dans l'agencement d'une réplique à l'autre, et des phrases et des mots à l'intérieur d'une même réplique, que se découvre, fond et forme ne faisant qu'un, un jeu tout à fait singulier des passions et des idées, des pulsions fugitives et des grands thèmes universels, à partir duquel une histoire se raconte, des personnages se constituent, des espaces se délimitent et se croisent, des passés et des avenirs entrent en collision ou fusionnent. Une durée se catalyse à partir du passage des instants disséminés. Un présent s'impose, fait de toutes les situations humaines et de tous les mouvements de l'âme. C'est le présent théâtral même, c'est *le théâtre*）（1994：10）.

❻ 假使我們按亞里斯多德論希臘悲劇創作的六大要素、及其先後重要性來論的話。

❼ Cf. Koltès, "Cent ans de l'histoire de la famille Serpenoise"（1988）.

而《侯貝多・如戈》一劇的延伸時、空，則強調主角不斷失落的行止，如戈在人生的旅程上無以爲家。

其實，戈爾德思的書寫方式亦反映當代劇本書寫的趨勢。如法國學者優貝爾絲費爾德（Anne Ubersfeld）即指出：當代劇本的寫作重點較少置於人物思想與情感的衝突上，以書寫策略而言，意即較少關注說話內容的衝突，倒是較常注意到語言本身的衝突，因此創作時著力於語言論述策略的運用、角色話語的加工（travail）、以及角色說話方式的琢磨，其實角色的言語，無時無刻，不「再次處理」或「改變」說話的狀況與其人際關係（1982：283）❽。就當代

※維納韋爾的「劇本書寫」分析

❽ （De plus en plus, l'écriture théâtrale contemporaine montre une sorte de déplacement par rapport au contenu même du discours ; l'accent, dans le théâtre tout récent, est mis beaucoup moins sur les conflits d'idées et de sentiments, sur ce qui est dit, et beaucoup plus sur les conflits de langage, la stratégie propre du discours, le travail de la parole des personnages, et la manière dont elle 'retraite' et 'remodèle' à tous les instants la situation de parole et les rapports des protagonistes）.

劇本書寫而言，角色話語的論述策略與形式，比起論述的內容，更不容忽視。

維納韋爾在《劇本書寫》（*Ecritures dramatiques*）的第二章即以《黑人與狗的爭鬥》之開幕劇爲主題，深入分析其寫作策略。維納韋爾所作的分析鞭辟入裏，充份說明了上述當代劇本書寫策略的特質，茲摘要簡述如下：

1. **九重葛花叢的後面，薄暮時分。**

奥恩：我看到了，打老遠，樹的後面，有人。

這是劇中兩位主角首次接觸。舞臺指示標明接觸的地點是在室外，靠近一株熱帶植物，時間則在黑夜初降之際。奥恩的話雖既無歡迎語氣，亦無敵意，但透露一種警戒的心態。他顯然是從遠處走過來，然後停下腳步以便說話。他覺得有必要知會對方自己並未被嚇到。或許這是他打招呼的婉轉方式？或許這句話也是對他自己說的？我們無從知曉他是否能淸楚地看到對方，或者只是感覺到對方的存在而已。這句話帶出埋伏以待的懸疑氣氛。此句語言節奏明顯，能喚起人一種行進的感覺，說話者好像是走在一處野蠻荒蕪的地域上，腳步靈活隨機以應萬變。

2. **阿爾佈理：先生，我叫阿爾佈理；我來找屍體，他的母親想把樹枝放到屍體上面已經去過工地了，先生，但是沒有，她什麼也沒找到；他的母親會整夜在村子裏面轉，不停地嚎啕大哭，如果別人不還她屍體的話。一個可怕的夜晚，先生，因爲這個老太婆的嚎叫聲沒有人睡得著；我就是爲了這件事上這裏來的。**

整段話畢恭畢敬，莊嚴盛重。阿爾佈理先有禮貌地自我介紹，然後通報來意，再接續一段尋屍的的叙事（récit）以交待通報（annonce）的動機，最後以預言（prophétie）做結（嚎啕哭聲會擾人整夜不得安眠）。阿爾佈理的任務就是來解決村民的睡眠問題，索屍之事無關感情，要不是緊湊的、斷續的說話節奏，讓人懷疑到說話者未訴諸言語的情感（「但是沒有」，「一個可怕的夜晚」）。我們現在多知道了：說話者的名字、對話的兩個人彼此不相識、有個人死在工地上、有個村子在附近、有位母親宛如安提岡妮一樣，想爲死去的兒子盡到禮數。村子與工地成爲兩極地域。奧恩的第一句話實際上是轉彎抹角地催告（sommer）阿爾佈理現身接受偵詢，阿爾佈理不卑不亢的回話，以一名非洲黑人面對白人頭子的情況而論，隱含攻擊之意。

3.**奧恩：是警察，先生，還是村子派你來的？**

奧恩並未理會阿爾佈理的任務，亦未反擊，只是避開衝突，以二者擇一的方式，詢問對方的底細。因此，發生衝突的地域除了村子與工地以外，又多了警察。不知道警方在此扮演何種角色？

4.**阿爾佈理：我是阿爾佈理，來找我兄弟的屍體，先生。**

彷彿沒聽到問話似的，阿爾佈理也沒有回答問題，只再度自我介紹並說明來意。除了多交待了他與死者的兄弟關係以外，這句話是第二回話語的變奏，句法簡單、鄭重，語調肅穆。

5.**奧恩：一起可怕的事件，是的；一樁不幸的摔跤意外，一輛不幸的卡車開得飛快；司機會依法**

究辦。儘管三令五申工人還是很不小心。明天，你會拿到屍體；我們不得不把屍體送去醫院，稍微整理一下，還給家屬也比較好看。請向家屬傳達我的歉意。我向你表示我的歉意。眞是不幸的事件！

死亡事件成爲一樁「意外」，死者則是「屍體」，言談主題的焦點刻意被模糊化。「一起可怕的事件，是的」看起來好像是回應阿爾佈理第二度表白所說的「一個可怕的夜晚」。事實上，奧恩從「一個可怕的夜晚」所暗示之**未來**下半夜所可能出的狀況，滑動到「一起可怕的事件」的**過去**「意外」。因此他並未真的回答問題。奧恩在耍言語的把戲，想不著痕跡地拖延交還屍體的時機。以主管回覆的形式包裝，這段話聽來冠冕堂皇，實際上語意打轉、滑動，往往說著說著，又回到原出發點並且自我重覆。奧恩固然又給了許多新的劇情訊息，但是正因爲他說話的狀況不穩定，讓人對這些訊息的可信程度起了戒心。

6.阿爾佈理：不幸，對；不幸，不對。如果他不是工人，先生，他的家人會把他的腦袋瓜埋了然後說：「少了一張吃飯的嘴。」說起來也還是少了一張吃飯的嘴，因爲工程就要結束了，再過不了多久，他反正就不再是個工人了，先生；所以很快就會少了一張吃飯的嘴，所以不幸不會拖得太久，先生。

阿爾佈理先是回應了奧恩所說的「不幸的事件」，再令人驚訝地以同樣的字眼加以否認（「不幸，不對」）。接著他反省這個死亡事件的價值（好或壞？），以二擇一的取捨方式，詰問工資有無的影響，末了以未來有無工資之選擇比較做結。這段話道出黑、白兩個世界不同的價值與人生觀。阿爾佈理說話的冷淡態度呼應奧恩的無動於衷，好像爲了雙方接觸順利進行，他也必需要淡化事件，低調處理死亡這個主題。不過阿爾佈理原是個寡言之人，這裏一下子說了這麼密的話，可見其情緒之矛盾（ambivalence）。

總括這六回的開場對話，戈爾德思並未照編劇慣例開啓劇情。通常，劇甫開始，劇作家會安排兩位角色一來一往地迅速交代劇情背景，大量供給劇情發展所需要的基本訊息，讓劇情可以開始往下發展。戈爾德思則是在迅速且直接點破劇本的主題之後，即凸顯角色說話的方式、每句話對聽話者所產生的壓力、以及兩人對話勢力的調整。儘管未起正面衝突，阿爾佈理是站在攻擊的位置，奧恩則守住陣線，只答應第二天還回屍體（雖然村子是希望能當夜拿回屍體以止住老婦人的哭泣）。雙方皆確認對方的論點，這是爭鬥的前奏。

7.奧恩：你，我倒是從來沒在這裏見過。來乾一杯威士忌，不要停在樹的後面，我幾乎看不見你人。先生，請過來坐。這裏，在工地上，我們跟警察還有地方政府的關係好得不得了；我很滿意。

這一番話說得好像前面的話都沒說過似的。這是消除衝突之舉，同時也泯除對方上門索屍的正當理由。這個黑人或許沒什麼大不同，兩個人爲什麼不能坐下來喝一杯呢？他請阿爾佈理「過來坐」，是爲了把獵物趕出它的巢穴嗎？爲了解除對方的武裝？或者是因爲奧恩怕起來了？怕陰影，怕樹的後面還藏著其他人呢？要建立人際關係必須看得到人，他定要對方走過來他這邊。

8.阿爾佈理：從這個工程開始動工起，村子裏的人就常說到你。我就對我自己說：「眼前有個機會就近看到白人。」，先生，我還有很多事要學，我那時候就對我的靈魂說：「跑去聽個夠，跑去看個飽，不要漏掉任何你要見識的東西。」

禮尙往來，阿爾佈理也好似未聽到奧恩的邀請一般，自說自話，好似在透露心中的什麼秘密，以博取對方的同情，證明自己的坦白與謙虛。這番話亦可視爲說話者（阿爾佈理）盤旋於獵物（奧恩）上方的觀望性話語。不管如何，阿爾佈理不僅未如預料地回到索屍的話題上，而且表現得與奧恩毫無瓜葛似的；似乎爲了與奧恩攀談，他正好有這些話可說。先不考慮說話的動機爲何，這一番話亦道出了二者文化的差距（阿爾佈理把靈魂神秘化，變成可以差遣的小卒）。

9.奧恩：不管怎樣，你的法語說得很好；當然囉，英語跟其他語言就更不在話下；你們這裏的人，個個都有非凡的語言天份。你是公務員嗎？你有公務員的水準。再說，你知道的事情比說出來的要多。說起來，這些都是不小的恭維。

所有回答的可能性都被堵住了，奧恩怎麼辦呢？他爬高一點俯瞰情勢，並且也開始兜起圈子。這兩個人不再是兩頭藏身在草莽之中、伺機攻擊對方的野獸，倒似兩隻飛禽，在各自的高度繞圈打轉。這回輪到奧恩扮演阿諛者的角色。

10.阿爾佈理：恭維很管用，在一開始的時候。

阿爾佈理坦然地接受恭維，正面回答問題，同時令人吃驚的是，他站在上風。

11.奧恩：奇怪。通常，村子會派一個代表團來找我們然後事情三兩下就解決了。通常，事情搞得比較盛大不過進行得很快：八到十個人，八到十名死者的兄弟；我通常很快談好交易。對你的兄弟來說這是樁悲劇；你們這裏每個人都叫做「兄弟」。他的家屬要一筆賠償金；我們會給，當然囉，給有權要求的人，如果，他們不獅子大開口的話。但是你，話說回來，我肯定還從來沒見過你。

這番話把時間拉遠，假設這起屍體失蹤的事件，如奧恩所言，爲「意外」事件的話，那麼這起「意外」屬於經常發生在工地上「正常的」意外事件。換句話說，「奇怪」的不是工地出了意外，而是意外過後的後續事件未按正常程序進行。奧恩說了三次「通常」，其中兩次在句首，這更顯示意外—代表團—議價—付款的交涉程序，是工地意外事件通常的處理過程。此外，「兄弟」一詞對白人與黑人有不同的意義。屍體失蹤已夠惱人了，現在不見代表團前來討價還價，卻只見到一名黑人過來交涉，奧恩的思緒整個被擾亂了：他說話時會從一個主題跳到另一個主題，可見心底之紛亂，他會再次重覆說過的話語也就不足爲奇了（「悲劇」、「還從來沒見過」）。

12.阿爾佈理：我個人，我只是來要回屍體，先生，並且一拿到我人就走。

把主題對焦，阿爾佈理說得好像既不在乎死者，也不想進行交涉或討價還價，他只想把這具屍體帶走。

綜合第七至第十二回的對話，劇情又回到原始出發點上。這期間儘管奧恩想了辦法避開話題，也請對方過來喝酒，阿爾佈理則巧妙地避開邀約，並在應付奧恩之餘，重述他堅決的要求，並保持兩人談話的距離以抬高談判的籌碼。

13.奧恩：屍體，好好好！你明天就會拿到。請原諒我的激動；我有天大的煩惱。我太太剛剛才到；她整理行李整理了好幾個小時，我沒辦法知道她的第一印象。有個女人在這裏，這可是天大的騷動；這種事我不習慣。

奧恩再次重彈第五句話的老調，答應明天交出屍體，只是誇張地連說了三次，好多少混淆視聽，因爲「明天」是交不出屍身的。接著我們知道奧恩表現失常可能另有原因，除了黑人「意外」事件的處理爲未循慣例以外，奧恩意外地有私人煩惱。出乎意料之外的倒不是奧恩的太太來訪，而是他居然把這種內心的隱私向外人——一個陌生的黑人——告白。爲什麼呢？爲了像他第七回說話時那樣，要個言語的把戲，好將談判的主題消掉？或者是當眞如此地心亂如麻，以至於隨便碰到什麼人皆可吐露心事？此處尙無法判斷，然而太太來訪這回事，與黑人造訪一樣，讓他很不「習慣」。

14.阿爾佈理：很不錯，有一個女人，在這裏。

跟在第十次回話時一樣地心平氣和，阿爾佈理以亘古的眞理回覆了問題，他的語意讀似清楚透明，心意卻令人難度。阿爾佈理有沒有可能在諷刺白人這種公然自白私人隱私的方法？甚至有點幸災樂禍？

15.奧恩：我剛剛才結婚的；才就是剛剛；其實，我可以跟你說，這事甚至還沒完全煮成熟飯，我是指形式上。可是結婚，先生，還是一個大的變動。我對這些事情一點也不習慣；我很煩惱，看不到她人從房間裏走出來搞得我神經不安；她在裏面她在那裏面，而且整理東西整理了好幾個小時。我們喝一杯威士忌等她吧，我會跟你介紹；我們小小慶祝一下然後，你可以留下來。不過先過來桌子這邊；那裏幾乎沒有光線了。你知道，我的視力有點弱。走出來吧。

奧恩似乎未聽到阿爾佈理的回話，他繼續告解，可是越來越亂，思緒無法連貫，話語一再重覆。兩種焦慮奇怪地糾纏不清，甚至合而爲一：女人不願踏出房間，黑人不願走出陰影之外。女人的拒絕現身令人聯想到阿爾佈理未明言的拒絕。同時，奧恩仍然繼續在混淆言談的主題，邀阿爾佈理過來喝酒，好暴露在明亮的白人地盤上，黑/白畛域因此與暗地/光線之別重疊。所謂的「螺旋式」語言論述至此看得十分清楚：思維邏輯迂迴盤旋而進，對白根據幾個定點蜿蜒發展，充分呈現思維之擺盪狀態。

16.阿爾佈理：不可能，先生。看那些警衛，看，就站在那上面。他們監視工地也監視外頭，他們在看著我，先生。如果看到我跟你平起平坐，他們會懷疑我；他們說獅子窩裏的活山羊信不得。

不要對他們說的話生氣。當一頭獅子要比當一隻山羊體面多了。

這是兩人碰頭以來，頭一次有人正面表示反對意見：「不可能，先生」，這句話，與奧恩的「好，明天」交還屍體的敷衍語句，形成對比。反對意見會出於黑人之口頗不尋常，並且無任何挑釁意味。阿爾佈理拒絕的動機是出於受警衛監視之故，可是這些警衛是黑人還是白人？他們是站在黑人或是白人這邊？或者是高高在上，他們白人和黑人一起監視，以防止雙方交接？無論如何，在此通敵是項重大過失。文末所引之諺語突出了黑白溝通的禁忌，說話者同時亦可名正言順地，順勢藉機，請對方不要動氣。結尾的恭維（「恭維很管用，在一開始的時候」）也解決了話首反對對方提議的衝突。

17.奧恩：話是這麼說，他們到底讓你進來了。要想進得來需要一張通行證，照一般情形，或者是代表官方政府正式出面；這些規定他們清楚得很。

奧恩退了一步，並未揭穿阿爾佈理上一句話有所隱瞞之處。事實上這段話讓我們了解到奧恩心慌意亂的另一個原因：阿爾佈理有何神通，竟然能直搗戒備森嚴的白人地盤呢？我們因此也更能體會到奧恩為何要一再請對方乾杯的心意，勸酒也是解除對方武裝的方法之一。

18.阿爾佈理：他們知道不能讓那個老太婆哭一整個晚上，還有明天一天哩！要想辦法安撫她；不能讓全村子的人整晚睡不著，要想法子滿足人家母親的心願把孩子的屍體還給人家。他們很清楚，他們這票人，為什麼我要來這裏。

這是連續第三度台詞以「他們」爲主題，我們還是不知道「他們」的立場爲何，不過倒是猜得到「他們」也是黑人，而且知曉村子裏出了什麼狀況，阿爾佈理個人負的任務因此可以爲他們所接受，因此他們閉上眼睛讓阿爾佈理闖關。這一段話是第二回台詞的重複與變奏，可是意義更遼闊，同時意志更堅定。

從第十三至第十八回的台詞來看，主題在黑、白地盤之間擺動，言談主題也不時被拉開，角色的台詞顯現處於意外狀態下的言語動向（Vinaver, 1993：51-66）。

限於篇幅，我們跳過第十八回以後的台詞分析，而跟著維納韋爾反省從幕啓至第十八回對話的整體寫作結構。本劇主要的情節動作一方面是按情節邏輯發展（因一起工作「意外」而引發後續的交涉過程，並由此往前交代索屍的動機）；另一方面在同時，情節動作以偶發的語言衝動鋪展，字句似乎毫無章法地以爬行（reptation）、話語併置（juxtaposition）和交疊（chevauchement）的方式組織。因此整體來看，情節發展有因果脈絡可循，同時卻也充滿隨機的變數。台詞的混合寫作章法透露了這雙重的佈局動作，既合乎邏輯又充滿隨機變數。

再者，戈爾德思藉由語言「做」了許多事。首先攻擊/反擊（attaque/ riposte）只出現在引文的第十五/十六回台詞。對一齣以「爭鬥」爲題的戲來說，這毋寧是場奇怪的爭鬥。因此之故，另一個爭鬥會用得到的動作——閃躲（esquive）——就必不可少（第五與第十三回台詞）。似非而是地，接近對方的動作（le mouvement-vers）居然多過攻擊之舉，共出現了三次（第七、九以及十四回台詞），照道理說，應該是攻擊多於親近對方的動作，方可稱爲「爭鬥」。除此之外，阿爾佈理在第八與第十六回台詞引述他人之言（citation），並三次「聲明」所信賴的教條（la profession de foi）藉以明志（於第六、十和十四回台詞）。雙方的個別立場、決定及用意「通告」則需五度表白（於第二、四、五、十二與十三回的台詞），這種情勢顯示雙方態度仍待溝通。過去的「叙述」在第二、五和十三回台詞說了一點。「召喚」（interpellation）語句通常帶有命令的語氣（第七、十五與十六回台詞），有時迂迴而行，亦可以直陳語句表達（第一回台詞的言下之意是：「現身吧！」）

在個別的語句以外，語句的重覆/變奏是本文的結構特色之一，因此形成回聲（在字音層面上）或鏡面反映（l'effet-miroir，在字義層面上）的效果。久而久之，這就聚成了一種反射的混合音響（réverbération），將彼此不協調的文本材料混爲一體，這是本劇語句給人最強烈的感覺。另外，在一問一答的「扣合」（bouclage）關係上，戈爾德思使盡了所有可能的形式：或有問必答或半吞半吐、或立即回應或拖延時間、或答非所問、或乾脆充耳不聞。這許多不同的「對話」可能性是影響本文語言行進節奏快慢的重要因素。

從主題軸（axes thématiques）來看：

埋伏在樹的後面/把樹枝放在屍身上、

不幸的事件／不幸不會拖得太久、

過來白人桌子這邊／保持距離、

被看到／看不到、

慣例／例外、

心亂如麻（dérangement）／理出頭緒（rangement，此處指劇中女人整理行李而言）、

光線／陰影、

室內／室外。

這八條主題軸大半與空間結構相關，可見空間架構在戈爾德思戲劇所佔的重要地位。主題網路密集，並清楚地呈兩極化反應，角色言語所飽含的能量與凝聚的張力，係出自於此互成對立的兩極發言位置（Vinaver, 1993：76-80）。

※獨白的傾向與多語空間

以上簡述維納韋爾對《黑人與狗的爭鬥》一劇開場戲的對白分析，對於戈爾德思戲劇書寫的特質想必已然作了充份說明。或許由於從話語出發去創作之故，戈爾德思的戲劇人物從早期就有

自言自語的習慣，其後獨白在每齣戲皆佔一席重要之地。有時戲劇人物看似在對話，其實是各說各話，如《侯貝多・如戈》的第六場戲「地下鐵」，如戈與迷路的老人即在自說自話。「獨白」形式有時容或不這麼明顯，「詠歎調」（aria）的結構卻屢見不鮮（Müller & Ortolani, 1994：12），意即角色說著說著（以便交代劇情），突然話鋒一轉，長篇大論起來，彷彿歌劇中的主角開始唱起詠歎調來，把劇情進展先行擱置一旁，藉詠歎調的特殊音樂組織，從容不迫地細述不明朗的思維。

談到外語的書寫，德語、瓦羅富語（《黑人與狗的爭鬥》）、歧楚阿語（quêchua，一種南美印地安語）、西班牙語（《西邊碼頭》）、阿拉伯語（《返回沙漠》）、義大利語（《侯貝多・如戈》）是戈爾德思用到的外語，同時作者多半不在劇本中附上法語翻譯。這倒不是意味著法國人的外語程度好，而是作者故意保留的外語空間。這衆聲喧嘩的語言環境突出當代社會的國際性（cosmopolitisme），多種語言或被迫、或自發地共存於同一空間。說外國話當然亦有逃避現狀之意，如蕾翁妮之說德語（Saada, 1994：87）。也有的角色訴諸母語以自衛（如阿爾佈理說瓦羅富語）。至於以瓦羅富語與德語進行的愛情對話（第九場戲）有何況味呢？演過蕾翁妮的女演員大都認爲這場戲是最美的愛情戲之一。值得注意的是，談情說愛之事在戈爾德思的世界中極爲罕見，有的話，也大都經過處理，讀者需要細讀文本，方能體會情意所在。由此亦可見戈爾德思對訴諸言詞的感情問題——戲劇的最佳題裁——極不信任。

※去除中心（décentrement）的情節結構

最後，我們論及以語言爲主，而非以高潮迭起的故事，或情感豐盛的主人翁，爲戲劇創作中心的佈局結構問題。綜觀戈爾德思作品，其情節通常不僅簡單到一言即可蔽之，並且在開場對白即直截了當地點破主題。可是自此以降，情節並非佈局的重點所在，因此在《黑人與狗的爭鬥》一劇，我們雖然一開始就得知黑人向白人索屍爲主題，卻始終不明白黑人眞正的動機何在？白人爲何會還不出屍體❾？奧恩到底站在哪一邊？又在《侯貝多·如戈》一劇，如戈的系列謀殺爲情節骨幹，可是殺人的動機卻是個無解的謎題。《在棉花田的孤寂》於開場白就明白道出此劇的主題爲交易，交易的性質與內容卻始終隱而未言。此即所謂的去除情節中心的戲劇結構，而將寫作重心轉移至稠密的文字組織上（如上文維納韋爾之分析所顯現的緊密劇本文字結構），將言語對話當成情節進展的動作，而非藉言語交談鋪敘發展劇情。圍繞著簡單與中空的情節主幹，是複雜的情節網，在不明行爲動機的主要戲劇動作壓迫之下，角色之間彼此搭建關係，在不同的地域上謀求出路，雖然這些角色的心理動機多半亦是暗示多過於表白（Regnault, 1990：324-29）。

❾ 如奧恩所言，去弄一具黑人的屍體來充數並非難事。

這一切全拜言語之功。

因此之故，海納・謬勒要宣稱戈爾德思是在新編劇潮流中唯一一位讓他感到興趣的劇作家⑩。因爲其他的劇作家大抵以佈局見長，但劇情故事在謬勒來看卻是戲劇中最乏味的環節，所以他認爲最好模模糊糊交待劇情始末，或者乾脆不說故事（Müller & Ortolani, 1994：12），如此方能跳出傳統的劇本創作窠臼。戈爾德思的劇本就是最佳例証。

---

⑩ 謬勒本人在不懂法文的情況下，曾於一九八六年根據Maria Gignoux-Prucker 所提供的德文「粗譯」（"Rohübersetzung"）本，再度「翻譯」戈爾德思的《西邊碼頭》，這個二度翻譯本自然不盡詳實，因此連同謬勒的翻譯方式，一併受到德國劇壇頗爲嚴厲的攻擊。戈爾德思向來重視自作中每個字的斤兩，這回卻出面爲謬勒大力撐腰。戈爾德思是不懂德語，無法親自判斷德語譯本的成績，可是他認爲謬勒是位詩人，因此「有權」順著詩人的特殊語感翻譯《西邊碼頭》，以彰顯法文原文的節奏與韻律。爲了替謬勒背書，他甚至揚言此後要禁止其它德語譯本的演出與發行。戈爾德思這項激進的決定自然使得這二度翻譯事件吵得更加厲害，參見F. Heibert, "Kennen Sie den Fingerspüler？Zur Geschischte eines（drohenden）Stück-Mords. Was die Verdeutscher Heiner Müller und Maria Gignoux-Prucker aus Koltès' neuem Stück *Quai Ouest* gemacht haben？"，*Theater Heute*, no.11,1986：19-25；H. Rischbieter, "Gegenrede"，*Theater Heute*, no.11, 1986：25。

所以，有經驗的導演皆極端重視戈爾德思的文本，甚至到一個逗點、一個分號、一個冒號、一個句點、一個破折號之間的語氣差別必須聽得出來的地步。導演並且得仔細推敲每一場戲言下之意的眞正「情結」何在，以及場景之間所可能發生的事情，因爲戈爾德思大半不用幕次組織情節藉以發展長時間的連續戲劇狀況，而是以短景跳接方式呈現斷片的戲劇狀況。

※入侵地盤與交易買賣

儘管每部作品皆不相同，入侵他者地盤，與繼之而起的強權爭奪和交易斡旋動作，是作者典型的佈局策略。黑人侵入白人警衛森嚴的地盤以達成屍體的交易（屍體到手，黑人即離開工地）；「顧客」闖入「商人」的地盤觸發欲望交易的契機；侯貝多・如戈入侵不同的地盤殺人，系列的交易買賣是全戲的情節支線。由侵犯他者地盤點燃發言強勢的爭奪，可見象徵意味濃厚的場景，在戈爾德思劇中所佔的重要地位。這些高度寓意的場景，彌補了人物心理背景交代不足的缺憾，並將全劇提昇到觀照視野較廣的象徵層面。發言強勢的爭奪是戈爾德思對話能量的來源，因此他的戲劇人物彼此關係緊張劇烈，即使恭敬與謙虛的阿爾佈理亦意在佔有對話上風的態勢。至於交易，更是戈爾德思最顯眼的佈局手段，交易關係甚至可說是他的戲劇角色的人際關係。大多數的劇作家狀摹戲劇人物之間的愛恨情仇，戈爾德思則寫其交易買賣／語言交換（échange）

之實，足見劇作家觀察我們這個「消費社會」入微之處。說到底，所有的情感交換，不也是一種交易嗎？

以上就《黑人與狗的爭鬥》開幕戲論戈爾德思的寫作新獻，希望能對讀者有所助益。戈爾德思初展露頭角時曾表示自己未來的寫作目標是：「我只希望，有朝一日，能用最簡單的字，好好地叙述我所知道最重要、並且是說得出來的事情，一種欲望、一樣情愫、一處地點、一些光線和聲響，總之是我們世界的任何一隅同時共屬所有人所有」（Han & Koltès, 1983 : 37）。這是戈爾德思劇作最言簡意賅的聲明。他的作品通常讀來極爲顯而易見，似無啥出奇，倘未深入分析，絕難看出其不同凡響之處。這一切皆有賴讀者細心解讀，慢慢體會，則其深締必然次第湧現，令人回味無窮。

戈爾德思著作目錄

（若完稿與出版年代不同，則於括號中註明完稿的年代）

Les Amertumes（1970）《苦澀》

La Marche（1971）《行程》

Procès ivre（1971）《狂熱官司》

L'Héritage（1972）《遺產》"*Das Erbe*", trans. Simon Werle, *Theater Heute*, n ◦ 2, 1992, 49-57.

Récits morts（1973）《死亡記述》

Des voix sourdes（1974）《低沉的嗓音》

La fuite à cheval très loin dans la ville（1976）《策馬遠遁城中》Minuit, 1984.

Sallinger（1977）《沙林傑》Minuit, 1995.

La nuit juste avant les forêts（1977）《夜晚就在森林前面》。Minuit, 1988.

Combat de nègre et de chiens（1979）《黑人與狗的爭鬥》。rééd. Minuit, 1990.

Quai ouest《西邊碼頭》, Minuit, 1985.

Dans la solitude des champs de coton（1985）《在棉花田的孤寂》。Minuit, 1986.

Prologue（1986）*et autres textes*（1986, 1978）《楔子以及其它》。Minuit, 1991.

Le Conte d'hiver.《冬天的故事》。Trans. Minuit,1988.

Le Retour au désert《返回沙漠》。Minuit,1988.

Roberto Zucco（1988）《侯貝多·如戈》suivi de *Tabataba*（1986）《達巴達巴》Minuit,1990.

戈爾德思的重要文章Koltès, Bernard-Marie.

1988. " Cent ans de l'histoire de la famille Serpenoise ", *L'Ampli*, supplément du *Républicain Lorrain*, le 27 octobre, 2.

1990. " Un hangar, à l'ouest ", *Roberto Zucco*, *suivi de Tabataba*. Paris, Minuit, 109-24.

1991. " Home ", *Prologues et autres textes*. Paris, Minuit, 119-23.

1994. " Le dernier dragon ", *Alternatives théâtrales*, n°35-36, février, 57-63.

1995. " Lettre à Hubert Gignoux ", Programme de *Dans la solitude des champs de coton*. Paris, Odéon-Théâtre de l'Europe, n.p.（La date originale de la lettre ：le 7 avril 1990.）

電台訪談

Koltès, Bernard-Marie & Attoun, Lucien. 1990. " Juste avant la nuit ", émission de France

Culture, diffusé le 14 avril.（L'entretien a eu lieu en 22 novembre 1988.）

戈爾德思重要訪談記錄 Koltès, Bernard-Marie.

——& Prique, Alain. 1983. "Portrait：Bernard-Marie Koltès *Combat de Nègre et de chiens*", *Gai pied, le* 19 *février*.

——, Planchon, R., Godard, C. & Cournot, M. 1983. "*Bernard-Marie Koltès, oeuvre：Combat de nègre et de chiens*", Arts et Spectacles Région Rhône-Alpes, *Le Monde*, mars, 8-15.

——& Han, Jean-Pierre. 1983. "Des lieux privilégiés", *Europe*, n°648, avril, 34-37.

——& Merschmeier, M. 1983. "Afrika ist überall", *Theater Heute*, n°7, 10-11.

——& Boudon, Delphine. 1986. "La très belle fin du théâtre：Bernard-Marie Koltès", *La Gazette Française*, , n°25, avril, 4.

——& Godard, C. 1986. "Mille Façons de rire", *Le Monde*, le juin 13.

——& Godard, C. 1987. "On se parle ou on se tue", *Le Monde*, le janvier 12.

——& Godard, C. 1988. "Pour faire rire", *Le Monde*, le septembre 28.

——& Gostaz, Gilles. 1988. "B.-M. Koltès：'J'écris des pièces, pas des spectacles'", *Ac-*

teurs ,3e trimestre,61-66.

——, Matussek, M. & Festenberg, N. (von) . 1988. " Ich fühle mich völlig verraten, Gespräch mit dem dramatiker Koltès über seine Stücke und ihre Inszenierungen " ,*Der Spiegel*, October 24, 234-41.

——& Hotte, Véronique. 1988. " Des histoires de vie et de mort ". *Théâtre/Public*, n°84, novembre/décembre,106-10.

——& *Theater Heute*. 1990. " Der Autor hat die totale Freiheit ! " : Auszüge aus einer kuriosen Diskussion mit Frankreichs erfolgreichsterm Dramatiker der achtziger Jahre ", *Theater Heute*, n°5,5-8.

——& Guibert, Hervé. 1994. " Entretien de Bernard-Marie Koltès avec Hervé Guibert ", *Alternatives théâtrales*, n°35-36,février, 17-18. (Cet article a paru dans *Le Monde* en février 1983,sous le titre " Comment porter sa condammnation ".)

研究戈爾德思之重要書目

Alternatives théâtrales n°35-36/ Odéon-Théâtre de l'Europe " Koltès ". juin 1990, troisième édition février 1994.

Benhamou, Anne-Française. 1991. " Neuf remarques à propos de l'oeuvre de Bernard-Marie Koltès ", *Le Journal du Théâtre National*, Bruxelles, décembre, 9.

Bataillon, Michel. 1988. " Koltès, le flâneur infatigable ", *Théâtre en Europe*, n°18, septembre, 24-27.

Bœglin, Bruno. 1994. " Des histoires de famille ", *Alternatives théâtrales*, n°35-36, février, 115-16.

Bradby, David.

——1991. " The Eighties ", *Modern French Drama* : 1940-1990. Cambridge University Press, 270-79.

——1995. " Images de la guerre d'Algérie sur la scène française ", *Théâtre/ Public*, n°123, mai-juin, 14-22.

Les Cahiers de Théâtre-Jeu, n°69, " Roberto Zucco ", 1993. Montréal. décembre.

Casarès, Maria & Saada, Serge. 1994. " Les confins au centre du monde ", *Alternatives théâtrales*, n°35-36, février, 25-28.

Chéreau, Patrice.

——1983. " *Combat de nègre et de chiens* ", Programme du spectacle. Paris, Théâtre Nanterre-Amandiers, n.p.

——1986. " *Quai ouest* ", Programme du spectacle. Paris, Théâtre Nanterre-Amandiers, n.p.

——& Darzacq, Dominique. 1986. " *Quai ouest* sans mode d'emploi ", *La Gazette Française*, n°. 27, juin.

——1987. " *Dans la solitude des champs de coton* ", Programme du spectacle, Paris, Théâtre Nanterre-Amandiers, n.p.

——, Sobel, Bernard & Laurent, Anne. 1991. " Rencontre avec Patrice Chéreau ", *Théâtrel Public*, n°101-02, 33-41.

——& Méreuze, Didier. 1994. " Il faut apprendre à cheminer avec l'auteur ", *Alternatives théâtrales*, n°35-36, 107-08.

——& Stratz, Claude. 1995. " Car des désirs j'en avais ", propos recueillis par Anne-Françoise Benhamou, Programme de *Dans la solitude des champs de coton*. Paris, Odéon-Théâtre de l'Europe, n.p.

——, Fevret, Christian & Hivernat, Pierre. 1995. " Parfois, on aimerait ne pas être dévoré par sa création", *Les Inrockuptibles*, n°31, du novembre 8 au 14, 59-63.

——& Bonvoisin, Samra. 1996. "Patrice Chéreau : Retour à Koltès", *Théâtre Aujourd'hui : Koltès, combats avec la scène*, n°5, 41-51.

——& Bonvoisin, Samra. 1996. "Tours et détours du désir", *Théâtre Aujourd'hui : Koltès, combats avec la scène*, n°5, 52-64.

Desportes, Bernard. 1993. *Koltès : La nuit, le nègre et le néant*. Charlieu : La Bartavelle.

Duquenet-Kramer, Patricia.

——. 1990. "Schaubühne de Berlin : *Roberto Zucco* de Bernard-Marie Koltès", *Acteurs*, n° 77-78, 90-92.

——. 1991. "Das poetishe Theater von Bernard-Marie Koltès", in K. Schoell (ed.), *Literatur und Theater im gegenwärtigen Frankreich : Opposition und Konvergenz*. Tübingen, 103-29.

Fischer-Barnicol, Astrid. 1996. "La mort dans les yeux : Roberto Zucco, Bernard-Marie Koltès", *Théâtre/Public*, n°. 130/31, juillet-octobre, 41-46.

Godard, Colette. 1988. "La farce des Atrides", *Le Monde*, le octobre 28.

Heibert, Frank. 1986. "Kennen Sie den Fingerspüler ? Zur Geschischte eines (drohenden

) Stück-Mords. Was die Verdeutscher Heiner Müller und Maria Gignoux-Prucker aus Koltès'neuem Stück *Quai Ouest* gemacht haben ” , *Theater Heute* , n° 11, 19-25.

Lanteri, Jean-Marc.

——. 1994a. “ L'oiseau et le labyrinthe ” , *Alternatives théâtrales* , n° 35-36, février, 42-46.

——. 1994b. *L'oeuvre Bernard-Marie Koltès : Une esthétique de la distance*. Thèse de nouveau doctorat, University Paris III.

Lieber, Jean-Claude. 1992. “ Koltès en Europe ” , *Théâtre / Public* , n° 105, mai-juin, 59-68.

Merschmeier, Michael.

——& Lang, Alexander. 1988. “ Herz, Schmerz, Scherz-und Tiefere Bedeutung ? ” , *Theater Heute* , n° 5, 13-17.

——. 1988. “ Wüste Wut ” *Theater Heute* , n° 12, 33-37

Müller, Heiner & Ortolani, Olivier. 1994. “ Aucun texte n'est à l'abri du théâtre ” , *Alternatives théâtrales* , n° 35-36, février, 12-15.

Pavis Patrice. 1990. “ Malaise dans la civilisatiion' : la représentation de la catastrophe dans le théâtre franco-allemand contemporain ” , in *Le théâtre au croisement des cultures*. Paris, José Corti, 89-108.

Regnault, FranÇois. 1990. " Passage de Koltès ", in *Nanterre Amandiers, Les annés Chéreau 1982-1990*. Paris, Imprimerie Nationale, 320-34.

Rischbieter, H. 1986. " Gegenrede ", *Theater Heute*, n°11, 25.

Rygaert, Jean-Pierre. 1994. " Les cailloux et les fragments ", *Les pouvoirs du théâtre : Essais pour Bernard Dort*, éd. J.-P. Sarrazac. Paris, EditionsSaada, Serge, 1994. " Un théâtre de l'imminence ", *Alternatives théâtrales*, n°35-36, 87-89.

Salino, Brigitte. 1995. " Bernard-Marie Koltès sous le soleil de Jean Genet ", *Le Monde*, le novembre 15.

Sarrazac, Jean-Pierre.

——. 1995. " Résurgences de l'expressionnisme : Kroetz, Koltès, Bond ", *Etudes théâtrales*, n°7, " Actualités du théâtre expressionniste ", Louvain-la Neuve, mai, 139-53.

——. 1995. *Théâtres du moi, théâtres du monde*. Rouen, Editions Médianes.

Schmitt, Olivier. 1995. " Patrice Chéreau et Pascal Greggory jouent l'invention de la solitude ", *Le Monde*, le novembre 15.

Stein, Peter & Laurent, Anne. 1994. " Pourquoi es-tu devenu fou, Roberto ? ", *Alternatives théâtrales*, n°35-36, février, 51-55.

Stratz, Claude & Benhamou, Anne-Française, . 1994. " Entre humor et gravité ", *Alternatives théâtrales*. n°35-36, février, 22-24.

Théâtre Aujourd'hui : *Koltès*, *Combats avec la scène*, n°5, 1996. Eds. Behamou, A.-F., Bonvoisin, S., Fournier, M. & Lallias, J.-C. Paris, Ministère de l'Education Nationale, de l'Enseignement Supérieur et de la Recherche.

Thomadaki, Marika. 1995. *La dramaturgie de Koltès* : *Approche sémiologique*. Athènes, Paulos.

Triau, Christophe. 1993. *Bernard-Marie Koltès* : *Une dramaturgie du secret*. Mémoire de maîtrise, Paris : Université Paris III.

Vinaver, Michel.

——, ed. 1993. *Ecritures dramatiques* : *Essais d'analyse de textes de théâtre*. Arles, Actes Sud.

——. 1994. " Sur Koltès ", *Alternatives théâtrales*, n°35-36, février, 10-11.

Voss, Almuth. 1993. *Asthetik der Gegenwelten* : *Der Dramatiker Bernard-Marie Koltès*. Münster : LIT Verlag.

Wille, Franz. 1992. " Bernard-Marie Koltès' Erstling *Das Erbe* : Mord, Mon Amour ",

Theater Heute, n°2,47-49.

Wirsing, Sibylle. 1990. " Über Die Dächer zur Sonne : *Roberto Zucco* an der Schaubühne ", *Theater Heute*, n°5,2-4.

其他參考書目

Baudrillard,Jean. 1970. *La société de consommation*. Paris,Denoël.

Chevalier, Jean & Gheerbrant, Alain. 1982. *Dictionnaire des symboles*. Paris, Robert Laffont/Jupiter.

Dante. 1994. *Vita nuova*. Milano,Garzanti.

Froment, Pascale. 1991. *Je te tue, histoire vraie de Roberto Succo assassin sans raison*. Paris, Gallimard,Collection " Au vif du sujet ".

Genet,Jean.

——. 1968. " Ce qui est resté d'un Rembrandt déchiré en petits carrés bien régulliers, et foutu aux chiottes ", *Oeuvres complètes*.vol.IV. Paris,Gallimand, 19-31.

——.1979. " Le secret de Rembrandt ", *Oeuvres complètes*,vol. V., Paris, Gallimard,29-38.

——.1979. " L'atelier d'Alberto Giacometti " *Oeuvres complètes*, vol. V. Paris, Gallimard,

39-73.

Goethe. 1994. *Goethe's Collected Works*, vol. I, ed. C. Middleton. New Jersey, Princeton University Press.

Hugo, Victor. 1950. *La légende des siècles*, *La fin de satin*, *Dieu*. Paris, Gallimard, "Pléiade".

Jung, C. G. 1989. *Métamorphoses de l'âme et ses symboles*. Paris, Georg Editeur.

Lacan, Jacques. 1957-58. "Les formations de l'inconscient", *Bulletin de Psychologie*.

Lyotard, Jean-Francois. 1984. *Tombeau de l'intellectuel et autres papiers*. Paris, Galilée.

Pasolini, Pier-Paolo. 1991. *Teorema* Milan, Garzanti.

Ubersfeld, Anne. 1982. *Lire le théâtre*. Paris : Editions sociales.

戈爾德思劇作選

總策劃／吳潛誠
桂冠世界文學名著
91

原著〉戈爾德思
（Bernard-Marie Koltés）
翻譯〉楊莉莉
著作權人〉中法文化教育基金會
執行編輯〉王存立・李福海
出版〉桂冠圖書股份有限公司
發行人〉賴阿勝
地址〉台北市新生南路三段96之4號
電話〉886-2-2193338
電傳〉886-2-2182859・2182860
郵撥帳號〉0104579-2
登記證〉局版台業字第1166號
排版〉友正電腦排版股份有限公司
印刷〉海王印刷廠
初版一刷〉1997年2月

ISBN　957-551-969-8
定價〉新台幣 350 元

國家圖書館出版品預行編目資料

戈爾德思劇作選 ／ 戈爾德思(Bernard－Marie Koltés) 原著；楊莉莉譯／導讀. －－初版. －－臺北市： 桂冠,1997[民 86]
面；　　公分.--（桂冠世界文學名著；91）
ISBN 957-551-969-8（平裝）

876.55　　　　86002864

桂冠世界文學名著

87001	羅蘭之歌	佚　名 楊憲益譯
87002	熙德之歌	佚　名 趙金平譯
87003	坎特伯利故事集	喬　叟著 方　重譯
87004	魯濱遜飄流記	狄　福著
87005	莫里哀喜劇六種	莫里哀著 李健吾譯
87006	天路歷程	約翰·班揚著 西　海譯
87007	憨第德	伏爾泰著 孟祥森譯
87008	少年維特的煩惱	歌　德著 侯浚吉譯
87009	達達蘭三部曲	都　德著 成鈺亭等譯
87010	紅與黑	斯湯達爾著 黎烈文譯
87011	普希金詩選	普希金著 馮春等譯
87012	黛絲姑娘	哈　代著 宋碧雲譯
87013	拜倫詩選	拜　倫著 查良錚譯
87014	雪萊抒情詩選	雪萊著 楊熙齡譯
87015	包法利夫人	福婁拜著 李健吾譯
87016	酒店	左　拉著 宋碧雲譯
87017	娜娜	左　拉著 鍾　文譯
87018	僞幣製造者	紀　德著 孟祥森譯
87019	窄門	紀　德著 楊　澤譯
87020	審判	卡夫卡著 李魁賢譯
87021	湖濱散記	梭　羅著 孟祥森譯
87022	大亨小傳	費滋傑羅著 喬志高譯
87023	熊	福克納著 黎登鑫譯

87024	太陽石	帕斯著 朱景冬等譯
87025	一九八四	歐威爾著 邱素慧譯
87026	地下室手記	杜斯妥也夫斯基著
87027	復活	托爾斯泰著 鍾 斯譯
87028	里爾克詩集(I)	里爾克著 李魁賢譯
87029	里爾克詩集(II)	里爾克著 李魁賢譯
87030	里爾克詩集(III)	里爾克著 李魁賢譯
87031	權力與榮耀	葛 林著 張伯權譯
87032	湯姆叔叔的小屋	史托夫人著
87033	紅字	霍 桑著 鍾斯譯
87034	卡里古拉	卡 繆著
87035	茵夢湖	施篤姆著 俞 辰譯
87036	燃燒的地圖	安部公房著 鍾肇政譯
87037	一位年輕藝術家的畫像	喬埃思著
87038	雪國·千鶴·古都	川端康成著
87039	波赫斯詩文集	波赫斯著 張系國等譯
87040	麥田捕手	沙林傑著 賈長安譯
87041	鐵皮鼓	葛拉軾著 胡其鼎譯
87042	貓與老鼠	葛拉軾著 李魁賢譯
87043	達洛衛夫人·燈塔行	吳爾芙著
87044	誰怕吳爾芙	阿爾比著 陳君儀譯
87045	我是貓	夏目漱石著 李永熾譯
87046	佛蘭德公路·農事詩	西蒙著 林秀清譯
87047	女士及衆生相	伯 爾著 高年生譯
87048	朱利的子民	葛蒂瑪著 莫雅平等譯

87049	爲亡靈彈奏	賽 拉著 李德明等譯
87050	天方夜譚(上)	佚 名鍾 斯譯
87051	天方夜譚(下)	佚 名鍾 斯譯

心理學學術叢書

17011	行為改變的理論與技術	馬信行著
17012	諮商與心理治療(精裝)	陽　琪譯
17021	學習心理學	王克先著
17024	兒童的社會發展	呂翠夏譯
17026	發展心理學—人類發展	黃慧真譯
17027	兒童發展(精裝)	黃慧真譯
17029	心理衛生	林彥妤等譯
17030	神經心理學(精)	梅錦榮著
17031	心理測驗學(精)	葛樹人著
17081	兒童輔導與諮商	黃月霞著
17082	學習團體理論與技術(精裝)	朱寧興著
17086	兒童團體諮商—效果評鑑	黃月霞著
17090	心理學	黃天中、洪英正著
17091	超個人心理學	李安德著
17092	認知心理學	鄭昭明著
17093	遊戲治療	蓋瑞·蘭爵斯著 高淑貞譯
17094	心理學導論	韋伯著 孫丕琳譯
17051	本土心理學的開展——本土心理學研究(1)(平裝)	楊國樞主編
17055	本土心理學的開展——本土心理學研究(1)(精裝)	楊國樞主編